1

Mann und Junge

Ich höre sie, bevor ich sie sehe. Natürlich. Du bist keine zehntausend Kilometer unterwegs, ohne zu merken, was hinter und was vor dir ist.

Es ist kein lautes Geräusch, nur das leise Knacksen eines Zweiges. Zweier Zweige. Und hier gibt es viele Zweige. Jede Menge Zweige, jede Menge zerbrochene Äste, einen ganzen Berghang voll entwurzelter Bäume. Trotzdem höre ich diese zwei leisen Knackse. Beziehungsweise die Pause, die darauf folgt.

Diese Stille.

So klingt es, wenn man auf seine eigenen Schritte horcht. Seinen eigenen Atem. Den plötzlichen Aufschrei der Luft in seiner Brust. Ich weiß das, weil auch ich schon auf meine eigenen Schritte gehorcht und den Schrei des Atems in meiner Brust unterdrückt habe.

Ich drehe mich um.

Auch das habe ich gelernt. Es ist immer besser, den Dingen ins Auge zu sehen. Meistens wird man damit fertig. Wenn man nicht damit fertigwird, kann man sie in FESTUNG schließen.

Sie sind zu zweit und es sind keine Soldaten. Keine Soldaten!

Nur ein Mann und ein Junge, die ziemlich still dastehen. Die sich nicht versuchen, zu verstecken.

Vielleicht sind sie zu erschöpft? Ich mustere sie schnell. Leben und Tod sind heutzutage oft eine Frage von Sekunden. Der Junge ist noch klein, vielleicht fünf Jahre alt. Wenn nötig, könnte ich ihn mit bloßen Händen töten. Also wende ich meine Aufmerksamkeit dem Mann zu.

Der Mann ist alt und dünn – obwohl das nichts zu sagen hat. Heutzutage ist jeder dünn. Er steckt in Lumpen. In Kleidern, die, genau wie meine, wahrscheinlich einmal leuchtend bunt gewesen sind, inzwischen jedoch den Dreck der Reise an sich tragen. Reisedreck setzt sich zwischen die Fasern und bleibt da, auch wenn du sie im Fluss wäschst. Der Mann und seine Kleider haben jetzt dieselbe Farbe. Die Farbe von Lehm.

Der Mann steht gebeugt, als trüge er eine unsichtbare Last auf den Schultern. Ich bemerke seine adrigen Hände, seine nackten Beine, seine bloßen Füße. Menschen, die überleben wollen, müssen sehr gut auf ihre Schuhe aufpassen. Der Kopf des Mannes ist gesenkt, sein Blick jedoch nicht. Er sieht mich unter seinen lehmbraunen Lidern hervor an.

Ich ziehe die Waffe aus meinem Gürtel und richte sie auf ihn. Die Waffe ist ein Revolver. Ich habe ihn seit dem Aufruhr im Auffanglager in Heathrow vor fünfhundert Kilometern und einundzwanzig Tagen.

Ich bin viel zu nah an zu Hause, um mich jetzt noch aufhalten zu lassen.

Zu Hause.

In dem Revolver sind keine Patronen. Ich weiß das, aber der Mann und der Junge wissen das nicht. Sie sollten besser glauben, in der Waffe wären Patronen. Ich glaube das immer bei Leuten mit Waffen.

»Halt«, sage ich.

Halt ist ein gutes Wort. Ein großartiges Wort. Viel mehr Nationalitäten verstehen das Wort »Halt« als das Wort »Stopp«. Wahrscheinlich, weil es das Wort ist, das die Soldaten benutzen. Halt. Halt. Halt. HALT. Hände hoch.

Der Mann hält. Er nimmt die Hände hoch. Beziehungsweise er nimmt eine Hand hoch, weil er mit der anderen das Kind festhält.

Ich zucke mit dem Revolverlauf in Richtung des Kindes. Mein Blick folgt der Waffe. Jetzt erlaube ich mir, den Jungen anzuschauen. Auch er ist dünn und dunkelhäutig, vielleicht noch dunkler als der Mann, und er hat Augen wie Becher.

Augen wie Becher.

Der Satz überfällt mich. In der Stimme meines Vaters. Ein Satz aus einem der sudanesischen Volksmärchen, die er mir immer vorlas, als wir noch in Khartum wohnten. In der Zeit vor der Wüste, vor den Soldaten, vor

FESTUNG.

Vergiss nicht, sagte Papa, *was auch passiert, die Welt ist schön.*

Ja, Papa.

Dieser Junge ist schön: Sein Hunger versteckt sich hinter der noch straffen Haut der frühen Kindheit. Sein Kopf ist mandelförmig und er hat Lippen wie dunkle Rosenblätter. Ein Tupfer Sonnenlicht fällt ihm auf die Nase. Und der Blick seiner bechertiefen Augen verrät nichts.

»Lass den Jungen los«, sage ich.

Der Mann löst sofort seinen Griff, streckt die zweite Hand in die Luft. Das ist gut. Es bedeutet, dass der Mann Englisch versteht. Es ist immer schwieriger, wenn man solche Verhandlungen in Zeichensprache führen muss. Es ist auch gut, weil ich ein Mädchen bin und einige denken, sie könnten das ausnutzen.

»Auseinander.« Ich schwenke die Waffe nach links und rechts, um den Abstand anzuzeigen, den ich zwischen ihnen sehen will. Der Mann entfernt sich ein, zwei Schritte von dem Jungen, aber der Junge bleibt, wo er ist. Rührt sich nicht vom Fleck und versucht auch nicht, die Lücke wieder zu schließen. Genauso, wie er sich nicht gerührt hat, als ich den Mann gezwungen habe, seine Hand loszulassen, und er weder nach ihm gegriffen noch geschrien noch überhaupt irgendeinen Laut von sich gegeben hat.

»Gut«, sage ich. »Gut.« Und dann: »Papiere.«

2

Papiere

Jeder hat Papiere.

Ausweis. Passport! Passaporto. Baasaboorka. باسبور

Pass. Halt. Pass. HALT. Visa. Fiza! Viza. Visum. Visa. Visa. تأشيرة

Auf meinen Papieren steht: »Global Citizen«.

Global Citizen, sagte Papa, *Weltbürger, was für ein schöner Gedanke.*

Wenn auch ein bisschen unpraktisch, sagte Großmutter.

Der Weltbürgerpass hat viele Seiten. Einige davon sind beängstigender als andere.

Die ersten Seiten enthalten sachliche Angaben, die – in meinem Fall – richtig sind.

Name: Mhairi Anne Bain.

M. A. B. Mab für meine Freunde. Nur, dass ich keine Freunde mehr habe. Freunde gehören zum Davor.

Man sieht ein Foto von mir. Nur von meinem Kopf natürlich. Meine Haut ist hell, sauber, meine dunklen Haare gebürstet, und meine blauen Augen strahlen. Das Foto gehört auch zum Davor. Ich weiß nicht genau, wie ich jetzt aussehe, aber sicher nicht so.

Alter: 14

Das ist wichtig. Wenn du vierzehn bist, bist du sicher. Das ist der Grund, warum viele Leute – besonders Leute an Grenzen – mein Alter anzweifeln.

»Du siehst nicht wie vierzehn aus«, sagen sie.

Kann sein. Wenn du tausend Kilometer zu Fuß läufst, verändert sich dein Körper. Verändert sich dein Gesicht. Veränderst du dich.

»Wir glauben, du bist fünfzehn«, sagen sie. »Oder sogar sechzehn.«

Fünfzehn ist das Einwilligungsalter. Mit fünfzehn kannst du anderen einen Teil deines Lebens schenken. Ein Jahr, zwei Jahre, zehn Jahre. Du kannst sie hergeben. Du kannst versprechen, zu sterben. Vorzeitig auszusteigen, bevor sie dich mit vierundsiebzig sowieso umbringen. Ich weiß natürlich, dass es zu viele Menschen auf unserem Planeten gibt, und ich weiß, dass es auf der Erde zu heiß ist und dass viele Menschen fortziehen. Fortziehen. Nach Norden wandern. Und ich weiß, dass der Norden das nicht schaffen kann. Aber die Sache ist die: Ich will leben.

Mhairi, sagte meine Mutter. *Bleib am Leben. Versprich es mir. Was auch passiert, du musst am Leben bleiben.*

Ja, Muma.

»Niemand zwingt dich«, sagen die Beamten. »Es ist eine freiwillige Entscheidung. Am Zentraläquator entscheidet die Erde. Sie tötet durch Hitze, durch Dürre, durch Hunger, durch Krieg. Aber hier im Norden haben wir die Wahl. Das ist Zivilisation.«

Geburtsort: Insel Arran, Schottland.

Eigentlich sollte ich nicht auf der Insel Arran geboren werden. Ich sollte in Glasgow zur Welt kommen, wo meine Eltern damals wohnten. Doch sie besuchten jedes Jahr meine Großmutter auf der Insel, und ich kam zu früh. Ich wog nur 1700 Gramm. Ich war überhaupt nicht stark. Das war auch im Davor.

Die folgenden Seiten meines Passes tragen die Überschrift: »Global Citizen: Verdienste«.

Diese Seiten sind noch leer. Aber bis ich fünfzehn werde, muss ich dort etwas eintragen, etwas, das zeigt, was für ein Mensch ich bin und was ich der Gemeinschaft beisteuern kann. Diese Punkte könnten mir (falls sie amtlich bestätigt sind) das Leben retten.

Die letzten Seiten sind für »Global Citizen: Vergehen« frei gehalten. Es sind sechs Seiten. Auch sie werden noch gefüllt, aber nicht von mir. Sie tragen den Stempel »Nur für den Amtsgebrauch«. Wenn ich sie ausfüllen würde, müsste ich wohl Folgendes schreiben:

1: Mörderin

Und dann:

2: Mörderin

Denn so viele Male habe ich – bis jetzt – jemanden getötet.

3

Sturz

Als ich »Papiere« sage, passiert Folgendes: Der Mann fällt um.

Davor schwankt er. Weil er die Arme erhoben hat, sieht es aus wie ein Tanz. Er schwankt ein bisschen nach rechts und dann ein bisschen nach links, während sein Körper ein leichtes S bildet. Und dann fangen seine Arme plötzlich an zu rudern, als wäre ihm klar geworden, dass irgendetwas nicht stimmt und dass er etwas dagegen tun muss. Also rudert und zappelt er einen Moment, bevor ihm schließlich die Beine wegknicken und er ohne einen Laut einfach zu Boden sackt.

Ich halte immer noch den Revolver auf ihn gerichtet.

Aber in dem Revolver sind keine Patronen, also hat dieser Tod – wenn es denn einer ist – nichts mit mir zu tun. Wenn es nur eine Ohnmacht ist, hat sie auch nichts mit mir zu tun. Menschen werden vor Hunger ohnmächtig, oder vor Erschöpfung. Sie fallen nicht einfach so um, weil man sie nach ihren Papieren fragt. Wenn die Menschen ohnmächtig würden, wenn sie nach Papieren gefragt werden, wären die Straßen und die Kontrollpunkte und die Grenzen mit Körpern übersät.

Trotzdem muss ich vorsichtig sein. Es könnte sich um einen Trick handeln. Das würde mich nicht wundern. Ich beobachte den Jungen. Er hat bis jetzt nicht reagiert. Vielleicht hat er den Trick schon mal gesehen? Der Mann ist jetzt ziemlich reglos. Das Einzige, was sich an ihm bewegt, ist die zerrissene Manschette seiner Jacke, die sich ein wenig im Wind hebt.

»Tritt ihn«, sage ich zu dem Jungen.

Der Junge starrt mich an.

Seine Augen sind wie Becher.

»Tritt ihn!«, schreie ich und mache eine Trittbewegung mit dem rechtem Fuß.

Der Junge tritt dem Mann gegen das Schienbein, aber nur leicht.

»Fester!«

Der Junge tritt fester, ein ziemlich fieser kleiner Tritt.

Dieser Junge, denke ich, muss so einiges in seiner Festung haben.

4

Festung

Es gibt nur einen Ort, um etwas sicher wegzusperren.

Festung.

Festung hat viele Tore und viele Mauern und viele Gärten. Die Mauern und Gärten sind in Kreisen angelegt. In siebenundzwanzig konzentrischen Kreisen, genauer gesagt. Siebenundzwanzig ist eine Glückszahl. Manche der Gärten sind sehr schön. Dort blühen Blumen.

Papa sagt: *Nimm dir Zeit für die Blumen, betrachte sie genau. Blumen sind etwas ganz Besonderes, sie sind bunte Mathematik.*

Das ist einer der Gründe, warum du so lange brauchst, um vom äußeren bis zum inneren Garten zu kommen, weil du so oft stehen bleiben und die Blumen und die blühenden Büsche betrachten musst. Die Büsche haben manchmal Dornen; der Ginster in Garten sechzehn zum Beispiel. Seine Blüten sind leuchtend gelb und duften nach Kokos. Ich bleibe jedes Mal stehen, um sie mir anzuschauen. Dann denke ich an meine Kindheit zurück und stelle fest, dass die gelben Blütenblätter ein kleines bisschen kürzer sind als die grünen Dornenspitzen, die sie umgeben.

Du kommst auch wegen der Tore langsam voran. Sie befinden

sich auf allen Seiten in den runden Mauern und ändern ständig ihre Position. Nie findest du eins an genau derselben Stelle wieder wie beim letzten Mal. Deshalb musst du ziemlich lange danach suchen, obwohl du eigentlich einfach der Mauer folgen kannst.

Dann sind da noch die Schlösser. Die Schlösser in den Toren lassen sich nicht durch Iris-Scans oder Spracherkennung öffnen, auch nicht durch deinen Fingerabdruck oder eine Zahlenkombination. Nein. Sie haben richtige Schlüssel aus Eisen. Schlüssel wie aus Davor, wie aus Papas Geschichtenbüchern. Trotzdem kann es passieren, dass du nicht weiterkommst, denn vielleicht hast du diese Schlüssel nicht. Vielleicht hast du sie verloren. So kommt es, dass du dich manchmal auf den Weg machst, um in Festung zu gelangen, dass du aber nie dort ankommst. Und das ist normalerweisegut so.

Wenn du doch zu Festung gelangst, stellst du fest, dass es in Wahrheit ein Turm ist. Ein sehr hoher Turm aus Stein. Außen herum ist gar kein Garten. Alles ist dunkel und kahl. Der Turm hat nur eine einzige Tür und die ist mit drei altmodischen Schlössern gesichert. Zu diesen Schlössern gehören drei ganz bestimmte eiserne Schlüssel, von denen nur zwei richtig passen. Mit dem dritten muss man ziemlich ruckeln. Er lässt sich nur ganz schwer drehen, und das Schloss kreischt, wenn du es versuchst, weshalb du es am liebsten aufgeben würdest. Es ruft dir in Erinnerung, dass das Kreischen noch viel lauter wird, wenn du die Tür öffnen kannst.

All das erschwert einen Besuch bei den Dingen, die in Festung weggeschlossen sind. Etwas dort hinzubefördern, ist einfacher. Du denkst einfach: FESTUNG! Und schon fliegt all das Unerträgliche, was du im Kopf hast, davon und plumpst direkt in den Turm. Wie ein Stein, der in einen stillen Teich plumpst. Und die konzentrischen Ringe, die im Wasser entstehen, werden zu Mauern aus Stein, und das Kreischen hört auf.

Zumindest eine Weile.

5

Zwei Tode

Als der Junge so fest zutritt, schwankt das Bein des Mannes vor und zurück, und der Stoff seiner Hose verfängt sich an einem abgebrochenen Ast. Die Astspitze strafft den Stoff einen Moment, dann bekommt er einen kleinen Riss, als das Gewicht des nun haltlosen Beines ihn nach unten zieht. Das Bein kommt zur Ruhe. Der Mann versucht nicht, seine Hose von dem Ast zu befreien.

Ich habe angefangen, neben dem Auffälligen auch die Kleinigkeiten im Leben zu registrieren. Kleinigkeiten können hilfreich sein. Heute sagen sie mir, dass dieser Sturz doch kein Trick ist.

Ich nähere mich, weiter den Revolver auf die beiden gerichtet (Vorsicht ist immer ratsam), bis ich nah genug bin, um die Augen des Mannes zu sehen. Sie haben sich in den Höhlen nach oben verdreht. Außerdem sieht der Schmutzfleck in Brusthöhe auf seiner Jacke aus, als wäre es in Wirklichkeit getrocknetes Blut.

Ich lege den Revolver weg.

Der Junge, der nicht eine Sekunde den Blick von mir gewandt hat, setzt sich hin. Lässt sich neben dem Mann nieder wie ein Hund neben dem Bett seines Herrchens. Ein treuer Gefährte, der glaubt, nach einer gewissen Zeit würde sein Herrchen wieder aufwachen und der Fußmarsch würde weitergehen. Vielleicht war es ja bisher immer so.

Heute wird es nicht so sein.

Ich bücke mich und fange an, die Taschen des Mannes zu durchsuchen. Ich durchsuche seine Hosentaschen und dann seine äußeren Jackentaschen. Nichts. Ich öffne seine Jacke, um auch die Innentaschen zu überprüfen. Sein Blut erschwert die Sache. Das Blut, das die Brust des Mannes an sein Hemd klebt und sein Hemd an das Futter seiner Jacke. Getrocknetes Blut, aber nicht so trocken, dass es nicht diesen metallischen Geruch absondern würde, als ich die Stoffschichten trenne. Manche Leute haben Geld oder Juwelen in ihre Kleider eingenäht. Dieser Mann nicht. Dieser Mann hat fast gar nichts.

Folgendes hat er nicht:

- Er hat keine Wasserflasche.
- Er hat kein Essen.
- Er hat kein Messer.
- Er hat keinen Feuerstein.
- Und er hat keine Papiere.

Vielleicht hat er die Wunde in der Brust, weil er versucht hat, seine Papiere zu verteidigen. Es gibt immer Leute, die dir deine Papiere stehlen wollen. Denn alle Papiere – selbst gefälschte – sind besser als gar keine Papiere. Ein Mensch ohne Papiere ist schon so gut wie tot.

Folgendes hat der Mann:

- Ein Handy.

Es ist kein Induktionshandy, nicht mal ein Solarhandy, es ist ein altmodisches Smartphone, das mit einem Kabel geladen werden muss, das man in eine Steckdose steckt. So eins zu stehlen, lohnt sich nicht. Das Erste, was du lernst, wenn du unterwegs bist, ist, nichts Unnötiges mit dir herumzutragen. Unnötige Dinge belasten dich nur. Aber das ist nicht der erste alte Mann, der sich geweigert hat, sich von seinem Smartphone zu trennen. Alte Leute glauben offenbar, sie könnten ihre Smartphones eines Tages aufladen und Fotos von den Menschen, die sie lieben, darin wiederfinden.

Beziehungsweise, die sie geliebt haben.

»Er ist tot«, sage ich zu dem Jungen. »Er steht nicht mehr auf.«

Der Junge starrt mich an.

Und da mir wird klar, dass dies nicht nur ein Tod ist, es sind eigentlich zwei. Denn der Junge kann nicht mit mir kommen. Nein. Er darf nicht. Der zehnjährige Muhammad hat diesen Fehler gemacht und es endete nicht gut für ihn. Es endete mit

FESTUNG.

Wenn er allerdings allein weiterzieht, wird der Junge wohl nicht länger als ein paar Tage überleben.

6

Begräbnis

Bleibt das Problem mit dem alten Mann.

Es ist nicht gut, meine Kräfte dafür einzusetzen, ihn zu begraben, aber ich kann ihn auch nicht so liegen lassen, hier an dem Berghang, den ich mir zum Übernachten ausgesucht habe. Der Hang ist gut geeignet. Die entwurzelten Bäume bilden einen Windschutz und am Fuß des Berges fließt ein Bach mit frischem Wasser. Ich habe vor, mich hinter dem höchsten umgestürzten Baum zu verstecken, von wo aus ich einen guten Blick über den restlichen Abhang habe. Alles sehen kann, aber nicht gesehen werde. Das ist wichtig, weil ich letzte Nacht Drohnen gehört habe. Das Geräusch, das sie machen, ist unverwechselbar. Im Sudan nannten wir sie »Mohars« – Moskitos –, wegen ihres gleichförmig leisen Sirrens. Vielleicht sollte ich dankbar sein, dass ich bis jetzt nur Aufklärungsdrohnen gehört habe und keine, die Waffen tragen – oder Bomben. Die sind größer und klingen nicht wie Moskitos. Sie heulen und kreischen wie Metall, das mit einer Kreissäge zersägt wird. Manchmal frage ich mich, wie es wohl ist, jemanden aus der Ferne zu töten, während du sicher in deinem gemütlichen Sessel in einem Kontrollzentrum sitzt. Nur mal kurz einen Knopf drückst wie bei einem

Videospiel im Davor. Sicher nicht genauso wie jemanden mit den eigenen Händen umzubringen.

Du würdest die Schreie nicht hören, den Todeskampf.

Du würdest das letzte Ringen nach Luft nicht hören.

Du hättest keine Leiche zu begraben.

Nur Menschen begraben ihre Toten, sagte Papa.

Warum machen wir das, Papa? Ich erinnere mich nicht mehr an deine Erklärung. Warum nicht der Natur die Aufgabe überlassen?

Wenn du dich in der Wüste zum Ausruhen hingesetzt hast, kamen immer die Geier und gesellten sich zu dir. Das beweist, dass Geier intelligente Vögel sind. Sie waren es gewohnt, Leichen im Sand zu finden, und wussten, dass es nur eine Frage der Zeit war, bis auch du eine sein würdest. Und obwohl sie da, was mich betraf, unrecht hatten, hatten sie nicht unrecht, was

FESTUNG.

Ich glaube nicht, dass es in Nordengland inzwischen Geier gibt, aber es gibt sicher Krähen. Und Wildhunde. *Jedes Jahr sterben weitere Tierarten aus*, sagte Papa. Das trifft aber offenbar nicht auf Wildhunde zu. Die Wildhunde vermehren sich. Und Hunde kriegen, wie jeder andere auch, Hunger. Das Letzte, was du in der Nähe deines Nachtlagers haben willst, ist ein Rudel ausgehungerter Hunde.

Eine Lösung wäre, den Mann selbst zu verspeisen. Sogar heute noch läuft mir bei dem Gedanken daran, frisches Fleisch über einem kleinen Feuer zu brutzeln, das Wasser im Mund zusammen. Ich habe nicht nur einen Revolver, sondern auch ein Messer, und es wäre kein Problem, geeignete Stücke zum Braten herauszuschneiden. Und dem Mann kann es ja egal sein, ob er durch mich oder einen Hund oder eine Krähe wieder zur Erde zurückkehrt. Oder auch durch den Jungen. Obwohl der das Fleisch seines Gefährten vielleicht nicht essen möchte, aber das wäre seine Entscheidung. Jeder muss heutzutage seine eigenen Entscheidungen treffen.

Ein Feuer zu machen, wäre aber heute Nacht nicht klug. Der Rauch eines Feuers verrät dich, nicht nur den Drohnen, auch anderen Menschen, die es auf dein Essen abgesehen haben könnten – oder auf deine Papiere. Außerdem habe ich noch etwas von dem Käse, den ich vor zwei Tagen gestohlen habe, und ein Stückchen Brot. Besser die Leiche als Köder benutzen. Sie windabgewandt von meinem Unterschlupf hinlegen, sodass irgendwelche Hunde, die hier womöglich vorbeikommen, sie nehmen, statt sich auf mich zu stürzen.

Ich kann den Mann nicht einfach den Berg hinunterrollen, weil er dann zwischen den umgestürzten Bäumen hängen bleiben würde. Er muss angehoben und gezogen werden. Ich prüfe mit einem feuchten Finger die Windrichtung, befreie sein Hosenbein von der Astspitze und packe ihn unter beiden Achselhöhlen.

Ich ziehe und zerre den Mann, befördere ihn über Äste. Obwohl ich darauf achte, wohin ich trete, bleibt er wieder hängen. Dieses Mal zerreißt ein spitzer Ast seine Hose vom Knie bis zum Knöchel. Der Junge beobachtet das holprige Vorankommen seines Gefährten von seinem Aussichtspunkt auf dem Hügel aus. Er folgt uns nicht, weder um mir zu helfen noch um mich aufzuhalten.

Er weint auch nicht.

Papa sagt: *Nur Menschen weinen.*

In der Wüste wirst du so durstig, dass du nicht weinen kannst. Dein Körper trocknet aus. Du hast keine Spucke mehr und keine Tränen.

Vielleicht hat dieser Junge einen Teil von sich in der Wüste gelassen.

Ich habe das jedenfalls.

7

Schweigen

Ich lasse die Leiche in der Nähe des Baches zurück, aber nicht so nah, dass sie hineinrollen und das Wasser verschmutzen könnte. Sauberes Wasser ist kostbar. Auf dieser Seite der Grenze nennt man einen Bach »beck«. Auf der anderen Seite sagt man »burn«. Das ist einer dieser kleinen Unterschiede, die aber keineswegs klein sind. Wenn ich meinen ersten »burn« erreiche, bin ich in Schottland.

Ich fülle mein Trinkgefäß auf. Es ist eine Blechflasche mit Schraubverschluss, die ich hüte wie meinen Augapfel. In diesem Teil Englands kommt das Wasser häufig aus Torfhügeln, deshalb sieht es braun aus. Aber wenn du es mit den Händen schöpfst, ist es rein, klar, kühl und köstlich. Ich werde das Wunder des Wassers wohl nie ganz verstehen. Ich trinke ein paar hohle Hände voll, obwohl ich nicht durstig bin.

Durst ist etwas, was du nie vergisst.

Dann klettere ich wieder den Berghang hinauf. Der Junge beobachtet mich. Er sitzt auf der dreieckigen Fläche unter dem Stamm des größten entwurzelten Baumes. Meines Baumes. Des vom Sturm aus dem Boden gerissenen Baumes, unter dessen Wurzeln ich die Nacht verbringen will. Stürme sind eine der

Strafen, die der Norden für die globale Klimaerwärmung zahlen muss. Aber Stürme gehen vorbei. Im Gegensatz zu der Hitze am Zentraläquator. Der Sturm, der diesen riesigen Baum entwurzelt hat, muss besonders heftig gewesen sein. Wie ein gigantischer Pilz liegt der Baum am Hang. Sein Stamm ist der Stiel und die riesige Scheibe Erde und herausgerissene Wurzeln der Hut.

Als ich näher komme, sehe ich, dass der Junge den Boden unterhalb des Stammes freigelegt hat: Äste fortgeschoben, Zweige entfernt, die Erde glatt gestrichen. Es ist eindeutig nicht das erste Mal, dass er Schutz suchen muss, wo es keinen gibt. Er hat, glaube ich, sogar ein paar Steine weggelesen.

Mein Platz scheint jetzt sein Platz zu sein.

Nur kleiner. Ein Ein-Personen-Platz für kleine Jungen.

Im Davor hätte ich gelacht.

Ich knie mich hin und fange an, eine etwas größere Fläche frei zu machen. Er sieht dabei zu, wie ich Äste weiter fortschiebe, den Boden mit Zweigen fege und anschließend nach Steinen absuche. Wenn du schlafen willst, musst du die Steine weglesen, selbst die kleinen. Kleine Steine werden scheinbar größer, je weiter die Nacht voranschreitet.

So.

Wir verbringen diese Nacht offenbar zusammen. Meinetwegen. Keiner von uns kann verhindern, dass morgen kommt. Und dann marschiere ich los.

Schneller als er.

Schließlich setze ich mich hin und knote mein Provianttuch auf. Das Stück Stoff, das einmal weiß war, jetzt aber grau ist. Der Käse, der an dem kleinen Rest Brot klebt, riecht leicht verdorben. Das wundert mich, bis ich merke, dass es nicht der Käse ist, der stinkt, sondern der Junge. Der Junge riecht übel, ungewaschen, nach einer Mischung aus Fisch und Urin, Schweiß und Schimmel. Kann schon sein, denke ich, dass ich auch so rieche.

Der Junge schaut auf mein Brot.

Er schaut auf meinen Käse.

Ich bin nicht für den Jungen verantwortlich. Morgen werde ich ihn zurücklassen. Er wird nicht mit mir Schritt halten können, und selbst wenn, wird er es nicht über die Grenze schaffen. Nicht in Sicherheit gelangen. Es ist dumm, seine Vorräte mit jemandem zu teilen, der es nicht schaffen wird.

Ich esse ein bisschen Brot. Nur ein ganz kleines Stück. Ich esse ein bisschen Käse.

Der Junge sieht mir auf den Mund. Sieht zu, wie ich kaue.

Sagt aber nichts.

»Wie heißt du?«, frage ich.

Schweigen.

Ich könnte noch andere Fragen stellen:

Wohin willst du?

Woher kommst du?

Was hast du erlebt?

Alles unnütze Fragen. Jeder zieht nach Norden, jeder kommt vom Zentraläquator. Jeder hat Schlimmes erlebt. Kurz nachdem wir aufgebrochen waren, stellten alle diese Fragen, inzwischen nicht mehr. Es reicht, sein eigenes Schicksal zu tragen.

»Ich heiße Mhairi«, sage ich. Ich zeige auf mich selbst. »Mhairi«, wiederhole ich. Merkwürdig, dass ich mich vorstelle. Wenn man sich vorstellt, bedeutet das, man wird eine Beziehung zu der anderen Person haben. Ich werde aber keine Beziehung zu diesem Jungen haben. Den Fehler habe ich schon bei

Muhammad gemacht. Obwohl ich Muhammad, ehrlich gesagt, nie vorgestellt wurde. Er war einfach da, der Sohn des Fahrers meiner Eltern. Es ist wohl nur ein kleiner Schritt zwischen jemanden kennen und Verantwortung für jemanden zu übernehmen. Wie ich es für Muhammad tun musste. Nur weil ich älter war: vierzehn gegenüber seinen zehn Jahren. Ich habe nicht vor, diesen Fehler zu wiederholen.

Der Junge sagt weiterhin nichts.

Sein Blick verrät weiterhin nichts.

»Mach den Mund auf«, sage ich.

Er macht den Mund auf. Ich sehe seine Zunge, klein und blassrosa. »Streck sie raus«, sage ich, »deine Zunge.«

Er streckt sie raus.

»Gut. Das reicht.« In der Wüste haben sie uns erzählt, die Soldaten würden Kindern manchmal die Zunge abschneiden. Ich habe das noch nie gesehen, deshalb weiß ich nicht, ob es stimmt. Was allerdings stimmt, ist, dass das Schweigen des Jungen nichts Körperliches ist. Er könnte offenbar sprechen, wenn er wollte. Also ist es seine Entscheidung, nichts zu sagen.

Die Zunge des Jungen ist immer noch herausgestreckt.

Ich lege ein winziges Stück Käse darauf.

Dann knote ich das Tuch mit dem restlichen Essen wieder zu.

8

Träume

Der Junge kaut seinen Käse nicht, er lutscht ihn. Sein Mund, sein Kiefer und seine Wangen bewegen sich dabei, als wäre das Käsestück viel größer als es in Wirklichkeit ist. Als müsste er sich anstrengen, es hinunterzuschlucken, so groß. Als er fertig ist, steckt er die Hand in die Tasche seiner kurzen Hose und zieht einen Kieselstein heraus. Der Kieselstein ist rund und grau und ungefähr halb so groß wie mein Daumen. Er ist vom Wasser glatt geschliffen. Der Junge steckt den Stein in den Mund, als wäre er ein Bonbon, sieht mich noch ein letztes Mal an, rollt sich (mit dem Rücken zu mir) auf dem Boden zusammen und schläft ein.

Einfach so. Wenn du erschöpft genug bist, dachte ich immer, dann kannst du überall schlafen. Da wusste ich noch nichts von Kälte und Hunger und Träumen.

Ich dachte, Kälte wäre etwas Äußerliches. Ich wusste nicht, dass Kälte dir bis in die Zähne ziehen und deine Nieren zum Zittern bringen kann. Ich wusste nicht, dass Wind dir in den Nacken schlagen und dir mit solcher Macht unter die Fingernägel wehen kann, dass du das Gefühl hast, er gelangt wirklich unter deine Haut. Das habe ich nachts in der Wüste gelernt. Ich habe gelernt, dass du, selbst wenn du dich mit den Händen in den

Achselhöhlen zusammenrollst, nicht schlafen kannst. Nicht lange jedenfalls. Und dass es ein großer Unterschied ist zwischen Schmerz und Schmerz, von dem du weißt, dass er nicht vergeht. Nicht vergehen kann. Zumindest nicht bis zum Morgen. Heute ist natürlich keine so bitterkalte Nacht. Es ist eine gewöhnliche nordenglische Mainacht. Kühl und ein bisschen dunstig. Nebel, der vom Boden aufsteigt und sich vom Himmel senkt. Nebel ist etwas, an was man sich gewöhnt.

Beim Hunger ist es zuerst nur dein Magen, der wehtut. Er fängt an zu zucken und zu stechen. Dann, mit der Zeit, verfestigt sich dieses nagende Gefühl, und der Schmerz wird immer schlimmer, während der Hunger dich aushöhlt wie mit einem Messer. LEER! LEER! LEER!, schreit dein Magen, und dann wird dein Hirn mit reingezogen und fängt auch an zu schmerzen. Aber heute Nacht habe ich keinen Hunger. Das liegt zum Teil daran, dass mein Magen geschrumpft ist, und zum Teil daran, dass ich noch Essen in meinem Proviantttuch habe. Essen in meinem Proviantttuch zu haben, nährt mein Hirn, beruhigt mich, erinnert mich daran, dass ich zumindest heute nicht verhungern kann.

Aber Träume.

Ach, Träume.

Träume kommen ohne Vorwarnung.

Träume schreien durch die verschlossenen Tore in Festung.

Träume springen über Mauern.

Träume finden den passenden Schlüssel für das letzte Schloss im Turm.

Jede Nacht kämpfe ich mit Träumen. Manchmal rauben mir Träume sogar den Mut, zu schlafen.

Natürlich habe ich meine Strategien.

Eine davon ist Konzentration. Die werde ich heute Nacht anwenden. Ich richte den Blick auf den Jungen, beuge mich über ihn und betrachte sein Gesicht.

Ach, Papa!

Schlafend ist der Junge noch schöner. Im Dämmerlicht wirkt sein Gesicht sanft und friedlich und ein Lächeln umgibt diese dunklen Rosenblattlippen. Sein Kopf wurde kürzlich rasiert und ich kann die kräftige und dennoch zerbrechliche Form seines Schädels erkennen. Niemand rasiert einem Kind den Kopf, wenn er unterwegs ist. Nicht, wenn er den Rasierer nicht aus anderen Gründen behält. Der alte Mann hat den Jungen sicher geliebt, denke ich. Oder sich zumindest um ihn gekümmert, bis passierte, was auch immer passiert ist. Ich beobachte, wie sich die Wangen des Jungen ein bisschen nach innen ziehen, während er um den Stein in seinem Mund herumatmet. Er sieht nicht wirklich afrikanisch aus, aber auch nicht arabisch. Vielleicht ist er ein Berber. Papa sagt, man trifft in ganz Nordafrika Menschen vom Volk der Berber; man findet sie in Marokko, Algerien, Tunesien, Libyen, Ägypten, Mali, Niger, Mauretanien.

»I-Mazigh-en«, sagte Papa, *so nennen sich die Berber selbst. Das heißt edle Menschen, freie Völker. Die Römer gaben ihnen den Namen »Berber«. »Berber« von »barbarus« – Barbar.*

Warum erzählst du deiner Tochter nichts Nützliches?, fragte Muma.

Wer weiß schon, was heutzutage nützlich ist?, antwortete Papa.

Ich weiß, meine Gedanken schweifen ab. Sie schweifen fort von dem Jungen und hin zu Muma und Papa. Aber es ist Nacht und nachts kommen Muma und Papa oft zu Besuch.

Großmutter Aileen (die Papas Mutter ist) sagte: *Ich weiß nicht, warum deine Eltern überhaupt zusammengekommen sind. Sie sind doch sehr verschieden.*

Das stimmt. Muma ist Ingenieurin und Papa, Papa ist – Papa. Obwohl, das stimmt nicht ganz. Sie sind beide Forscher, nur dass sie auf unterschiedlichen Gebieten forschen.

Nach Khartum sind wir wegen Muma gezogen.

Diese ganze Sonne. Diese ganze Energie!, sagte Muma. *Wir haben das Wissen, und sie haben die Ressourcen. Die Wüste könnte die ganze Welt mit Strom versorgen.*

Das war Mumas Traum. Träume sind Schäume.

Pah!, sagte Großmutter. *Und du glaubst, wenn du die Wüste zum Blühen bringst, sagen die Sudaner danke schön und teilen mit dem Rest der Welt?*

Und Muma antwortete: *Wir sind Klimaschuldner und sie gewähren uns einen Klimakredit. Das ist nur gerecht.*

Papa sagte: *Man muss an das Gute in den Menschen glauben.*

Hmm, erwiderte Großmutter. *Na dann viel Glück.* Anschließend sah sie ihren Sohn fest an und fragte: *Und was tust du, während deine Frau die Energie der Wüste zum Wohle der Menschheit nutzbar macht?*

Ich ziehe meine Tochter groß, antwortete Papa.

Und?, fragte Großmutter.

Reicht das etwa nicht?

Großmutter wartete.

Also fügte Papa hinzu: *Und ich schaue.*

Schauen?, wiederholte Großmutter. *Auf was?*

Auf alles, was ich kann, antwortete Papa. *Ich werde die Welt in all ihrer Herrlichkeit erfassen.*

Das sind die Gedanken, die ich heute Nacht mit mir in den Schlaf nehme. Die vertrauten Decken, in die ich mich hülle, um meine Furcht zu lindern. Wenn du dich schlafen legst, schließt du die Augen. Aber deine Ohren, deine Ohren lassen sich nicht ausschalten. Deine Ohren sind immer wach. Lauschen den Hunden und den Krähen, den Zweigen und den Drohnen, aber auch den Stimmen der Menschen, die du liebst. Die Stimmen brauchen kein Stromkabel, um dich zu erreichen. Sie kommen einfach so.

Ich liege mit geschlossenen Augen und offenen Ohren auf dem Boden. Außer den Stimmen höre ich noch das sanfte Rauschen des Wassers im Bach, den Wind, wenn er die trockenen Blätter in den abgestorbenen Bäumen fängt, und das Atmen des Jungen. Das leise Ein-und-Aus, das gelegentliche, kaum wahrnehmbare Nuckeln.

Und natürlich ist es unmöglich, nicht an die letzten beiden Menschen zu denken, die so nah bei mir auf dem Boden lagen. Der erste war der zehnjährige Muhammad. Ich kannte ihn nicht gut. Anfangs. Er war nur der Sohn des Fahrers meiner Mutter. Ich musste ihn nicht kennen. Doch als wir zusammen in der Wüste landeten – dann schon. Er war ein gesprächiger Junge, ein richtiges Plappermaul. Redete, wenn es nichts zu reden gab. Redete sogar, wenn es Mühe machte, zu reden. Außer nachts. Da lag er neben mir (es war sicherer, nah beieinanderzuliegen), stumm und gerade wie ein Brett.

Der zweite Mensch war der Mann. Der Fremde. Der namenlose Fremde, der beschloss, sein Leben in meins zu schieben, damals, in der Nacht in Meroe.

Der Mann, der in das Grab kam, in dem Muhammad und ich

Schutz gesucht hatten, und seinen Tabak und seinen Zorn ausatmete. Der Mann, der plötzlich da war. Der Mann, der nicht gerade wie ein Brett dalag. In dem Moment lernte ich, dass nicht nur Länder Grenzen haben.

Auch Menschen haben welche.

9

Ziegel

Du kannst die Dinge verändern, indem du sie anschaust, sagte Papa.

Das zeigte er mir an einer Münze.

Betrachte sie so herum, sagte Papa und zeigte mir die runde flache Seite, mit dem Kopf des Königs darauf. *Es ist ganz leicht, sofort zu erkennen, was das ist. Es ist eine Münze! Aber sieh sie dir mal so herum an*, und er drehte die Münze hochkant, sodass sie aussah wie ein schmaler geriffelter Streifen Silber. *Jetzt ist es nicht mehr so leicht, stimmt's? Denk dran, Mhairi, man sieht den Dingen nicht immer an, was sie sind.*

Ich denke daran.

Ich denke an den Ziegelstein, den ich in dem altertümlichen Grab fand, in dem Muhammad und ich in der Nacht in der Wüste in Meroe Schutz suchten.

In der Nacht, als der Fremde kam.

Es war ein Lehmziegel, ein Adobe. Im Gegensatz zu den Ziegeln in diesem Land werden Adobes aus Lehm geformt und dann in der Sonne getrocknet. Es sind schöne Gegenstände, denen man ansieht, dass sie von Menschenhand gemacht wurden. Ich habe auch einmal einen Adobe geformt. Habe zusammen mit ein paar Freunden von Muhammads Vater im Lehm gekniet, die lachten, während sie arbeiteten. Sie zeigten mir, wie man aus drei Stücken Leisten und einem alten Campingschild eine kleine Kastenform baut. Sie zeigten mir, wie man den Lehm mit Stroh und mit Wasser aus einem zerbeulten Kupferkessel mischt. Sie halfen mir, die Masse mit dem runden Ende eines Bettbeines festzustampfen. Es war ein guter Ziegel. Stark.

Der Ziegel in dem Grab in der Wüste war auch stark. Als es am Morgen hell wurde, sah ich diesen Ziegel lange an. Es war ein grober schöner Stein. Rau und zerklüftet wie die Oberfläche eines roten Planeten. Mit vielen kleinen Steinchen durchsetzt, aber glatt, wo die Strohhalme gewesen waren. Und es war ein Daumenabdruck im Lehm. Genau in der Ecke, wo der Mensch, der den Ziegel gemacht hatte, die hölzernen Stützen weggeschoben hatte, bevor er ihn zum Trocknen in die Sonne legte.

Ja, an jenem Morgen verbrachte ich viel Zeit damit, diesen Ziegel anzuschauen, ihn zu betrachten, mich auf ihn zu konzentrieren. Der etwas dunkleren rotbraunen Färbung in der Ecke mit dem Daumenabdruck widmete ich besondere Aufmerksamkeit. Der Farbe getrockneten Blutes. Und doch sah er nicht aus wie eine Mordwaffe.

Nein. Kein bisschen.

Er sah aus wie ein Ziegel. Und so behalte ich ihn heute Nacht in Erinnerung.

Nicht als blutbedeckte Mordwaffe.

Natürlich nicht.

Nur ein schöner, getrockneter, roter Lehmziegel.

Also schlafe ich ein.

Endlich schlafe ich ein.

Und, heute Nacht, bleiben alle Tore in Festung verschlossen.

10

Tränen

Oft wache ich bei Sonnenaufgang auf. Heute wache ich spät auf. Ich bin steif und klamm. Ich setze mich mühsam hin und sehe, dass der Junge schon wach ist. Er sitzt im Schneidersitz da und trinkt aus meiner Wasserflasche.

Niemand trinkt ohne Erlaubnis aus meiner Wasserflasche.

Niemand.

Ich greife nach der Flasche, obwohl ich mir erst noch die Augen reiben, mich an das Licht gewöhnen, richtig sehen muss. Das Blech der Flasche scheppert dem Jungen gegen die Zähne – aber er hält fest, hält meinem verschwommenen Blick über den metallenen Rand hinweg stand.

»Gib sie mir«, sage ich. »Sofort.«

Er löst seinen Griff – allerdings zu schnell –, und bevor ich die Flasche richtig nehmen kann, macht sie einen Ruck, und ein Strahl Wasser schießt ihm aus dem Mund. Das Wasser bildet einen dunklen Spritzer auf dem Boden und sickert auf der Stelle ein.

Das Wasser ist weg.

Ich bin sofort auf den Beinen. Der Junge ist klein und ich überrage ihn deutlich.

»Untersteh dich«, brülle ich, »das noch mal zu machen!«

Und ich schlage ihn mitten ins Gesicht.

Der Junge hält sich die brennende Wange. Er sieht erstaunt zu mir auf.

»Was bist du nur für ein Dummkopf?«, brülle ich. »Weißt du denn gar nichts?«

Ich koche vor Wut. Ich spüre die Hitze in den Adern. Es ist nicht bloß, weil er die Flasche ohne Erlaubnis genommen hat, nein, natürlich nicht. Es ist wegen des Wassers. Des Wassers, das in der Erde versickert ist. Des Wassers, das – WEG ist.

Und plötzlich bin ich wieder in der Wüste, an dem Tag, als ich im Sand hockte und versuchte, wenigstens einen Tropfen Urin herauszupressen und irgendwie aufzufangen. Denn das war alles, was es damals zu trinken gab. Meinen eigenen bitteren Urin.

»Wasser!«, schreie ich »Geh und hol neues Wasser!« Und ich schleudere die Flasche zurück zu dem Jungen und zeige auf den Bach, wo es

Liter

über Liter

über Liter frisches Wasser gibt.

Der Junge steht auf – schweigend, demütig – und geht den Hügel hinab zum Bach. Ich sehe ihm nach, während er sich seinen Weg um die größeren Äste herum sucht.

Beobachte, wie er sich an den Rand des Baches kniet und die Flasche ins Wasser senkt, ganz bedächtig, wie er darauf achtet, die Flasche auch vollständig zu füllen. Beobachte, wie sich sein Handgelenk dreht, während er den Verschluss wieder fest auf die Flasche schraubt.

Mein Herzschlag beruhigt sich ein wenig.

Dann steht der Junge auf und will gerade den Hang wieder hinaufsteigen, als sein Blick auf die Leiche seines toten Begleiters fällt und er mit einem kurzen Augenaufschlag zu mir plötzlich die Richtung ändert.

Er entfernt sich von mir und geht auf den Toten zu. Es sind nur ein paar Meter. Er bleibt stehen, sieht ihn kurz an und sinkt auf die Knie.

Da setze ich mich in Bewegung. Laufe den Hang hinunter.

Ich laufe schnell. Ich laufe schon immer schnell.

Als ich ihn erreiche, kniet der Junge noch immer da. Ganz dicht neben dem Kopf des Mannes.

Der Mann hat Augen wie Becher.

Rote Becher.

Die Hunde sind nicht gekommen, aber die Krähen. Die Krähen der Nacht haben seine Augen gefressen.

Und der Junge kniet neben dem Gesicht des alten Mannes und gießt ihm sauberes Wasser in die leeren Augenhöhlen. So viel Wasser, dass es überläuft.

Also weint zwar nicht das Kind, aber der Mann.

Der Mann weint einen Fluss roter Tränen.

Ich nehme dem Jungen die Flasche aus der Hand – und dann nehme ich seine Hand.

»Komm«, sage ich und ziehe ihn auf die Beine. »Es wird Zeit, zu gehen.«

11

Menschen

Ich steuere den Hügel hinauf, aber erst, nachdem ich die Wasserflasche wieder gefüllt habe. Der Junge stolpert hinter mir, schürft sich das Schienbein an einem umgefallenen Baum auf. Folgt mir aber trotzdem weiter.

Ich bleibe erst stehen, als ich oben ankomme. Der Tag erstreckt sich vor uns. Vierzig Kilometer Hügellandschaft unter einem Himmel grau wie Blei. Ein paar Häuser, keine Tiere, nur eine Straße. Hier im nördlichen Teil Englands gibt es viel weniger Städte. Das ist gut. Menschen in Städten verteidigen, was sie haben:

- ihr Essen
- ihre Sicherheit
- ihre Nanonets
- ihr ungestörtes Leben

Kein Wunder.

Die Straße liegt zu unserer Linken, im Westen, und auf dieser Straße bewegen sich weit vor uns, klein wie Ameisen, hundert Menschen. Vielleicht zweihundert. Vielleicht dreihundert. Sie krabbeln in dicht gedrängten Gruppen Richtung Norden. Ich habe mich auch schon in solchen Gruppen bewegt. War Teil ihrer Gemeinschaft. Bin auf Gefahren gestoßen. Habe solche Gruppen verlassen und mich ihnen später wieder angeschlossen, Menschen getroffen, von denen ich dachte, ich würde sie nie wiedersehen, und sie begrüßt wie Brüder und Schwestern, weil sie mir vertraut waren. Aber jetzt ist keine gute Zeit, um in einer Gruppe weiter zu ziehen. Wir sind zu nah an der Grenze. Selbst hier kann ich die Überwachungsdrohnen hören. Unsere Chancen stehen besser, wenn wir allein weitergehen.

Beziehungsweise meine Chancen.

Ich sehe den Jungen an. Er betrachtet die Ameisen. Möglicherweise kennt er einige dieser Ameisen. Nicht bloß Menschen, die er unterwegs getroffen hat, sondern Menschen von dort, wo er herkommt. Richtige Freunde. Richtige Familienangehörige.

»Du könntest sie einholen«, sage ich.

Das ist nicht wahr. Selbst wenn er den Weg fände, sie sind zu weit weg.

»Ich gehe da lang.« Ich zeige Richtung Nordwesten.

Der Junge sieht zu den Ameisen und hebt dann das Gesicht zu mir. Und lächelt. Oder grinst eher, ein schelmisches, breites Grinsen. Als hätte ich einen Witz gemacht.

Es ist schon sehr lange her, dass mich jemand angegrinst hat. Ich kann seine Zähne sehen. An einem seiner Schneidezähne fehlt eine kleine Ecke.

»Bist du etwa weich in der Birne?«, frage ich.

Das fragten sie immer über mich. Oder vielmehr tuschelten sie es auf Arran hinter meinem Rücken. Die Leute aus dem Dorf, wenn sie mit Großmutter sprachen.

Bist du sicher, dass deine Enkeltochter ganz richtig im Kopf ist? Du weißt schon ... nicht vielleicht ein bisschen weich in der Birne?

Eher hart wie Holz, antwortete Großmutter dann.

Papa sagte: *Die Leute sagen manchmal, du wärst weich in der Birne, wenn sie eigentlich meinen, du denkst oder tust nicht dasselbe wie sie.*

Ich kann nicht wissen, was im Kopf des Jungen vorgeht. Es ist schwierig genug zu wissen, was in meinem eigenen vorgeht. Ich weiß nur, was ich sehe. Ich sehe die Zähne des Jungen. Mein Blick bleibt daran hängen, weil auch ich einen abgesplitterten Schneidezahn habe. Obwohl meiner schon einer von den Bleibenden ist und seiner noch ein Milchzahn.

Ich grinse zurück. Vielleicht verziehe ich auch nur das Gesicht. Meine Lachmuskeln sind schon so lange nicht benutzt worden.

Er zeigt auf meinen Zahn. Zeigt auf seinen eigenen. Dann fängt er an zu lachen.

Hahahahahaha.

Es ist ein ziemlich merkwürdiger Laut, aber ansteckend. Also lache ich auch.

»Wie ist es passiert?«, frage ich lachend. »Das mit deinem Zahn?«

Er nimmt seinen Nuckelstein aus der Hosentasche. Tut so, als würde er draufbeißen.

Hahahahaha.

»Meiner ist abgebrochen, als ich jemandem in der Wüste den Kopf mit einem Ziegel eingeschlagen habe«, antworte ich lachend.

Hahahaha.

12

Richtung

Wir lachen ziemlich lange, dann sage ich: »Jetzt sei still. Ich muss mich konzentrieren.«

Der Junge ist sofort still. Ich muss unwillkürlich an Muhammad denken. Muhammad, den Sohn des Fahrers meiner Mutter. Muhammad war nie still. Muhammad mit seinen Eselwitzen und seiner Aufschneiderei übers Wassermelonenkernweitspucken. Vielleicht wusste Muhammad, dass er nicht so lange hatte. Dass ihm nur wenig Zeit blieb, all das zu tun und zu sagen, was er musste.

Ich fange an, in der Stille den Weg zu planen. Ich mustere die Gegend, präge mir die Form der Hügel ein, merke mir jeden markanten Fels. Ich mache mir ein Schema der Bäume und Sträucher, zeichne in Gedanken Linien von den kleinen Gehölzen zu den allein stehenden Bäumen und den dichter bewachsenen Waldstücken. Ich erfasse die Winkel und schätze die Entfernungen und versuche, mir ein Bild einzuprägen, von dem ich mich leiten lassen kann, wenn die Landschaft sich verändert, was sie tun wird, in dem Moment, in dem ich anfange zu laufen. Das habe ich sogar gemacht, als ich durch die Wüste lief, was dumm war. Denn Dünen ändern mit jedem Luftzug ihre Form.

Ich muss mir die Landschaft einprägen, weil ich von hier ab nicht mehr der Straße folgen werde. Wenn du Papiere hast, die in Ordnung sind, müsstest du eigentlich zu einer Grenze gehen, diese Papiere vorzeigen und ungehindert passieren können.

Ich habe festgestellt, dass das nicht immer so ist. In Heathrow wurde ich vier Monate zur »Überprüfung« festgehalten. Das war keine angenehme Erfahrung. Deshalb nehme ich nicht die Straße. Straßen führen zu Kontrollpunkten, Verzögerungen, Fragen, Zweifeln.

Und zu Soldaten.

Aus diesem Grund versuche ich, die Grenze über die Hügel und Felder zu überqueren. Wenn ich nicht erwischt werde, bin ich auf diese Weise schneller zu Hause. Wenn ich erwischt werde ... Na ja, Papa, dann habe ich immer noch meinen Revolver, mein Messer und meinen Verstand.

Um die Straße zu meiden, muss ich mich jetzt Richtung Nordost halten, statt direkt nach Norden zu gehen.

Papa sagt: *Wenn du nach Norden gehst, ist die Erde auf deiner Seite. Sie zeigt dir immer den Weg.* Das gehört zu den Dingen, die er durch Schauen gelernt hat.

Schau, Mhairi, sagte er zur Mittagszeit. *Schau dir die Schatten an. Wenn die Schatten am kürzesten sind, ist es Mittag. Wenn du um zwölf Uhr mittags einen Stock in die Erde steckst, zeigt die Spitze seines Schattens immer nach Norden. An seinem unteren Ende ist Süden.* Das zeigte er mir auf der Insel Arran, als ich sechs war, und dann noch einmal, als wir in Khartum wohnten.

Schau, Mhairi, sagte Papa über die Flechten an den Bäumen, *diese rostrote Flechtenart hier mag kein Licht. Sie wächst nur auf der nach Norden gewandten Seite der Stämme. Wenn die Sonne mal nicht scheint und du in der Nähe von Bäumen bist, dann such nach der rostroten Flechte.* Das zeigte er mir in dem Wald hinter Großmutters Haus in Corrie, als wir in dem Sommer, als ich zwölf wurde, nach Arran zu Besuch kamen.

Schau, Mhairi, sagte Papa in der Nacht, *schau zu den Sternen. Such den Großen Wagen, das Sternbild, das aussieht wie ein Wagen. Die Sterne gegenüber der »Deichsel« zeigen direkt auf den Polarstern. Der Polarstern ist immer im Norden.* Ich erinnere mich nicht mehr, ob er mir das in Schottland oder im Sudan oder an beiden Orten gezeigt hat. Wahrscheinlich an beiden, denn ich weiß noch, dass er hinzufügte: *Der Sudan und Schottland sind scheinbar weit voneinander entfernt, aber beide liegen unter dem Himmel der nördlichen Hemisphäre. Und haben dieselben Sterne.*

Jetzt gehe ich jedoch nach Nordosten, deshalb ist die Erde nicht auf meiner Seite. Und falls ich es über die Grenze schaffe, muss ich wieder zurück Richtung Westen. Beziehungsweise Nordwesten. Nordwesten ist da, wo die Insel Arran ist. Wo Großmutter ist.

Kommt nach Hause, sagte Großmutter. *Kommt sofort nach Hause!*

Das war vor über einem Jahr.

Es kommen zu viele Menschen nach Norden, sagte Großmutter. *Sie schließen alle Grenzen. Es würde mich nicht wundern, wenn sie die Grenze zwischen England und Schottland auch noch dichtmachen.*

Ach Unsinn, sagte Muma. *Wir sind doch Schotten. Wir sind da geboren. Selbst wenn sie die Grenze schließen, können wir jederzeit zurück.*

Darauf würde ich nicht wetten, antwortete Großmutter. *Die Gesetze ändern sich dauernd. Kommt jetzt sofort.*

Sind wir aber nicht.

Muma hatte noch zu tun. Sie und ihre sudanesischen Kollegen waren ganz dicht dran, den Strom der Wüstensonne anzuknipsen.

Verstehst du nicht?, fragte Muma. *Darum geht es eigentlich. Nicht nur um die Macht der Sonne, sondern um die Macht über sein eigenes Leben. Niemand verlässt seine Heimat, wenn das Leben dort gut ist.*

Du hast meinen Sohn aus seiner Heimat entführt, sagte Großmutter.

Ach Aileen, antwortete Muma.

Und dann schmolz das Eis an der nördlichen Polkappe. Beziehungsweise das Eis bildete sich einfach nicht. Das erste Jahr in der Geschichte unseres Planeten, in dem es im Sommer kein Eis in der Arktis gab. *Macht doch nichts*, sagten einige. *Wir haben doch immer noch das Eis in der Antarktis.*

Andere gerieten in Panik.

In Khartum übernahmen die Soldaten die Führung der Solarstromanlage und positionierten Wachen an allen Eingängen. Sie sagten den Arbeitern, ihr Strom würde im Sudan bleiben und die fremden Ingenieure würden nach Hause geschickt. Muma räumte ihren Schreibtisch.

Und dann schlossen sie den Flughafen. Nur noch militärische Nutzung.

Fahrt nach Kairo, sagte Großmutter. *Kairo ist noch offen. Fahrt sofort los.*

Und dorthin waren wir gerade unterwegs, als Muma und Papa

FESTUNG.

Ich lebe noch, Muma.

Papa, die Welt ist schön.

Außer heute. Zumindest ist der Himmel heute nicht schön. Der Himmel ist eintönig grau. Nirgendwo Sonne, die Schatten wirft, und die Bäume auf dem Hügel sind alle tot. Ein typischer Tag, an dem du besser einen Kompass dabeihast, wenn du weiterkommen willst. Ich hatte mal einen Kompass. Er war auf meinem Handy. Dem Solarhandy, das mir eine Woche, bevor ich den Revolver bekam, gestohlen wurde. Ich mache demjenigen, der mir das Handy gestohlen hat, keinen Vorwurf. Es gibt viele Gründe, um zu stehlen. Und einige ziemlich gute. Außerdem, wenn ich mein Handy noch hätte, müsste ich Großmutter anrufen, und sie würde fragen: *Wo bist du?*

Und ich würde antworten: *Immer noch auf der falschen Seite der Grenze, aber schon ziemlich nah. Höchstens drei oder vier Tage Fußmarsch entfernt. Wenn es gut läuft.*

Und dann würde sie die andere Frage stellen, die schwierige, die Muma-und-Papa-Frage, von der ich nicht weiß, wie ich sie jemals beantworten soll.

13

Andere Welten

Während der ganzen Zeit, in der ich die Route plante, hockte der Junge da und starrte konzentriert auf das Gras und seine Füße. Ich mache das auch manchmal. Ich nenne es Andere Welten. Es ist eine Möglichkeit, einen Moment aufzuhören, du selbst zu sein. Du schaust das Gras so genau an, wie du es vielleicht mit einem Lehmziegel machst. Du siehst (genau wie ich, weil ich seinem Blick folge), dass da ein Käfer im Gras sitzt. Und du machst dich ganz klein und stellst dir vor, dass du dieser Käfer bist, der an einem riesigen Grashalm hochklettert. Du hältst dich fest und kletterst, kletterst Kilometer um Kilometer den Grashalm hinauf. Während du immer höher kommst und der Halm sich langsam verjüngt, sorgst du dich, ob er weiterhin dein Gewicht trägt, obwohl die Erfahrung sagt, dass er das tut.

Als Nächstes siehst du einen Wassertropfen. Der Tropfen ist eine gigantische silberne Kuppel, drei- oder viermal größer als du selbst, der Himmel spiegelt sich darin. Was, wenn der Tropfen platzt? Denn auch in Andere Welten gibt es Schrecken, nur nicht dieselben, mit denen du fertigwerden musst. Was, wenn sich tausend Liter Wasser über deinen Kopf ergießen? Der Tropfen zittert, während du hinauf zum obersten Ende des

Grashalms kletterst. Die Spitze des Halms ist gespalten, was der Grund dafür ist, dass sie den Wassertropfen hält. Noch ein Schritt weiter, und der Umkipp-Punkt ist erreicht. Es gibt immer einem Umkipp-Punkt. Der Tropfen kann nicht halten. Er platzt. Das Wasser stürzt auf dich herab, aber du hältst stand und es fließt nur über dich hinweg und um dich herum. Ohne dass dir etwas passiert.

Es hat seine Gründe, dass Käfer diese harten Panzer um sich haben.

Muma sagt, es gibt jetzt mehr Käfer auf der Welt als früher. Käfern machen höhere Temperaturen nichts aus. *Wenn wir nicht aufpassen*, sagt Muma, *wird die Welt eines Tages von Käfern beherrscht.*

Ich beobachte, wie der Junge seine winzige Welt mit dem Blick durchforscht. Er verhält sich ganz ruhig, dann schnellt plötzlich seine Hand nach vorn und ich denke schon, er will den Käfer schnappen, merke dann aber, dass er noch etwas anderes tiefer im Gras gesehen hat, einen dünnstieligen Pilz mit graugelbem Hut. Er reißt ihn zusammen mit einem Büschel Gras heraus und stopft ihn sich samt Gras in den Mund. Er war gar nicht mit Andere Welten beschäftigt. Er hat nach Essen gesucht.

»Was denkst du, was du bist, eine Kuh?«, schreie ich.

Das letzte Mal, als ich eine Kuh sah, waren es nur ein Schädel und leere, vertrocknete Haut in der Form einer Kuh neben der kleinen Straße am Rande der Wüste, wo die Soldaten uns angehalten haben. Ich setzte mich neben den ausgetrockneten Kadaver und lutschte an der steifen Haut. Lutschte daran, weil sie zu hart war, um ein Stück davon abzubrechen und es zu kauen. Lutschte an dem, was einmal ihr weicher Bauch war, bevor die

Geier die Innereien gefressen hatten und die Sonne ihn starr trocknete. Es schmeckte nach Staub und Haaren. Dreihundert Kilometer weiter nördlich aß ich Gras. Aber das kochte ich wenigstens. Gekochtes Wüstengras ernährt dich nicht und kratzt im Hals. Aber Pilze. Pilze! Nicht mal Papa konnte immer sagen, welche Pilze giftig waren.

»Spuck das aus!«, brülle ich.

Ich ziehe feuchte, grüne Halme aus seinem Mund, aber der helle Pilz kommt nicht heraus. Der Pilz ist weg, hinuntergeschluckt. Der Junge sieht zu mir hoch. Er lächelt nicht.

»Wenn du schon stirbst«, sage ich, »dann stirb wenigstens nicht aus Dummheit. Hat dein Papa dir denn gar nichts beigebracht?« Ich hole meine Wasserflasche hervor. »Spül dir den Mund aus.«

Er nimmt einen Schluck, lässt das Wasser im Mund kreisen, spuckt aus und wendet nicht ein einziges Mal den Blick von mir ab.

»Damit das klar ist«, sage ich. »Du kannst mindestens drei Wochen ohne Essen auskommen, aber nicht ohne Wasser.«

Dann schraube ich den Deckel auf meine Wasserflasche und gehe davon.

14

Schritt halten

Der Junge folgt mir.

Ich laufe schneller, obwohl ich bergab laufe und der Untergrund keineswegs eben ist. Auf dieser Seite des Hügels gibt es keine Bäume, aber es gibt büschelweise spitzes Gras und niedrige Disteln.

Ich höre den Jungen hinter mir herkommen. Er jammert nicht. Er stöhnt nicht. Sogar als er stolpert und hinfällt, ist der Laut, den er von sich gibt, nur ganz kurz. Nur ein einzelner, kurzer Aufschrei, dann ist er wieder auf den Beinen. Aber er kann natürlich nicht mit mir Schritt halten. Das liegt daran, dass seine Beine kurz sind.

Ich warte nicht und schaue nicht zurück.

Ich richte den Blick auf den Horizont.

15

Horizont

Hinter Großmutters Haus auf der Insel Arran ist ein Berg. Kein Berg in einiger Entfernung, sondern einer, der sich direkt in ihrem Garten erhebt. Jeden Sommer meiner Kindheit bin ich auf diesen Berg geklettert: hinauf, durch das Tor, an dem Ruderboot auf dem Anhänger vorbei, quer über das sumpfige Gelände und wieder hinauf bis zum Anfang des Pfades, der in den Wald führt. Dann an der Reihe moosbedeckter Felsbrocken vorbei, bis ich in den Wald selbst kam. Dorthin, wo der Leuchram Burn aus dem Gebirge herabstürzt. Im Laufe der Zeit lernte ich, den Bach zu überqueren – da, wo er stellenweise ein flaches, stilles Becken bildet –, um dann noch höher hinaufzusteigen, bis zum »Pferd«, dem Baumstamm, der sich schwindelerregend hoch über das rauschende Wasser neigt. Dort saß ich oft rittlings, um mich auszuruhen, denn ich wusste, was noch kommen sollte: der Gipfel des Berges, der nie kam. Die trügerischen Horizonte. Also kletterte ich – und kletterte (das Versprechen des Gipfels immer in Sicht) und kam doch nie an. Denn jeder Horizont, den ich erreichte, erwies sich als Fuß einer neuen Anhöhe.

Muma sagte: *In unserer Familie geben wir nicht so leicht auf,*

Mhairi. Wenn wir uns einmal etwas vornehmen, dann legen wir los. Und ziehen es durch. Egal, wie anstrengend es wird.

Also zog ich es durch.

Ich war sieben, als ich zum ersten Mal den Gipfel des Berges erreichte. Er war so hoch. Der Wald lichtete sich plötzlich direkt in den Himmel. Richtung Westen konnte ich bis zum zerklüfteten Berggipfel des Goat Fell hinübersehen und im Osten direkt über das funkelnde Meer bis aufs Festland. Außerdem konnte ich immer noch den Schornstein von Großmutters Haus erkennen. Ich wusste, wo ich war.

Daran versuche ich zu denken, während ich Stunde um Stunde durch diese nordenglischen Hügel laufe, die nicht meine Hügel sind. Während ich die fremden Bergkämme erklimme, mich die falschen Höhen hinaufquäle, die holprigen Abstiege hinunter, die trügerischen Horizonte passiere. Während ich laufe und niemals ankomme, mich scheinbar kein bisschen nähere. Niemals den Gipfel erreiche. Kilometer um Kilometer gebrochene Versprechen zwischen Bergen, deren Namen ich nicht kenne.

Es gab keinen einzigen Moment auf dieser Reise, in dem ich nicht an zu Hause dachte. Meine Heimat. Zu Hause zu sein. Zu Hause zwischen den Hügeln und Bergen meiner Kindheit. Schottland. Jetzt frage ich mich, ob es das ist, was Heimat bedeutet: irgendwo zu laufen, wo du keine Karte brauchst.

Wo dir die Landschaft ins Herz gebrannt ist.

16

Bärlauch

Ich laufe, bis mir die Beine wehtun, bis mir der Bauch schmerzt. Ich knote nicht mein Provianttuch auf. Ich trinke Wasser. Ich fülle meine Trinkflasche am Bach auf, dem ich den größten Teil des Tages gefolgt bin. Ich beobachte die Wolken. Sie türmen sich mit jeder Stunde dunkler, aber so kann es tagelang aussehen und es wäre immer noch in Ordnung. Es war ein guter Tag. Folgendes hätte meinen Fußmarsch heute behindern können, hat es aber nicht:

- ein Gewitter
- eine Stadt
- ein Mensch mit einer Waffe
- ein Fluss
- eine Mauer
- Regen
- Stacheldraht
- der Junge

Als es dunkel wird, suche ich nach einem Unterschlupf. Auf dem Hügel vor mir sehe ich etwas, was meine Großmutter wahrscheinlich »byre« nennen würde, einen verlassenen Kuhstall aus der Zeit, als es in den Hügeln noch Kühe gab. Einen Schutzraum in einer Gegend, die ansonsten nur aus ein paar kleinen Wäldern und kilometerweit offenem Moor besteht. Wenn ich noch in der Wüste wäre, würde ich sagen, es ist zu schön, um wahr zu sein. Würde ich sagen, es ist ein Wunder.

Ich beschleunige meinen Schritt, als könnte das Ganze sich einfach in Luft auflösen, und dann, gerade als ich den Waldrand erreiche, eröffnet sich mir ein neuer Anblick, breitet sich etwas wie ein Teppich unter meinen Füßen aus. Bärlauch.

Ach Papa!

Da ist ein Meer von Bärlauch am Waldrand!

Eine Myriade weißer Blüten und breiter, grüner Blätter. Ich trete darauf, dazwischen, der Geruch steigt in die Luft. Und unter der Erde, das weiß ich, sind Zwiebeln. Kleine Zwiebeln wahrscheinlich. Aber kräftig scharfe, köstliche, winzige Geschmacksbomben.

Papa, Papa, Papa! Was für eine wunderbare Welt!

Mir ist ganz schwindelig. Aber ich schaffe es, nicht gierig zu sein, mir nicht die essbaren Blätter in den Mund zu stopfen wie der Junge das Gras und den Pilz, nicht zu schnell zu viel zu essen, mich zu mäßigen. Zuerst zu riechen, zu lecken, ganz langsam zu kauen, nicht zu schlingen, meinen Magen Schritt halten zu lassen. Das ist noch etwas, was ich in der Wüste gelernt habe. Wenn du nichts gegessen hast, kann ein einziger Bissen dafür sorgen, dass du dich plötzlich aufgedunsen fühlst und dein Magen sich vor Schmerzen zusammenkrampft.

Deshalb mache ich langsam. Ich ziehe die Pflanzen heraus und nehme mir Zeit, die Erde von den weißen Zwiebeln zu wischen. Ich lutsche die Blätter, bevor ich sie kaue. Ich rieche den Bärlauchduft all der Gerichte, die ich früher aß. Gerichte, die meine Großmutter kochte, als ich noch klein war und es noch Essen im Überfluss gab: Bärlauch-Tomaten-Nudeln, mit Bärlauch gewürzter Lammbraten, Garnelen in Bärlauchbutter, mit Bärlauch gefüllte Hähnchenbrust. Ich erträume die Düfte, das Essen, breite es in meiner Vorstellung aus, während ich an den weißen Blüten sauge.

Wer weiß, wie lange ich in diesem Bärlauchfeld schwelge? Vielleicht schlafe ich sogar ein. Vielleicht lege ich mich wirklich hin und drehe mich um und verliere eine Weile das Bewusstsein.

Und als ich wieder aufwache. Ist er da.

Der Junge.

17

Zauberer

»Kannst du etwa zaubern?«, frage ich ihn.

Er sieht nicht aus wie ein Zauberer. Er sieht klein und erschöpft aus. Sein Gesicht ist schmutzverschmiert, seine Knie sind blutig, und von seinem rechten Schuh hat sich die Sohle gelöst.

Trotzdem ist er hier. Der Junge, der jünger ist als ich, als ich zum ersten Mal den Leuchram Burn überquerte. Der Junge, der einen Pilz gegessen hat und nicht vergiftet wurde. Die Natur ist eigentlich gut darin, die Schwachen auszusortieren. Vielleicht hat sein Papa ihm ja doch etwas beigebracht.

»Setz dich«, sage ich.

Er sinkt einfach nach unten. Ich setze mich neben ihn, ziehe eine Bärlauchzwiebel aus dem Boden. Ich wische die Erde ab und zerteile die kleine Zwiebel mit dem Daumennagel.

»Iss«, sage ich und halte ihm die eine Hälfte hin.

Er schnuppert daran.

»Gute Idee«, sage ich. »Du lernst. Aber es ist in Ordnung. Das ist Bärlauch, wilder Knoblauch.«

Er steckt sich die halbe Zwiebel in den Mund und kaut. Langsam.

Ich gebe ihm etwas aus meiner Flasche zu trinken und reiche ihm dann die zweite Zwiebelhälfte. Dann reiße ich ein Blatt in dünne Streifen und füttere ihn einen nach dem anderen damit. Ich gebe ihm Blüten.

Während er isst, sammle ich Bärlauchblätter und stecke sie für später in die Taschen. Dann zeige ich zum Himmel. Die grauen Wolken ballen sich noch dunkler zusammen, und man spürt langsam eine Schwere in der Luft, die einem Kopfschmerzen macht.

»Wir müssen weiter, nicht mehr weit.« Ich zeige auf den Kuhstall. »Ja?«

Der Junge nickt. Und seine Lippen teilen sich ein bisschen und ich sehe wieder diesen kleinen abgebrochenen Zahn. Das erinnert mich daran, dass jeder, mit dem ich je unterwegs gewesen bin, starb.

Vielleicht wird es ja dieses Mal anders.

18

Gewitter

Der Kuhstall ist nicht so nah, wie es anfangs aussieht. Wir laufen langsam, und der kaputte Schuh des Jungen schlägt schlapp, schlapp, schlapp gegen seine Fußsohle. Zweige geraten in den Schuh, Steine geraten in den Schuh, spitze Gräser.

Plötzlich gibt es einen Blitz und ein Donnern. Heutzutage hängen manchmal tagelang schwarze Wolken am Himmel und es gibt doch kein Gewitter, sondern die drohende Finsternis flaut ab, vergeht, macht Platz für unerwarteten, strahlenden Sonnenschein. Aber es kann auch genau andersherum sein. Und ein Gewitter kommt unverhofft, mit voller Macht. Es blitzt noch einmal und beinah zeitgleich folgen Donner und Regen. Dann öffnet der Himmel sich einfach und wir sind die Käfer darunter. Eine Kuppel aus Wasser stürzt auf uns herab, ein Wolkenbruch, eine Sintflut.

Und wir haben keine harten Panzer.

»Renn!«, brülle ich.

Nur, dass der Junge nicht rennen kann. Nicht mit seinem schlapp, schlapp, schlappernden Schuh.

»Glaub nicht, dass ich dich trage!« Das sind die letzten Worte, die ich ausstoße, bevor der Regen mir den Mund verschließt. Beziehungsweise die Nase. Er prasselt mir so heftig ins Gesicht, dass ich Mühe habe, zu atmen. Meine Ohren gehen zu, und mir läuft so sehr die Nase, dass ich den Mund aufmachen muss, um Luft zu bekommen. Ich versuche, mir die Nase am Ärmel abzuwischen, aber es stürmt so stark, dass ich mich im Moment mehr auf mein Gleichgewicht konzentrieren muss als auf meinen Ärmel. Ich kann nicht rennen. Ich kann kaum stehen.

Der Wind peitscht auf den Jungen ein, aber er ist näher am Boden als ich und kann sich halten. Und dann fliegt sein Schuh davon, wird vom Sturm hoch hinauf in die Luft gefegt, und der Junge streckt sich danach, rudert mit den Armen wie eine kleine Windmühle. Und dann kommt das Eis.

Unzählige Hagelkörner in allen Größen schlagen mir ins Gesicht. Ich hebe zum Schutz die Arme an die Stirn und trotzdem hört es nicht auf. Kugeln und Geschosse aus Eis auf meinem Kopf, auf meinem Rücken. Auf dem Rücken des Jungen. Jetzt wird er auf den Boden geworfen. Ich bin mit einem Mal zwischen ihm und dem Wind, versuche ihn hochzuziehen. Gerade als ich glaube, ich habe ihn, dreht der Wind seine Richtung, und ein neuer, heftiger Hagelwirbel fegt heran.

Und als ich denke, ich weiß nicht, wie wir es zu dem Kuhstall schaffen sollen, da teilen sich die Wolken und die Sonne bricht plötzlich dazwischen hervor. Sofort schmelzen die Eiskörner auf unseren Körpern. Wir sind klitschnass, unsere Haut regenüberströmt, unsere Kleider völlig durchweicht. Aber genauso plötzlich, wie er aufkam, legt sich der Wind wieder. Wir können weiter.

»Renn«, sage ich. Und ich renne, und der Junge, mit seinem einen nackten Fuß, humpelt.

»Fuß runter!«, rufe ich. Und er setzt seinen nackten Fuß auf den rauen, dornigen Untergrund.

Wir rennen Richtung Kuhstall. Als wir näher kommen, sehe ich, dass es nur ein Schuppen ist, an dem die Tür fehlt und dessen Seitenwände eingefallen oder eingeschlagen sind. Aber er hat ein Dach, ein Dach aus Wellblech.

Ich bin da.

Der Junge ist da.

Wir stehen tropfnass auf dem weichen Boden im Inneren. Stehen da, während der Regen auf das Blechdach prasselt und prasselt. Wir schütteln die Köpfe, schütteln uns die Haare aus den Augen, drücken uns auf die Ohren, wie man es in einem Flugzeug macht, schlucken und versuchen, sie aufzutauen.

Schließlich sind unsere Ohren wieder frei, unsere Kiefer wieder beweglich. Und einen Moment lang sind wir angekommen mit unseren windgepeitschten Gesichtern. Sicher. Warm. Erleichtert.

Und dann fängt das Zittern an.

19

Feuer

»Zieh deine Kleider aus!«, schreie ich gegen den Regen an, der aufs Dach trommelt.

Ich bin schon aus meiner Jacke und zerre jetzt an meinem Sweatshirt. Aber der Junge rührt sich nicht. Er steht bloß benommen da. Sein ganzer Körper schlappert wie sein Schuh vorhin. Schlapp, schlapp, schlapp, machen seine Hände, und sein Kopf schlottert, als säße er auf einem Stock, und seine Zähne klappern, und es kommen mehr Töne aus seinem Mund als je zuvor. Ein ganzer Schwall Töne, aber alle gleich, sprudelt ihm durch die zitternden Lippen.

B-b-b-bbb-bbbb-bb-b-b-b-b-b-b-bbbb-bbb-b-b-

»Zieh sie aus!«

Wieder ein Windstoß. Dieser Schuppen bietet doch keinen Schutz. Nicht mit der herausgerissenen Tür, die ein klaffendes Loch zur Außenwelt hinterlässt. Und mit der eingetretenen Seitenwand, die ein weiteres Loch bildet, durch das ich – die Tür sehe!

Sie liegt einfach draußen auf dem Boden.

Also gehe ich wieder hinaus. Ich hieve die Tür hoch, wuchte sie gegen Wind und Regen bis zu der Öffnung. Dann versuche ich von innen, sie aufzustellen und in die Lücke zu klemmen. Natürlich verdeckt sie sie nicht ganz, sperrt nicht den ganzen Regen aus, nicht den ganzen Wind. Aber sie hilft.

Der Junge schlottert immer noch.

»Ausziehen, hab ich gesagt!« Ich hebe seine zitternden Arme und streife ihm die Kleider über den Kopf. Beziehungsweise versuche es. Aber ich packe zwei Schichten auf einmal und sie bleiben hängen, und meine Hände sind zu kalt, um richtig zu helfen. Also steht er da, das Gesicht komplett in nassen Stoff gehüllt. Und dann, weil er keine Luft kriegt, fängt er sich, beginnt, selbst an den Kleidern zu ziehen, bekommt sie schließlich über den Kopf, und, wer hätte das gedacht, darunter trägt er ein Unterhemd. Ein Kleine-Jungen-Unterhemd.

Das Hemd ist nass und schmutzig, aber ich muss unwillkürlich denken: Jemand muss ihn geliebt haben, um ihm dieses Unterhemd zu geben.

»Hose«, sage ich und mache es ihm mit meiner vor, »zieh die auch aus.«

Und kurz darauf haben wir beide nur noch Unterwäsche an.

»Jetzt reib dich. Reib dir die Arme. Reib dir die Beine. Und stampf. Stampf mit den Füßen auf.«

Er tut, was ich sage. Und gibt jetzt weniger Bbbbbbbbbs von sich.

»Ich mache jetzt ein Feuer.« So nah an der Grenze ein Feuer zu machen, ist nicht vernünftig. In dieser kahlen Moorlandschaft wird man den Rauch kilometerweit sehen. Aber ohne Feuer werden wir heute Abend nicht trocken. Uns wird nicht warm. Außerdem schützt uns ein Feuer vor den Wildhunden. Wagnisse und Entscheidungen. Daraus besteht das Leben heutzutage.

Die angelehnte Tür dunkelt den Kuhstall etwas ab, aber es kommt immer noch viel Licht durch die kaputte Wand.

Folgendes kann ich erkennen: Der Boden ist trocken. Trockene Erde – zumindest dort, wo der Junge und ich nicht hingetropft haben. Das bedeutet, das Dach ist intakt. Drei Seiten des Stalls sind aus Holz, die vierte besteht aus einer behelfsmäßig eingebauten Wellblechplatte. Wenn ich es schaffe, davor ein Feuer anzuzünden, hält das Metall vielleicht die Hitze. Wenn. Das befindet sich noch in dem Kuhstall:

- eine Rolle Stacheldraht. An jedem Stachel hängt Schafwolle. Kein Kuhstall also. Ein Schafstall. Es ist lange her, dass ich Stacheldraht gesehen habe, der für Schafe benutzt wurde. All der Stacheldraht, den ich in letzter Zeit gesehen habe, war für Menschen gedacht.
- zwei vertrocknete Knochen. Ich weiß nicht, was für Knochen, aber von einem Tier, glaube ich.
- ein paar zerrissene Stücke dicke Plastikfolie, wahrscheinlich von Futtersäcken.
- der Stamm eines jungen Baumes mit Wurzeln daran
- die eiserne Türangel
- ein paar große flache Steine
- ein paar Holzlatten, die von der kaputten Wand stammen müssen

Ich hole mein Messer heraus. Ich untersuche die Wurzeln des jungen Baumes. Sie sind noch biegsam, nicht trocken genug, um damit Feuer zu machen. Manche Rinde eignet sich gut zum Anfachen, vor allem Birkenrinde. Das hat ein Mann namens Phil mir erzählt, kurz nach dem Aufruhr im Auffanglager in Heathrow. Diesem Baumstamm wurde die Rinde abgezogen. Ich begutachte die Knochen. Ich habe keine Ahnung, ob Knochen als Zunder funktioniert. Ich weiß zumindest, dass er brennt, weil die Menschen ihre Toten verbrennen. Aber ich weiß nicht, ob man Knochenspäne benutzen kann, um ein Feuer zu entfachen. Ich betrachte die Schafwolle. Schafwolle ist sicher zu schnell versengt, sie brennt wahrscheinlich genau wie menschliches Haar. Ich werde Späne aus den kaputten Latten machen müssen.

Ich reibe mir die Arme, ich stampfe, ich hüpfe, und dann fange ich mit den Spänen an. Schabe sie so fein ich kann, aber wegen der Nässe sind meine Hände ganz glitschig, und die Holzstücke sind immer noch dicker als Streichhölzer. Um als Zunder zu taugen, müssen sie dünn wie die Anspitzreste eines Bleistifts sein. Wenn meine Kleider trocken wären, könnte ich Zunderflaum vom Stoff abreiben, aber meine Kleider sind nicht trocken.

Der Regen lässt jetzt nach, das Trommeln auf dem Dach ist nicht mehr so heftig.

Ich mache weiter Holzspäne. Eine der Querlatten scheint besonders morsch. Ich gebe sie dem Jungen.

»Nimm einen Stein«, sage ich. »Schab mir ein bisschen Holz fürs Feuer ab. Kleine Stückchen. Verstanden?«

Der Junge arbeitet systematisch, konzentriert sich voll auf seine Aufgabe. Er ist ein guter Junge. Klug. Sein Papa war bestimmt ein guter Mann. Oder vielleicht sein Großvater. Vielleicht war es sein Großvater, mit dem er unterwegs war.

Als ich ein Häufchen Zündspäne zusammenhabe, wende ich mich dem Baumstamm zu, schneide ein paar der kleineren Zweige ab. Dann hebe ich ihn hoch, um nachzusehen, ob auf der anderen Seite auch noch Zweige sind. Da entdecke ich das Sackleinen. Nur ein kleines Stück, halb unter der Erde vergraben.

Heathrow Phil sagte: *Alles mit trennbaren Fasern ist gut zum Feuermachen.* Ich ziehe daran. Es ist größer, als ich dachte. Ein halber Meter zerrissener Sack. Phil sagte: *zertrennte Stofffasern sind Gold für einen, der Feuer machen will.* Ich schüttele die Erde von dem Stück Sackleinen, stecke mein Messer zwischen die Fasern und fange an, sie zu zerteilen. Kurz darauf habe ich eine Handvoll gesponnenes Gold.

Ich entzünde das Feuer, so wie Phil es mir beigebracht hat. Ich nehme die Zündholzstücke, dann ein paar der Späne von dem Jungen und dann die etwas größeren Stöckchen von den Zweigen und baue eine Art Tipi. Ich lasse Luft dazwischen. Ich lasse vorn einen kleinen Hohlraum, in den ich die Fasern des Sacks legen werde. *Das*, sagte Phil, *nennt man Zundernest.* Als mein Feuer fertig vorbereitet ist, hole ich meinen Feuerstein hervor. Der einmal Phils Feuerstein war. Es tut mir leid, dass ich Phil diesen Feuerstein gestohlen habe, während er schlief, aber, wie schon gesagt, es gibt heutzutage viele gute Gründe, um zu stehlen. Es ist nur schade, dass Phil mir seinen Namen gesagt hatte. Wenn du den Namen von jemandem nicht weißt, ist es einfacher, zu tun, was du tun musst.

Phils Feuerstein – mein Feuerstein – ist ein zylinderförmiger Stab, so lang wie mein Zeigefinger und ungefähr halb so dick. Ein Ende ist durchbohrt, um ein Lederband hindurchzustecken, damit du ihn dir ums Handgelenk binden kannst. Es ist ganz einfach, mit dem Messer auf den Stein zu schlagen und einen Funken zu erzeugen. Es gefällt mir, wie der Funken springt. Es gefällt mir, wie die Fasern Feuer fangen.

Ich schiebe mein brennendes Zundernest ins Innere meines Stöckchentipis.

20

Geschichten

Das Feuer entzündet sich, ein winziger Funken Orange, mit schwarzgelbem Rand, und dann ein kleiner Funkenregen und das erste Knistern, als ein Holzspan entflammt und anfängt zu brennen. Ich warte ab und schaue zu, bis ich sicher bin, dass das Zundernest seine Aufgabe erfüllt hat und das Feuer an bleibt.

Dann nehme ich meine nassen Kleider und wringe sie durch das Loch in der kaputten Wand hindurch aus. Der Junge beobachtet mich, hebt dann seine eigenen Kleider vom Boden auf und versucht, es mir nachzumachen.

»Gut«, höre ich mich sagen. »Gut gemacht.« Als wäre ich seine Mutter.

Seine Mutter.

Aber er verdreht die Kleider nicht richtig, seine Handgelenke sind nicht so stark wie meine.

»Schau her.« Ich nehme die Kleider und mache es für ihn. Dann suche ich nach einem Platz in der Nähe des Feuers, um alles aufzuhängen. Die Wellblechwand des Schuppens wurde nur grob an ihren Platz genagelt, und einige der Nägel stehen hervor. Die benutze ich als Haken, hänge Hemden an Knopflöchern auf und Hosen an Gürtelschlaufen. Meine Jacke befestige ich halb drinnen, halb draußen an der eingefallen Wand, in der Hoffnung, dass der Wind sie ein bisschen trocknet.

Das Feuer glüht jetzt eher gelb. Der Junge hockt sich unwillkürlich hin und streckt die Hände nach der Wärme aus. Wir haben beide, stelle ich fest, aufgehört zu zittern. Während ich darauf warte, dass die Flammen auch die größeren Holzscheite erfassen, fange ich an, kleine Streifen Bärlauchzwiebeln und -blätter in meine Wasserflasche zu stecken. Der Vorteil einer Metallflasche besteht darin, dass du sie ins Feuer stellen kannst.

Ich stelle sie dahin, wo das Zundernest war, und erhitze sie ohne Deckel, damit ich anhand des aufsteigenden Dampfes die Temperatur prüfen kann. Ich achte darauf, sie nicht zu heiß werden zu lassen, damit ich sie, ohne mich zu verbrennen, wieder aus dem Feuer nehmen kann. Nach und nach erfüllt der Duft nach warmem Bärlauch den Schuppen. Sobald der offene Flaschenhals ein bisschen Dampf abgibt, nehme ich das übrige Sackleinen doppelt und benutze es, um die Flasche aus dem Feuer zu holen.

»Aufwärmflasche«, sage ich und reiche die Flasche dem Jungen. »Mit Belohnungsbärlauchtee. Aber noch nicht trinken. Zu heiß.«

Wir sitzen eine Weile da, warten, atmen den Dampf ein.

Wir sind beide noch immer halb nackt. Meine Haut besitzt ein kühles, glattes Weiß. Aber der Junge, Papa, er hat etwas vom Glanz des Feuers. Eine Hälfte seines Gesichts liegt im Schatten, aber die andere schimmert golden. Und er sitzt so reglos da wie eine kleine Bronzestatue, frisch aus der Hand ihres Schöpfers.

»Es war einmal vor langer Zeit«, sage ich, *»da sprachen Menschen und Tiere dieselbe Sprache, und jeder verstand jeden und alles. Da lebte ein Junge mit Augen wie …«*

Und dann verstumme ich.

Der Junge hat das Gesicht ganz zu mir gewandt. Es wird jetzt komplett vom Feuerschein erleuchtet. Seine Augen sind riesig.

»Mit Augen wie …«

Aber ich kann nicht weitersprechen. Ich kenne diese Geschichte in- und auswendig, aber ich kann sie nicht erzählen. *Die Menschen haben sich schon immer Geschichten erzählt*, sagte Papa. *Schon lange vor Streaming und Messengern und dem Internet, vor Fernsehen und Radio und Büchern, sogar vor Büchern. Sogar bevor Worte überhaupt niedergeschrieben wurden, Mhairi, haben die Menschen sich Geschichten erzählt. Haben ums Feuer herum gesessen und ihre Sicht der Welt geteilt.*

Aber heute Abend bleiben mir die Worte der Geschichte im Hals stecken. Würgen mich. Denn das ist eine von Papas Geschichten, und ich will, dass sie in Papas Stimme erklingt. Ich will, dass die Geschichte zum Davor gehört, zu der Zeit, als Papa am Fußende meines Bettes saß und ich fest eingemummelt war.

Denn wenn Papa Geschichten erzählte, gingen sie immer gut aus. Es waren ehrliche Geschichten, aber auch glückliche. Es gab für alles eine Lösung. Was auch Schlimmes passierte, die Menschen wurden damit fertig. Das Gute besiegte immer das Böse. Am Ende der Geschichten waren sämtliche Probleme gelöst und alles hatte seine Ordnung. Es waren Geschichten aus einer Welt, auf die man sich verlassen konnte.

Keine für die Welt, in der wir jetzt leben.

Der Junge sieht mich weiter an. Mit hoffnungsvoller Erwartung im Blick. Als könnte man das alles verstehen, besser machen. Als könnte ich alles besser machen. Ich! Mit meinen Geschichten.

Was soll ich nur tun, Papa?

Ihn anlügen?

21

Stock und Steine

»Vergiss es!« Brennende Wut steigt in mir hoch. »Vergiss diese Geschichte. Vergiss alle Geschichten! Sie haben uns nichts mehr zu sagen. Sie stammen aus Davor.«

Der Junge regt sich nicht, starrt mich einfach weiter mit diesen riesigen schwarzen Augen an. Wartet wieder. Und erwartet. Erwartet etwas, was ich nicht geben kann.

Warum müssen die Leute mich bloß immer so ansehen?

»Was denkst du, wer ich bin?«, schreie ich. »Deine Mutter? Dein Vater? Nein! Du bist allein. Wir sind alle allein. Verstehst du? Du hast keine Papiere. Du wirst es nicht über die Grenze schaffen. Es gibt kein Happy End.«

Es ist wegen des Blicks des Jungen, dass ich so wütend bin. Es ist, weil ich, als ich ihm heute Nacht in die Augen schaue, eigentlich Muhammad in die Augen schaue. Ich bin wieder auf der Straße bei Kairo – so nah bei Kairo und dem sicheren Flugzeug – und ich erinnere mich an die Sandflöhe, die Muhammads Füße fraßen. Ich sehe die offenen Wunden an seinen Beinen vor mir, den eitrigen Ausfluss. Und Muhammad sagt nichts. Nicht mit dem Mund jedenfalls. Aber sein Blick spricht. Oh ja. Sein Blick spricht, als ich das allerletzte Mal weggehe. Sein Blick sagt

FESTUNG.

»Warst du denn nie in einem Auffanglager an der Grenze?«, schreie ich den Jungen an. »Da wirst du eine Geschichte brauchen. Nicht so eine alberne aus der Vergangenheit, sondern eine für jetzt. Eine für die Soldaten. Eine für die Imgrims, diese fiesen Beamten von der Einwanderungsbehörde. Und eine für die Psychologen und die Sozialarbeiter – wenn du überhaupt so viel Glück hast.«

Schweigen.

»Du solltest also lieber anfangen, dir etwas auszudenken. Deine ganz eigene Geschichte. Denn glaub bloß nicht, du könntest da die ganze Zeit den Mund halten. Nein. Die zwingen dich zum Reden. Zwingen dich! Verstehst du?«

Schweigen.

»Was bist du – ein Stein?«, schreie ich, gerade weil sein Blick beweist, dass er kein Stein ist. Und ich merke, wie ich mich bücke und einen dieser großen grauen Steine vom Erdboden nehme. Merke, wie ich ihn hochhebe (und er viel schwerer ist, als er aussieht), hoch über den Kopf. Dort halte ich ihn einen Moment, als wäre es ein Ziegel in einem Wüstengrab in der Nacht. Als könntest du einen Blick genauso zerschmettern wie einen menschlichen Schädel.

Kannst du aber nicht.

Der Blick verfolgt dich.

Quält dich.

Deshalb bin ich mit dem Jungen in dem Schuppen und gleichzeitig auch nicht. Denn ich bin auch in Festung und sämtliche Schlösser zerspringen. Und ich muss kämpfen, kämpfen, damit ich mich daran erinnere, dass dieser kleine Junge nicht

Muhammad ist. NICHT MUHAMMAD. Und dieser Blick, dieser erwartungsvolle, flehentliche Blick hat nichts mit mir zu tun und damit, dass ich fortgehe. Es geht nur um eine Geschichte. Oder vielleicht um einen Stein. Ja. Denn jetzt dringt die Hand des Jungen durch einen Schleier zu mir, durch einen Nebel, einen Sandsturm. Seine Faust entfaltet sich wie eine Blüte, die Handfläche nach oben, und greift nach mir beziehungsweise nach dem Stein.

Das ist alles, was er will.

Einen Stein!

Also gebe ich ihn ihm.

Ganz langsam. Senke den Arm und lege den Stein behutsam in seine aufgehaltenen Hände. Sofort hört er auf, Muhammad zu sein, und wird wieder der Junge. Und als das Hämmern und der Schmerz in meiner Brust langsam nachlassen, frage ich mich, ob sich so der Sturm fühlt, wenn plötzlich die Sonne durch die Gewitterwolken dringt.

Ich atme.

Höre mich selbst atmen.

Der Junge schaut derweil suchend ins Feuer. Er entdeckt einen verkohlten Stock, zieht ihn aus den Flammen, legt anschließend den Stein zwischen seine Füße und hält den Stock wie einen Stift.

Er will etwas schreiben.

Ach, Papa, ich glaube, er will etwas schreiben!

Sein erster Strich ist zur Probe, anscheinend will er sehen, wie dick – oder dünn – die Linie ist, die er mit dem kleinen Stock ziehen kann. Dann bewegt sich der Stock plötzlich zauberstabgleich, fliegt über den Stein und hinterlässt eine Reihe von Zeichen, Linien, Bögen und Kreisen. Rußpartikel lösen sich vom Ende, und der Junge verschmiert sie, während er schreibt, bezieht sie mit ein. Er ist völlig versunken in dem, was er tut, und ich warte und warte, bis das Gekritzel deutlicher wird, denn es ist gar keine Schrift, es ist ein Bild oder eine Reihe von Bildern oder vielleicht auch ein Muster.

Bald schon ist der Stein übersät mit Zeichnungen. Also nimmt der Junge sich noch einen, wischt mit der Faust die Erde davon ab und zieht einen zweiten qualmenden Stock aus dem Feuer. Es folgt eine weitere Runde hoch konzentriertes Zeichnen. Und sein ganzer Körper ist im Einsatz.

Nach einer Weile – ich weiß nicht, wie lange genau – legt der Junge den Stock zur Seite und schiebt die Steine zu mir.

Und ich schaue.

Aber ich habe keine Ahnung, was seine Zeichen bedeuten, Papa. Es könnten genauso gut Schriftzeichen aus einer anderen Welt sein. Aber er glaubt sicher, sie ergeben einen Sinn, und vielleicht tun sie das ja auch. Also schaue ich noch mal hin, und ich sehe Folgendes: Sterne und feine Verzierungen und Blüten und Schnörkel, Kreise und Kringel, und alles überschneidet sich und geht ineinander über, ohne Anfang, ohne Ende. Doch ich begreife es immer noch nicht, vielleicht weil ich nach etwas suche, was alles überspannt, ein großes, allumfassendes Muster. Danach suche ich eigentlich immer, nach etwas, was das, was ich kenne, mit dem verbindet, was mir fremd ist. Aber vielleicht ist das ja gerade der Punkt. Vielleicht sind diese Zeichnungen der Ausdruck von etwas, was ich nie wirklich kennen kann, ein Abbild seiner Seele. Ein magischer Teppich von Ländern, die ich nie gesehen, und Geschichten, die ich nie gehört habe. Die Umrisse seiner Hoffnungen und Träume. Vielleicht muss ich also gar nicht verstehen. Vielleicht muss ich einfach nur vertrauen.

Außerdem kann man nicht sagen, diese Bilder wären nicht schön, Papa. Denn sie sind schön, auch wenn sie unvollendet sind. Ja. Diese Geschichten gehen bis zum Rand der Steine und hören dann auf. Brechen ab.

Aber womöglich ist das gut so. Womöglich ist das so vollendet, wie irgendetwas heutzutage nur sein kann.

Obwohl, wenn da vielleicht noch mehr Steine wären, wären da auch noch mehr Geschichten. Aber da sind keine Steine mehr. Nicht hier. Nicht jetzt. Da ist nur dies. Dieser Augenblick in dem Schuppen. Und diese Zeichnungen, die sich mir wie ein Geschenk darzubieten scheinen.

Also sage ich einfach: »Danke.«

22

Sternenschirm

Wir verharren eine Weile so.

Der Junge.

Ich.

Die rußigen Steine.

Wir nippen an dem abgekühlten Bärlauchtee. Wir essen die letzten regenfeuchten Krümel Brot und den Käse aus dem Provianttuch. Das Feuer ist ein gutes Feuer und glüht jetzt, ohne zu qualmen. Schwieriger zu entdecken für eine Drohne. Ich lege die eiserne Türangel in die Glut, damit sie warm wird. Sie wird die Hitze halten, wenn das Feuer ausgeht.

Es wird dunkel. Der Junge steht auf und geht zu seiner aufgehängten Hose und nimmt seinen Nuckelstein aus der Tasche. Dann kommt er zum Feuer zurück und rollt sich mit dem Rücken zu mir auf dem Boden zusammen. Kurz darauf höre ich sein Atmen in den Schlafrhythmus fallen.

Ich überlege, ob ich seine Nacktheit mit einem Stück Plastiksack bedecken soll, tue es aber nicht, aus Sorge, es könnte in der Nacht Feuer fangen und schmelzen. Es wäre besser, wenn ich selbst seine Decke wäre. Mich mit jeglicher Wärme, die ich habe, schützend an seinen Rücken schmiegte. Aber obwohl das auch mich wärmer halten würde, kann ich es nicht. Nach dem, was in der Wüste passiert ist, glaube ich nicht, dass ich jemals wieder in der Lage sein werde, Haut an Haut mit einem anderen Menschen zu liegen.

Und doch muss ich den Jungen unwillkürlich anschauen. Er hat sich zusammengerollt und die Hände um die Oberarme geschlungen, als umarmte er sich selbst. Muhammad lag nie so da, er lag gerade wie ein Brett. Es schien beinah, als schliefe er in Habachtstellung ein. Weil er der Sohn des Fahrers meiner Mutter war, fragte ich mich manchmal, ob sein Schlaf entspannter gewesen wäre, wenn er bei seiner eigenen Familie geschlafen hätte statt bei der Tochter der Chefin seines Vaters. Wahrscheinlich aber nicht. Ich glaube, gerade wie ein Brett zu schlafen, war für Muhammad normal. Wir waren merkwürdige Schlafgenossen, ich mit meinen vierzehn Jahren und der zehnjährige Muhammad, aber es funktionierte ganz gut, bis zu jener Nacht in Meroe.

Papa sagte: *Wenn die Leute an Pyramiden denken, dann denken sie an die ägyptischen; gewaltige, den Göttern würdige Grabstätten. Die Pyramiden in Meroe haben eher menschliche Ausmaße.*

Papa und ich wollten immer einen Ausflug in die Wüste nördlich von Khartum machen und uns die sudanesischen Pyramiden anschauen, aber irgendwie kam es nie dazu. Ich weiß nicht, wie viele Tage und Nächte Muhammad und ich durch die Wüste liefen, bis wir diese Pyramiden am Horizont erblickten. Muhammad, dem von der Hitze ganz schwindelig war, hielt sie für eine Fata Morgana. Und ich hätte das wahrscheinlich auch getan, wenn sie nicht genau so ausgesehen hätten, wie Papa sie beschrieben hatte: *wie eine Reihe dreikantiger Frühstückseier, die jemand geköpft hat.*

Es gab keinen Grund für Muhammad und mich, die Richtung zu wechseln und zu diesen Pyramiden zu laufen, aber es gab auch keinen, es nicht zu tun. Vielleicht war es der Gedanke an Ziegelsteine, an Stabilität nach so vielen Tagen unter freiem Himmel und zwischen dornigen Büschen. Wir hatten keine Ahnung, dass wir in diesen Gräbern Unterschlupf finden konnten, bis wir tatsächlich dort ankamen und sahen, dass einige von ihnen kleine Eingänge hatten, mit Säulen an den Seiten, als wären es Minitempel. Natürlich kam mir der Gedanke, dass auch andere hier Schutz suchen würden. Aber in dem Moment war der Ort verlassen – nur ein paar Zigarettenstummel im Sand deuteten noch darauf hin, dass dort Menschen vorbeigekommen waren.

So dachte ich wenigstens.

Außerdem waren wir erschöpft und es erschien uns wie ein Geschenk. Wir hatten uns stundenlang dorthin geschleppt. Wir hatten Sand in den Haaren, zwischen den Wimpern, zwischen Zehen und Zähnen. Bevor ich in die Wüste kam, hatte ich mir Sand immer weich vorgestellt. Aber tatsächlich besteht Sand aus winzigen Teilchen harten Felsgesteins, und die Stückchen, die ganz am Ende noch übrig sind, lassen sich nicht weiter zerstoßen. Er knirschte in unseren Mündern. Unsere Lippen waren knochentrocken, und unsere Zungen besaßen kein bisschen Feuchtigkeit mehr, wenn wir versuchten, sie zu lecken. Selbst die Fliegen, die uns, als wir aufbrachen, noch um die Stirn schwirrten waren, um von unserem Schweiß zu trinken, waren verschwunden, weil wir keinen Schweiß mehr produzierten.

Unter diesen Umständen war es schon etwas, Muhammads Grinsen zu sehen, als er den Kopf aus dem dunklen Inneren eines der größeren Gräber streckte.

»Bett«, sagte er.

Ein Bett war es nicht gerade. Ein schmaler Eingang, ein kleines Rechteck Sandfläche und zwei große Steine, wo Kopfkissen hätten sein sollen. Aber es bot uns Schutz und es war windgeschützt.

Der Eingang wurde durch eine niedrige Reihe deutlich neuerer Ziegelsteine begrenzt. Man musste darüber hinwegsteigen, um hineinzukommen. Das tat ich.

Einer dieser Ziegel, fiel mir auf, war locker.

Muhammad legte sich sofort schlafen, aber ich war merkwürdig unruhig. Also saß ich im Eingang und blickte hinaus. Der Wind fabrizierte Schlangen aus Sand, und während eine Schlange über die andere hinwegwirbelte, klang es, als wollte jemand die Wüste wegfegen. Aber dieser jemand war nicht ich, denn ich war voller Dankbarkeit:

Muma – ich bin am Leben!

Papa – die Welt ist schön!

Der Himmel war tiefblau mit einem fließenden Strom aus Sternen: strahlende Sterne, dichte Sterne, Milchstraßensterne. Es war wohl Tage her, dass ich die Kraft gehabt hatte, nach oben zu blicken. In dieser Nacht blickte ich nach oben. Und obwohl es langsam kalt wurde, weiß ich noch, dass ich aus dem Grab trat und sah, wie der Sternenstrom sich in eine Kuppel verwandelte, eine Kuppel, die die ganze Welt überspannte und gleichzeitig ein kleiner Schirm zu sein schien, der nur mir über den Kopf gehalten wurde.

Da dachte ich an dich, Papa. Und dass du eigentlich hättest neben mir sitzen sollen unter diesem Sternenschirm.

Vielleicht war es ein Zeichen, dass du nicht da warst. Vielleicht gibt es so etwas wie Zeichen auch nicht. Nur das, was geschieht, und dann das, was als Nächstes geschieht. Ich ging jedenfalls wieder hinein und legte mich neben Muhammad. Der Sand war noch ein bisschen warm vom Tag. Dann schlief ich ein. Irgendwann in der Nacht stand Muhammad auf und ging hinaus. Vielleicht ließ das den Mann auf unser Grab aufmerksam werden. Warum Muhammad aufstand, weiß ich nicht. Vielleicht wegen des schmutzigen Wassers, das ein Mädchen ihm am Tag zuvor gegeben hatte. Vielleicht musste er sich erleichtern. Ich glaube, es war ungefähr zu dem Zeitpunkt, dass er Durchfall bekam. Er verließ jedenfalls das Grab und der Mann nahm stattdessen seinen Platz ein. Ein Mann, der nach Tabak roch und nach Wut und der nicht wie ein Brett dalag. Zuerst dachte ich, ich würde träumen. Würde die Hand träumen, die sich tastend nach meiner

FESTUNG.

Deshalb also, nein, schmiege ich mich heute Nacht nicht mit meiner Wärme an den Jungen, menschliches Wesen an menschliches Wesen. Nein! Die Nacktheit des Jungen – meine Nacktheit, seine Haut an meiner, das wäre unerträglich. Auch wenn er nicht der Mann in der Wüste ist. Auch wenn er nur ein Kind ist. Denn Träume machen da keinen Unterschied. Träume kommen trotzdem.

Also entferne ich mich von ihm. Lehne mich mit dem Rücken an die Wellblechwand. Bleibe hellwach.

Und irgendwann geht die Sonne auf.

23

Schluchzen

Ich bin nicht ausgeruht, stehe aber trotzdem auf, ziehe meine immer noch feuchten Kleider an und gehe zum Bach, um Wasser zu holen.

Ich fülle die Flasche, trinke – das Wasser schmeckt nach Bärlauch –, fülle sie wieder und schraube fest den Deckel darauf. Dann steuere ich wieder zurück zu dem Schuppen. Als ich näher komme, höre ich ein Schluchzen. Kein leises Schluchzen. Sondern ein heftiges, jämmerliches Weinen. Ich laufe schneller – eine nutzlose, instinktive Reaktion. Was auch immer den Jungen quält, ich werde ihm nicht helfen können.

Er steht an der Glut des Feuers und hat sein schmutziges kleines Unterhemd an. In den Händen hält er die Bildersteine, nur dass sie inzwischen ganz schwarz sind, überall voll Asche. Er hat sie über und über mit neuen Zeichen bedeckt, mit großen wirbelnden Kreisen, wie riesige Daumenabdrücke oder Wasserstrudel. Und er schlägt die Steine so heftig gegeneinander, dass harte, kleine Stücke absplittern. Seine Augen sind ganz verquollen, und er schluchzt herzzerbrechend, und die Tränen strömen ihm nur so übers Gesicht. Klack, klack, klack, machen die Steine, während die wirbelnden Kreise und die alles bedeckenden Bilder in tausend Stücke zerspringen. *Hör auf! Hör sofort auf!*, würde ich am liebsten rufen. *Die schönen Steine!* Aber das ist wahrscheinlich genau der Punkt. Und wir können die Steine auch nicht mitnehmen. Diese Steine gehören jetzt der Vergangenheit an. Also sage ich nichts.

Schließlich schleudert er einen der Steine gegen die Wellblechwand, an der er kreischt und scheppert. Und dann schleudert er auch den zweiten Stein dagegen, aber das Scheppern wird von seinem Jammern übertönt, als er zu Boden sinkt und sein ganzer Körper vor Wut und Tränen zittert, und ich weiß, dass er nicht wahrnimmt, dass ich da stehe und ihn anschaue. Er nimmt überhaupt nichts wahr. Außer den Schmerz.

Und wer bin ich, dass ich wüsste, was für ein Schmerz das ist?

Es könnte alles Mögliche sein. Seine eigene persönliche Wüste. Seine speziellen wirbelnden Kreise, sein alles verschlingendes Meer. Sein immer noch feuchtes Hemdchen vielleicht, das Nicht-genug-im-Magen-Haben, der Verlust des alten Mannes. Der Verlust seiner Familie, seiner Freunde, seiner Heimat. Es könnte der Gedanke an den nächsten Tag sein, an die Grenze, an einen weiteren langen Marsch mit diesem schlapp-schlapp-schlappernden Schuh. Oder es könnte dieses unaussprechliche, namenlose Etwas sein, das Reisende manchmal überkommt.

Wenn mein Papa hier wäre, würde er sich bücken und dieses Kind in die Arme nehmen. Er würde dieses Nicht-sein-Kind festhalten, trotzdem festhalten, und ihm ins Ohr flüstern, es trösten, und wenn es sich etwas beruhigt hätte, würde mein Papa es immer noch festhalten, Wange an Wange, Haut an Haut, und der Junge würde aufhören zu schluchzen. Der Junge würde sich beruhigen.

Aber mein Papa ist nicht hier. Und ich kann das nicht tun. Also sage ich nichts zu dem Jungen. Ich strecke nicht die Hand nach ihm aus und ich halte ihn ganz sicher nicht fest. Ich lasse ihn einfach weinen. Weinen und weinen, bis er damit fertig ist.

Manchmal ist es gut, zu weinen. Es bedeutet, dass deine Gefühle dich noch nicht alle verlassen haben.

24

Laufen

Wir brechen wieder auf.

Der Schuh des Jungen schlappt nicht mehr. Zumindest nicht während des ersten Kilometers oder so. Ich habe seinen Schuh repariert, indem ich den Schnürsenkel durch das übrig gebliebene Sackleinen gefädelt und ihm das Ganze um den Knöchel gewickelt habe. Es sieht albern aus. Es sieht aus, als wäre sein Fuß eine Kartoffel in einem kleinen Sack.

Ich laufe nicht so schnell, wie ich normalerweise laufe. Der Himmel ist bedeckt, und es gibt keine Bäume, also habe ich weder die Sonne noch Flechten, um mich zu orientieren. Ich glaube, wir bewegen uns Richtung Nordosten. Ich halte auch ab und zu an, um nach menschlicher Besiedlung Ausschau zu halten. Heute ist ein Tag, an dem wir uns etwas zu essen besorgen müssen, und das bedeutet Stehlen. Aber jedes Mal, wenn ich ein Haus sehe, sehe ich auch eine Straße. Und auf diesen Straßen sind Menschen. Außerdem sind da Drohnen. Die von der Moskito-Sorte.

Dem Jungen sage ich nichts von den Menschen. Von den Drohnen auch nicht.

Also laufen wir einfach.

Und laufen.

Der Sackleinenfuß des Jungen wird feucht, er wird matschig, das Sackleinen fängt an, sich zu lösen und zu zerreißen. Der Schnürsenkel bleibt fest um seinen Knöchel gebunden, aber das Stück Sack ist nutzlos. Es klafft auseinander. Der Schuh klafft auseinander. Der Junge setzt sich hin, knotet den Schnürsenkel auf und schleudert das Ganze – Schuh und Sackleinen – weg. Er öffnet seinen zweiten Schuh, den, der nicht kaputt ist, und schleudert auch ihn weg. Dann steht er auf. Er trägt keine Socken. Seine Füße sind nackt.

Muhammad lief barfuß. Muhammad bekam Sandflöhe.

»Wenn du keine Schuhe trägst«, schreie ich, »kriegst du Sandflöhe!«

Ich weiß nicht mal, ob man in diesem Teil der Welt überhaupt Sandflöhe bekommt. Ich hatte nie von Sandflöhen gehört, bis Muhammad welche hatte. Winzige, dunkelrote Dinger, die sich in deine Haut bohren. Spinnen, glaube ich. Oder Insekten jedenfalls. Zuerst hatte Muhammad sie nur an den Füßen und Knöcheln, dann an den Beinen, am Penis. Die Bisse an seinem Penis habe ich nicht gesehen, aber ich habe gesehen, wie er sich gekratzt hat. Muhammad sagte, wenn du Sandflöhe kratzt, dann pinkeln sie. Ich weiß nicht, ob das stimmt. Ich weiß aber, dass Sandflohbisse sich entzünden, wenn du daran kratzt.

»Hinsetzen!«, brülle ich den Jungen an.

Er setzt sich und ich untersuche seine Füße. Die Sohlen sind dreckig, voller Blasen. Auf seinem linken Fuß, dem Schlappschuhfuß, ist außerdem ein roter Streifen. Ich fahre mit dem Finger über das Rot, um zu prüfen, ob es Beine hat. Das tue ich, obwohl ich weiß, dass Sandflöhe mikroskopisch klein sind. In meinen Träumen sind die Beine der Sandflöhe nicht mikroskopisch klein. Sie sind riesig. Genau wie ihre Mäuler. Und die eitrigen Entzündungen, die sie verursachen.

Der rote Streifen auf dem Fuß des Jungen hat keine Beine.

Das Rot sind keine Sandflöhe.

Der Junge ist nicht Muhammad.

»Schon gut«, sage ich. »Es ist nur Blut. Lauf.«

25

Mauer

Wir kommen zu einer Mauer.

Sie ist kaum kniehoch und sieht nicht wirklich wie eine Mauer aus, eher wie ein Pflasterpfad. Ein Pflasterpfad für Riesen. Sie ist ungefähr drei Meter breit und besteht aus aufgeschichteten grauen Kalksteinblöcken. Die Blöcke sind mit Moos bewachsen, einem weichen, schwammartigen Gelb und Grün. Eigentlich ist es jetzt keine richtige Mauer mehr, aber früher war es mal eine.

Der Hadrianswall.

Ich weiß das, weil Papa mich, als wir noch in Schottland lebten, mitgenommen hat, um mir diese Mauer zu zeigen. *Sie war ungefähr sechs Meter hoch*, sagte er, *mit Festungen und Türmen entlang ihres 120 Kilometer langen Verlaufs – von westlich von Carlisle bis rüber nach Newcastle. Sie wurde von Kaiser Hadrian erbaut, um die Römer vor den Barbaren zu schützen.*

Papa interessierte sich für Mauern, genau wie für Barbaren.

In jenen Tagen, sagte Papa, *wären wir die Barbaren gewesen, Mhairi. Du und ich. Die Menschen, die nördlich der Mauer lebten. Stell dir nur vor.*

Damals dachte ich nicht viel darüber nach. Aber jetzt denke ich darüber nach. Genauso wie über Mauern und Grenzen.

- die Chinesische Mauer
- die Berliner Mauer
- die Sperranlagen in Israel
- den türkischen Stacheldrahtzaun
- die mexikanische Grenzmauer

Mauern und Absperrungen, um Menschen drinnen oder draußen zu halten. Hauptsächlich draußen. Um die Barbaren draußen zu halten, die Menschen, die nicht so sprechen wie wir oder an das glauben, woran wir glauben. Diese ungehobelten, unkultivierten, primitiven, wilden Menschen wie – Papa!

Und mich.

Und diesen Jungen.

Uns.

Stell dir nur vor, Mhairi!

Mauern, die eigentlich Grenzen sind. Barrieren, die Länder teilen, Nationen, Völker. Grenzen, die in den Köpfen von Menschen entstanden sind. Staatsgebiete, die auf einem Stück Papier eingezeichnet sind. Papa zeigte mir einmal eine Landkarte von Afrika.

Was denkst du, wer die Grenzen auf dieser Karte eingezeichnet hat?, fragte er.

Die Menschen, die da wohnen, antwortete ich.

Falsch, sagte Papa. *Diese Grenzen wurden von einem Haufen Europäer festgelegt, von denen keiner je einen Fuß nach Afrika gesetzt hat. Sie saßen in Berlin und teilten Afrika unter sich auf, als wäre es eine Torte. Das ist der Grund, warum diese Grenzen Berge missachten, Flüsse und Handelsstraßen. Und Stämme.*

Gezeichnete Linien auf einer Karte. Gezeichnete Linien im Sand. Du auf dieser Seite. Ich auf der anderen.

Diese Linien sind nichts als Fiktion, sagte Papa.

Es ist schwierig, auf eine Mauer wütend zu sein. Besonders auf den schon ewig verfallenen Hadrianswall. Eine Mauer, die überhaupt nichts mehr begrenzt. Aber plötzlich bin ich doch wütend. Vielleicht weil ich müde bin, völlig erschöpft sogar. Vielleicht weil auf dieses Mauerstück zu treffen, bedeutet, dass ich weiter östlich gelandet bin als gehofft. Oder einfach, weil diese Mauer hier ist. Immer noch. Eine massive Mahnung an jede Grenze, jede Absperrung, der ich in den letzten zwölf Monaten gegenüberstand. An jeden Kontrollpunkt. Jede Entscheidung eines Fremden, ob ihm mein Gesicht passt. Ob ich dorthin gehöre. Hinein soll. Oder hinaus. Leben. Oder sterben.

Also, ich lebe, Muma.

Und was diese Mauer betrifft, Papa, diese War-einmal-Mauer, dieses römische »Betreten verboten«-Zeichen, das fast zweitausend Jahre überdauert hat, diese Mauer soll sich auf etwas gefasst machen.

Wut kann dir Kraft verleihen, dich in einen Adrenalinrausch versetzen.

Ich springe auf die Mauer.

Ich renne quer darüber.

Ich renne zurück.

Und wieder.

Hin und zurück.

Ich malträtiere diese Mauer. Ich erkenne diese Mauer nicht an.

»Weißt du was?«, rufe ich dem Jungen zu. »Ich habe mich geirrt! Grenzen bedeuten gar nichts. Diese Mauer bedeutet gar nichts. Also komm. Klettere einfach drüber!«

Und mein Barbaren-Gefährte tut genau das.

26

Fluss

Ich denke noch immer über Grenzen nach, als wir zu einem Fluss kommen. Ein Fluss, denke ich, ist nicht von Menschen gemacht, ein Fluss ist eine richtige Grenze, eine natürliche. Wie ein Berg. Wie ein Ozean. Natürliche Grenzen trennen auch Stämme und Völker. Aber die Natur fragt nie nach deinem Ausweis. Die Natur sagt einfach: *Bitte schön. So sieht's aus. Aber wenn du entschlossen bist und mutig genug und es dir vorstellen kannst ... sei mein Gast.*

Ich habe schon eine Wüste durchquert, also kann ich auch diesen Fluss durchqueren.

Der breit ist.

Und schnell fließt.

Natürlich könnte ich nach einer Brücke suchen. Einer von Menschen gemachten Brücke. Ich weiß, dass westlich von uns eine Straße verläuft, weil ich den ganzen Tag das Gerumpel von Lastern gehört habe. Seit ich unterwegs bin, ist mir aufgefallen, dass Straßenbrücken oft dort sind, wo ein Fluss etwas schmaler wird. Wenn ich nah genug an diese Stelle komme, finden wir vielleicht einen Überquerungspunkt.

Wir folgen der Uferlinie westwärts. Die Bäume stehen bis dicht ans Wasser, was uns Schutz bietet, uns aber langsam vorankommen lässt. Hin und wieder kommt ein kleiner Strand aus trockenen Kieselsteinen. Hier und da eine kleine Bucht aus glitschigem, algenbewachsenem Fels. Aber das Wasser selbst ist sauber und klar. Das ist gut. Das Wasser wird dem Jungen die Füße waschen, seine Wunden reinigen.

Der Fluss macht eine Linkskurve, und während wir ihr folgen, sehe ich, dass, obwohl wir immer noch fast zehn Meter Wasser durchqueren müssen, in der Mitte des Stromes Felssteine liegen. Wild strudelnd bricht sich das Wasser daran, aber sie sehen wie mögliche Trittsteine aus. Etwas, um darauf hinzuzielen. Sich daran festzuhalten. Sich darauf auszuruhen. Ein Geschenk der Natur.

»Hier«, sage ich, »ich glaube, hier können wir rüber.«

Das Rumpeln der Laster ertönt jetzt fast ununterbrochen. So nah an der Grenze sind es wahrscheinlich Armeelaster. Wir sind jedoch in einer Art Senke, also kann ich nicht sehen, wie nah wir uns an der Straße befinden. Wenn ich allerdings die Straße nicht sehen kann, dann kann auch niemand von der Straße aus uns sehen. Das hoffe ich jedenfalls.

Ich ziehe meine Schuhe aus, binde die Schnürsenkel zusammen und hänge sie mir um den Hals.

Der Junge zögert.

»Keine Angst, ich glaube nicht, dass es so tief ist, wie es aussieht. Wir können bestimmt waten. Du musst nur den Wackeltest machen.« Auf diese Weise ein Gewässer zu durchqueren, habe ich am Leuchram Burn gelernt. »Setz deinen Fuß auf und prüf beim Gehen jeden Stein. Wenn er wackelt, probierst du einen anderen. Und denk dran, die großen Steine sehen vielleicht sicherer aus, aber wenn sie ins Rutschen geraten, rutschen sie auch mehr, also sind manchmal in Wirklichkeit die kleinen besser. Ich geh zuerst. Ich bin schwerer als du. Wenn ein Stein mein Gewicht hält, dann hält er auch deins. Pass nur auf die glitschigen auf.«

Die ersten paar Meter sind leicht. Das Wasser ist flach und klar, die Steine darin breit und glatt. Dann wird das Wasser tiefer und die Steine schroffer. Ich würde den Jungen bei der Hand nehmen, wenn ich glaubte, das würde helfen. Tut es aber nicht. Das Wasser geht mir jetzt bis über die Knie und ihm hinauf bis zur Hüfte, und wir brauchen beide unsere Hände, um uns an jedes Stückchen trockenen Fels zu klammern, das wir zu fassen kriegen. Irgendwo ragt ein Ast aus dem Wasser, und ich teste, ob ich mich daran festhalten kann. Er löst sich sofort, und ich verliere beinahe das Gleichgewicht, aber ich falle nicht hin.

Wir sind jetzt beinahe in der Flussmitte, wo die Strömung stärker wird und das Wasser so sehr schäumt, dass wir unsere Füße nicht mehr sehen. Ich halte an, weiß nicht recht, wie ich es zum nächsten Felsen schaffen soll, als ich Steine klackern höre und der Junge plötzlich vor mir ist. Keine Ahnung, wie er es geschafft hat, aber jetzt klettert er flink auf den Fels in der Flussmitte, steht da und grinst sein Splitterzahn-Grinsen.

Und dann streckt er die Hand aus, als könnte er mein Gewicht halten und mich hinter sich hinaufziehen.

Hahahahahaha.

Er lacht tatsächlich. Gluckst lauter als der Fluss. Lauter als das Sirren der Drohne, die ich plötzlich über uns zu hören glaube. Ich schaue sofort nach oben, sehe aber nichts. Der Wind in den Bäumen klingt auch manchmal wie Drohnen.

Der Junge grinst noch ein bisschen, wartet auf mich und setzt sich wieder in Bewegung. Prüft Steine. Steht, krabbelt, rutscht ab, schreit auf und arbeitet sich weiter voran.

»Gut!«, höre ich mich rufen. »Gut! Dein Papa wäre stolz auf dich!«

Kurz darauf ist er auf der anderen Seite. Als Erster in Sicherheit auf der riesigen Steinplatte, die sich vor dem Berghang schräg ins Wasser neigt.

Da, wo die Neigung steiler wird, stehen überhängende Bäume, also benutzt er die Zweige, um sich daran hochzuziehen. Und die Platte weicht einem Ufer aus Schlamm und Baumwurzeln, die (ich hole ihn jetzt langsam ein) wie natürliche Treppenstufen aussehen. Diese steigen wir, er leicht im Vorsprung, mit einem freudigen, ja überschwänglichen Erfolgsgefühl hinauf.

Was vielleicht der Grund dafür ist, dass wir nicht bemerken, wie aus den natürlichen Stufen irgendwann menschengemachte werden und wie die menschengemachten Stufen zu einem menschengemachten Pfad führen, an dessen Anfang ein Paar Füße stehen. Beziehungsweise Stiefel.

Die polierten schwarzen Stiefel eines Soldaten.

27

Soldaten

Folgendes weiß ich über Soldaten: Sie sind alle gleich. Die Länder, aus denen sie kommen, mögen vielleicht unterschiedlich sein oder die Farbe ihrer Haut oder ihre Kopfbedeckung oder ihre Stiefel oder die Machart ihrer Waffen und des Abzeichens auf ihrer Brust – aber sie sprechen alle dieselbe Sprache. Es spielt keine Rolle, wo du ihnen begegnest oder was du in dem Moment gerade tust, du bist immer im Unrecht. Weshalb es sich empfiehlt, vorsichtig zu handeln.

Folgendes könnte vielleicht helfen:

- nicht sprechen, bis du gefragt wirst,
- den Blick gesenkt halten,
- häufig »Ja« sagen. Oder »Ja, Sir«, auch wenn die Soldaten Frauen sind,
- keine Witze machen,
- nicht versuchen, clever zu sein,
- nicht mit deinem Messer vor ihnen fuchteln, während sie ein Maschinengewehr haben,
- nicht deinen Revolver (ohne Patronen) auf sie richten, während sie ein Maschinengewehr haben.

Also vermeide ich direkten Blickkontakt und spähe vorsichtig zu dem Soldaten hinauf. Es ist ein Mann, oder vielmehr ein junger Mann, nicht viel älter als achtzehn vielleicht. Junge Soldaten sind besonders gefährlich. Das habe ich am vierten Kontrollpunkt an der Wüstenstraße vor Khartum gelernt. Junge Soldaten sind ziemlich unberechenbar. Ich verhalte mich ganz ruhig, auch wenn seine Uniform blau ist und das Abzeichen auf seiner Brust ein weißes Kreuz auf blauem Grund. Das schottische Andreaskreuz. Meine Yippie-ya-yeeh-Flagge.

Die Flagge meines Landes.

Die Flagge meiner Heimat.

Meine Jubel-vor-Freude-Flagge.

Aber ich bleibe immer noch stumm.

Sch-sch-sch-sch-schsch!

Denn ich erinnere mich an Davor. Als Schottland noch zum Vereinigten Königreich gehörte. Als wir noch keine eigenen Soldaten hatten.

Er hält seine Waffe – ein Maschinengewehr – locker an der Hüfte, schwenkt sie träge, als würde er gar nicht wirklich auf mich zielen. Aber aus dieser Entfernung, weniger als zwei Meter, kann er mich auf keinen Fall verfehlen. Nicht zuletzt, weil er einen Munitionsgurt um den Hals hängen hat. Diese Gurte erlauben es einem Soldaten, fünfhundert Mal zu feuern, ohne einmal nachladen zu müssen. Ich weiß das, weil Muma es erwähnte, als wir den vierten Kontrollpunkt an der Straße vor Khartum passierten. *Ich habe noch nie einen Kontrollpunktsoldaten mit Munitionsgurt gesehen*, sagte Muma. *Die tragen normalerweise nur Soldaten in Gefechtssituationen.*

Das war eine der Kleinigkeiten, die sich am Ende als gar keine Kleinigkeit herausstellen sollte.

Also sage ich nichts, ich halte einfach nur den Kopf gesenkt. Zumindest, bis er anfängt zu sprechen.

»Papiere«, sagt der Soldat.

Beziehungsweise »Papie*rr*re«.

Es ist schon so lange her, dass ich eine schottische Stimme gehört habe. Die sanften, gerollten »R« meiner Kindheit. Als wäre es Miss Campbell, die am Ende des Schuljahres in meiner Grundschule in Glasgow die A*rr*beiten einsammelt. Und das ist es, was mich wahrscheinlich durcheinanderbringt. Die Vertrautheit, die Sicherheit dieser gerollten »R«.

»Ich heiße Mhairi«, platze ich heraus. »Ich bin vierzehn. Ich bin auf der Insel Arran geboren.«

Beziehungsweise: »Ich heiße Mhai*rr*i, ich bin vie*rr*zehn, ich bin auf der Insel A*rr*an geboren.« Obwohl ich sieben Jahre fort war, ist das schottische »Rrr« noch da. Er wird es erkennen, wird mich erkennen. Er wird die Wahrheit hören, die in meiner Stimme liegt. Er wird wissen, dass ich hierhergehöre. Dass ich auf der richtigen Seite der Grenze bin. Endlich angekommen.

Ich bin zu Hause.

Wirklich zu Hause!

Ich halte ihm mit ausgestreckten Händen meine Papiere hin.

Der Soldat nimmt sie nicht, sieht sie nicht einmal an. Er sieht mich an, die Schuhe, die um meinen Hals hängen, meine klatschnasse Hose.

»Und das ist der G*rr*und«, antwortet er und zuckt mit dem Gewehr zu dem Jungen, »dass du den Fluss mit einem Unerrrlaubten überque*rr*st?«

Und dann fängt er an zu lachen.

Hahahahahaha*rrrrr*.

28

Laster

Am liebsten hätte ich mein Messer gezückt und es dem Soldaten – ungeachtet des Maschinengewehres – in den Hals gerammt. Aber ich tue es nicht. Überleben heißt nicht, immer gleich das Erste zu tun, was dir in den Sinn kommt. Oder das Unbesonnenste. Überleben ist manchmal ein längeres Unterfangen.

Also lasse ich mich hinüber zu einem weiteren trügerischen Horizont führen, und da ist sie: die Straße. Dort ist ein Lastwagen abgestellt, und daneben stehen noch mehr Soldaten in blauen Uniformen mit blau-weißen Andreaskreuzen auf der Brust. Sie scherzen und rauchen zusammen. Die Zigaretten riechen nach Tabak. Im Sudan haben die Soldaten entweder Tabak oder Marihuana geraucht. Oder Zuckerrohrsaft und Schießpulver geschluckt. Alles Sachen, von denen sie einen irren Blick bekamen und schießfreudig wurden. Tabak ist also gut.

Die Tabak rauchenden Soldaten öffnen die Heckklappe des Lasters und dirigieren den Jungen und mich mit ihren auf uns gerichteten Gewehren die Rampe hinauf. In dem Laster sind schon viele Menschen, alle in Käfigen. Nur behelfsmäßige, aus Holz und Maschendraht zusammengenagelte, klapprige Kästen, aber trotzdem. In den Käfigen sind Männer, Frauen, Kinder, Babys. Eins der Babys weint. Es ist kein lautes, beharrliches Jammern, sondern ein hoffnungsloses Wimmern, als wüsste das Baby ganz genau, dass sein Heulen keinen Sinn hat, kein Trost wahrscheinlich ist, es aber nicht anders kann, weil die Tränen trotzdem einfach kommen. Ansonsten ist es in dem Laster still. Das Schweigen der Wachsamen, der Ängstlichen. Innen an der Rückseite hat jeder Käfig eine niedrige Holzbank. Die Leute, die das Glück haben, sitzen zu können, halten die Köpfe gesenkt, als schämten sie sich, die Gelegenheit zu nutzen. Die reinen Männer-Käfige (und es sind viel mehr Männer in diesem Laster als Frauen) sind deutlich voller. Einige Männer stehen, andere sitzen auf dem Boden. Niemand liegt ganz ausgestreckt. Dafür reicht der Platz nicht.

Einer der Soldaten schließt einen Käfig mit Frauen und Kindern auf. Die Frauen nicken uns zum Gruß verhalten zu, als wir eintreten, sagen aber nichts. Gerade als die Ladeklappe des Lasters scheppernd wieder zuschlägt, finden wir einen Platz auf dem Boden. In dem Moment merke ich, dass der Laster keine Fenster hat. Draußen schien es kein besonders heißer Tag zu sein, aber in dem geschlossenen Laster ist es brütend. Und dunkel. Und es riecht übel. Ich bezweifle, dass irgendeiner der Menschen in diesem Laster sich in den vergangenen Tagen waschen konnte, in den vergangenen Wochen. Oder gar Monaten. Aber es ist nicht dieser Geruch. Oder nicht nur dieser, eine saure Mischung aus Fisch und getrocknetem Schweiß. Es ist der Geruch von Menschen, die diesen Laster nicht verlassen durften, um sich zu erleichtern. Es ist der Geruch von Menschen, die in die Hose gemacht haben. In die Kleider. In die Ecke ihres Käfigs.

Es ist der Geruch von Scham.

Aber wir haben anscheinend Glück. Die Käfige sind fast voll und der Tag ist fast vorüber. Irgendwer schlägt mit der Faust gegen die Ladeklappe und der Motor springt dröhnend an.

Ich fange an zu zählen. Wenn die Fahrt sehr lang ist, bringt das Zählen nichts. Wenn nicht, werde ich ungefähr abschätzen können, wie weit wir gefahren sind. Ich mache das so: Ich zähle bis sechzig, merke mir die Zahl mit einem Körperteil, indem ich es berühre, und beginne dann von vorn. Meine Finger sind die ersten zehn Minuten (ich fange immer mit der rechten Hand an), und als es elf Minuten werden, nehme ich die Stirn. Zwölf und dreizehn Minuten sind meine Brauen, vierzehn und fünfzehn meine Augen, und so weiter, über Ohren, Wangen (immer rechts zuerst), Nase, Ober- und Unterlippe, Kinn. Als ich zu meinem Hals komme, sind es zweiundzwanzig Minuten.

Schließlich hält der Laster, als ich bei meiner linken Brust bin – achtundzwanzig Minuten. Die Ladeklappe geht auf.

Wir atmen geschlossen tief durch. Saugen die frische Luft ein. Sogar das Baby hört einen Moment auf zu wimmern.

»Registrierung 1!«, brüllt jemand. »Männer!«

Dieses Mal bleiben die Soldaten auf der Straße und drei Wachen mit Schutzwesten kommen in den Laster. Die Wachen haben keine Gewehre. Sie haben Schlagstöcke und Schutzhelme. Die Visiere der Helme sind offen.

»Alle Männer. Raus!«

Einige der Männer, die gesessen haben, stehen auf. Andere nicht. Das sind wahrscheinlich die, die kein Englisch verstehen.

»Hoch!«, brüllt eine Wache einen erschrockenen, reglosen Mann an, als läge das Problem nur in der Lautstärke. »AUFSTEHEN!«

Das haben sie mit uns in der Wüste auch gemacht. Die Soldaten, die uns dieses vierte Mal anhielten. Als wir nicht das taten, was sie wollten (weil wir nicht wussten, was sie wollten), fingen sie an zu schreien.

SCHREIEN.

Es jagt dir eine Riesenangst ein, wenn dich jemand in einer Sprache anschreit, die du nicht verstehst. Besonders in einer Sprache wie Arabisch, in der die Worte – für einen Außenstehenden – schroff klingen können, auch wenn ihre Bedeutung nicht so ist. Angst wächst, wenn du nicht kommunizieren kannst. Nicht argumentieren, erklären, bitten.

Flehen.

Zuerst dachten wir, diese Soldaten wollten das, was alle anderen Soldaten an den Kontrollpunkten wollten: Geld. Wir waren an dieser Straße in Khartum schon öfter angehalten worden. Angehalten zu werden, war dort normal, auch schon vor dem Ausnahmezustand. Unser Fahrer, Muhammads Vater, der die Sprache verstand, wusste genau, was zu tun war.

Die Geldstrafe am ersten Kontrollpunkt war für zu schnelles Fahren.

Wir sind zu schnell gefahren?, fragte Muma, als Muhammads Vater wieder ins Auto stieg.

Natürlich, antwortete Muhammads Vater. *Es ist unmöglich, auf dieser Straße nicht zu schnell zu fahren.*

Warum? Wo liegt denn die Geschwindigkeitsbegrenzung?, fragte Muma. Typisch Wissenschaftlerin.

Muhammads Vater lachte. *Kommt drauf an, wie viel Geld sie bei einem vermuten.*

Je weiter nach Norden wir an jenem Tag kamen, umso schneller fuhren wir anscheinend. Und umso länger dauerten die Verhandlungen. Am vierten Kontrollpunkt war Muhammads Vater schon zwanzig Minuten ausgestiegen, als Muma, die gelangweilt aus dem Fenster sah, diese unheilvolle Bemerkung über Munitionsgurte machte: *Ich habe noch nie einen Kontrollpunktsoldaten mit Munitionsgurt gesehen. Die tragen normalerweise nur Soldaten in Gefechtssituationen.*

Und ich, antwortete Papa, *habe noch nie ein Kind mit einem Munitionsgurt gesehen. Seht ihn euch mal an – er kann kaum älter als vierzehn sein.*

Vierzehn. So alt wie ich. Ich sah genauer hin. Wie ich schon sagte, es ist heutzutage nicht leicht, das Alter von jemandem zu erkennen, aber er sah jung aus, schlaksig und unsicher, wie eine neugeborene Giraffe, die gerade auf die Beine gekommen war und noch nicht laufen konnte. Die Männer – die richtigen Männer – waren in das windschiefe weiße Kontrollhäuschen gegangen, um Verhandlungen zu führen. Und er blieb allein draußen, wanderte umher. Machte sich vielleicht Gedanken. Wen er wohl an diesem Ort beschützen sollte, bewachen, töten. Es war nichts Überhebliches an ihm, nur ein gewisses Unbehagen. Einmal, als ich hinsah, zog er die Schulter nach oben, als wäre ihm das Gewicht der Patronen, die darum geschlungen waren, lästig. Der zehnjährige Muhammad (der an jenem Tag nur mitgefahren war, weil der Grenzübergang in der Nähe des Dorfes lag, in dem seine Großeltern wohnten, und sein Vater vorhatte, dort zu übernachten) fragte, ob er aussteigen und zur Toilette gehen dürfte. Oder zumindest in den Sand pinkeln. *Es ist sicher besser, wenn du bis nach der Verhandlung wartest*, sagte Muma. Also wartete er. Es war heiß, das war unangenehm, aber nicht beängstigend. Dann war eine laute Stimme aus dem Kontrollhäuschen zu hören. Auch das war nicht beängstigend. Es war nicht einmal überraschend. Nur ein Teil der Verhandlungen, dachten wir zumindest, reine Taktik. Aber vielleicht hörten – oder verstanden – wir nicht, was eigentlich gesprochen wurde. Denn der Munitionsgurt-Junge lief plötzlich schnurstracks hinein.

Ich machte mir immer noch keine Sorgen. Genau genommen, beobachtete ich angestrengt eine Fliege, die das Wagenfenster hinaufkrabbelte und winzige Abdrücke im Staub hinterließ. Ich frage mich oft, was Muhammads Vater in dem heißen Kontrollhäuschen wohl gesagt hatte – oder nicht gesagt hatte. Frage mich, was er getan – oder nicht getan – hatte, bevor der Junge das Feuer eröffnete. Ratatatatatatatatat. Ich hoffe, es ging nicht um Geld. Papa hätte jede Summe bezahlt. Ich hoffe, es ging nicht um Stolz. Ich hoffe auch, es war kein Versehen. Ein Finger versehentlich am Abzug.

Das Häuschen hatte glaslose Fenster, also war nichts da, was hätte zerspringen können, aber die Kugeln prasselten hinaus in den Sand. Und ein bisschen von der weißen Wandfarbe, die sowieso schon abblätterte, zitterte und flatterte. Dachte ich zumindest. Vielleicht war es auch nur mein Hirn, das zitterte und flatterte, als der Schuss knallte.

Papa sprang aus dem Wagen.

Papa, der immer alles richten konnte, sprang aus dem Wagen.

Und drei Männer sprangen aus dem Häuschen. Beziehungsweise zwei Männer und der Junge. Muhammads Vater sprang nicht aus dem Häuschen.

Und dann fing Papa an zu sprechen. Seine Stimme klang eindringlich, daran erinnere ich mich noch, aber leise und ruhig, und er hatte die Hände geöffnet. Ich weiß nicht, was er sagte, weil es von dem Schreien übertönt wurde.

Dem unverständlichen SCHREIEN.

»Aussteigen!«, schreien die Andreaskreuz-Wachen die Männer in dem heißen Lastwagen an. »Raus. ICH SAGTE RAUS!«

Vielleicht war es das, was die Soldaten in der Wüste schrien, als sie unseren Wagen umzingelten. So was wie »Aussteigen«. Aber es klang nicht wie aussteigen. Und außerdem war Papa sowieso schon draußen.

»RAUS. RAUS!«

Jetzt entsteht ein ziemliches Chaos. In meinem Kopf und in dem Laster. Weil ein paar der Lastwageninsassen anfangen zurückzuschreien. Und ein Mann an seinem Käfig rüttelt wie ein Berggorilla, als könnte er etwas an der ganzen Sache ändern. Genau wie Papa.

»Nicht. Nicht!«, würde ich am liebsten rufen. »Seid vorsichtig!« Aber ich bin wie erstarrt, genau wie damals in dem Wagen, als Muma ausstieg. Muma mochte es noch nie, herumkommandiert zu werden.

Also stieg Muma aus und fing auch an zu sprechen.

Die Soldaten mochten Muma nicht. Ich weiß nicht, ob es daran lag, dass sie eine Frau war oder dass sie einfach Muma war. Muma, die es nicht gewohnt war, ein »Nein« als Antwort zu akzeptieren. Manchmal denke ich, ich bin ein bisschen wie sie.

Ich für meinen Teil mochte jedenfalls den Blick des Munitionsgurt-Jungen an dem Tag nicht. Sein Blick war nicht irre wie der der Jungen, die den Tabak rauchten, der keiner war, er war beängstigend. Furchterregend sogar. Denn er war voller Angst. Ich blickte jemandem in die Augen, der panische Angst hatte.

Einem Kind, das panische Angst hatte. Als blickte ich in einen Spiegel.

Also stieg ich nicht aus dem Wagen.

Ich stieg nicht aus.

Ich machte keine

»Bewegung. Bewegung, Bewegung, BEWEGUNG!«

Und die Männer in dem Laster setzen sich in Bewegung, stolpern. Und eine der Frauen ruft etwas, in einer Sprache, die ich nicht verstehe, also weiß ich nicht, was sie sagt, aber es klingt inständig und sanft. Und es ist an den Berggorilla-Mann gerichtet. Eine letzte Aufmunterung vielleicht, ein letztes Flehen, ein liebevolles Wort.

Ich wünschte, es hätte ein letztes liebevolles Wort auf jener Straße in der Wüste gegeben.

Zwischen Papa und Muma.

Zwischen Muma und mir.

Zwischen Papa und mir.

Aber es gab keins.

Es gab nur ein Wort: *Lauf.*

29

Unbegleitete Minderjährige

Nachdem alle Männer fort sind, wird die Ladeklappe des Lasters wieder zugeknallt, und es herrscht plötzlich Stille.

Stille.

Stille.

Stille.

Und dann fängt das Baby wieder an zu schluchzen. Babys begreifen manchmal schnell.

Der Motor springt ein zweites Mal an. Aber ich bin erst beim vierten Finger meiner rechten Hand – vier Minuten –, als wir wieder anhalten. Die Tür öffnet sich, und jemand schreit: »Minderjährige. Unbegleitete Minderjährige!«

»Aufstehen«, sage ich zu dem Jungen, und wir stehen auf.

Dieses Mal verstehen sogar diejenigen, die die Sprache nicht sprechen, den Befehlston. Alle erheben sich. Nur für den Fall.

»MINDERJÄHRIGE, HAB ICH GESAGT!«

Wir sind zu acht. Eine verwahrloste Truppe unbegleiteter Minderjähriger, jeder, der unter fünfzehn und allein unterwegs ist.

Eine männliche Wache schließt den Käfig gegenüber auf und holt vier Kinder heraus, die aussehen wie ungefähr elf oder zwölf. Kinder, die keinen Erwachsenen haben, der sie umklammert. Keinen Erwachsenen, der laut aufschreit, als sie mitgenommen werden. Natürlich wird ein bisschen gemurmelt und getuschelt, aber nicht sonderlich viel. Die Frauen, die zurückbleiben, beschweren sich nicht groß. Schließlich müssen sie ihre eigenen Familienmitglieder schützen.

Die Wache, die zu unserem Käfig kommt, ist eine Frau. Eine große Frau. Eine gewaltige Frau, die durch ihre kugelsichere Weste noch gewaltiger wird.

Sie zeigt auf den Jungen. »Raus.«

Ich nicke ihm aufmunternd zu und will ihm folgen.

»Du nicht«, sagt sie.

»Ich bin vierzehn«, sage ich.

»Natürlich bist du das«, antwortet sie.

»Es steht in meinen Papieren. Ich bin auf der Insel Arran geboren.«

»Erzähl das denen von der Einwanderungsbehörde«, erwidert sie.

Der Junge sieht mich an.

»Ich wurde schon überprüft«, antworte ich. »In Heathrow.«

»Heathrow ist in England«, sagt sie. »Jetzt bist du in Skitby, das liegt in Schottland.«

»Wenn ich nicht vierzehn bin«, sage ich und höre eine unerwartete Spur Panik in meiner Stimme, »wenn Sie glauben, ich bin volljährig, dann ist er kein unbegleiteter Minderjähriger. Sie dürfen ihn nicht mitnehmen. Sie dürfen uns nicht trennen.«

»Uns?«, fragt sie. »Bist du jetzt etwa seine Mutter?«

Mutter.

»Nein«, antworte ich. Und dann: »Ich bin seine Schwester.«

Ich spüre eine Bewegung an meiner Seite. Es ist der Junge, der sich neben mich stellt und meine Hand nimmt.

Die Wache sieht uns beide an.

Sie beäugt meine weiße keltische Haut und meine blauen Augen. Sie beäugt seine braune, afrikanische Haut und seine bechertiefen braunen Augen.

»Hältst du mich für blöd?«, fragt sie und stößt mir ihren Gummiknüppel so abrupt und fest in die Brust, dass ich hinstürze. Der Junge hält mich weiter an der Hand – noch. Sie macht ihn los, zerrt ihn aus dem Käfig und schließt die Tür hinter ihm ab.

»Und damit das klar ist«, sagt sie noch, »ich kann machen, was ich will.«

30

Eintüten

Wir fahren noch weitere drei Finger, bis die Ladeklappe des Lasters ein letztes Mal aufgeht. Dieses Mal ohne Schreien und ohne Soldaten, die auf der Straße warten. Also sind es nur die Wachen, die die verbliebenen Frauen und Kinder hinausbegleiten.

Vor uns befindet sich eine Fertigbaracke, auf der »Registrierung 3« steht. Ich gehe langsam, einerseits, weil meine Brust noch von dem Schlag mit dem Gummiknüppel schmerzt, andererseits, weil es wichtig ist, ruhig zu bleiben und zu versuchen, sich die Umgebung einzuprägen. Man merkt sofort, dass dies kein speziell gebautes Auffanglager wie das am Flughafen ist. Das Auffangzentrum in Heathrow war eine moderne Anlage aus Stahl und Beton, die aussah wie ein Gefängnis. Das hier sieht nicht aus wie ein Gefängnis. Es ist eine wahllose Ansammlung alter Backsteingebäude, von denen einige mal ziemlich etwas hermachten. Ich würde sagen, es war ursprünglich eine Schule. Viele der Fenster sind neu vergittert, aber nicht alle. Das verschafft mir einige Möglichkeiten, aber nicht viele. Der Zaun, der alles umgibt, ist über fünf Meter hoch und oben mit Stacheldraht versehen.

Sobald ich in der Aufnahmebaracke bin, werde ich von denjenigen, die Kinder dabeihaben, getrennt. Meine Schlange besteht offenbar aus einzelnen »erwachsenen« Frauen. Ich würde sagen, die meisten von ihnen sind ungefähr in meinem Alter, aber es ist schwer zu bestimmen. *Nimm's nicht persönlich.* Das sagte Feuerstein-Phil in Heathrow zu mir. *Für Minderjährige gelten andere Regeln und Gesetze. Minderjährigen müssen sie Zugang zu einem Sozialarbeiter, einem Arzt und einem Psychologen gewähren. Und sie dürfen nicht einzeln untergebracht werden. Es geht nur um die Ressourcen, Mhairi.*

Die Imgrim hinter dem Schreibtisch an der Spitze dieser Warteschlange hat ein Nanonet mit holografischer Tastatur und entsprechendem Bildschirm, einen 3-D-Drucker und einen tragbaren Iris-Scanner. All diese Geräte brummen. Im Grunde ist der ganze Raum mit dem leisen Brummton technischer Geräte erfüllt. Seltsam, dass ich dieses Geräusch vergessen habe, gehörte es doch einmal zur Klangkulisse meines Lebens. Jetzt klingt es, als hätte mein Gehör einen Schaden.

Die Imgrim hat auch einen großen Stapel durchsichtige Plastiktüten. Wahrscheinlich aus Algen hergestellt. Dieser sinnlose Gedanke kommt mir, als ich daran denke, wie Muma sagte, dass sie gern langkettige Polymere erforscht hätte, wenn sie keine Ingenieurin geworden wäre. Als sich die Gefangenen eine nach der anderen nähern, streckt die Imgrim einfach die Hand aus (ohne den Blick vom Holo-Bildschirm zu heben), und falls die Person vor ihr Papiere hat, nimmt sie diese entgegen. Daraufhin werden die Papiere mit dem abgeglichen, was auf dem Bildschirm steht, und die Iris der Person wird gescannt, die dann ein 3-D-gedrucktes Armband bekommt. Alles, was die Frau (oder das Mädchen) bei sich hat, wandert in die Tüte. Über dem Schreibtisch hängt ein Schild mit folgender Aufschrift: *Im Anschluss an die Registrierung unterziehen sich alle Gefangenen einer Leibesvisitation. Jeder, bei dem versteckte Gegenstände gefunden werden, wird sofort in die Verwaltungseinheit gebracht.* Das steht nur in zwei Sprachen da: Englisch und Gälisch. Gälisch zuerst. Es wird auch nicht erklärt, was die »Verwaltungseinheit« ist, aber ich kann es mir denken.

Als ich an der Reihe bin, übergebe ich meine Papiere. Die Imgrim schaut auf die Papiere. Schaut auf ihren Bildschirm, fährt mit den Fingern über die virtuelle Tastatur, scannt meine Iris und schaut wieder auf den Bildschirm. Das ist der Augenblick, in dem sie feststellen könnte, dass ich vierzehn bin.

Ich warte.

Sie tippt noch ein paar weitere Lichttasten an. Dann legt sie meine Papiere in dieselbe Ablage wie die aller anderen und hält mir eine Tüte hin.

Also bleibe ich einfach noch ein bisschen länger da stehen.

Und schließlich – blickt sie auf. Sie hat kein hübsches Gesicht. Ihre Haare sind zu einem festen Knoten zusammengesteckt und ihre Augen sind zu klein und stehen zu eng zusammen.

»Deine Sachen«, sagt sie. »In die Tüte.«

Ich hole meinen Revolver hervor.

Ihre Augen werden noch kleiner.

Ich ziehe in Erwägung, den Revolver auf ihren Kopf zu richten. Ich ziehe in Erwägung, ihn ihr gegen den Schädel zu schlagen. Aber ich tue es nicht. Meinen patronenlosen Revolver hier in diesem schwer bewachten Saal gegen eine Imgrim zu erheben, wäre ein Fehler.

Bleib am Leben, Mhairi. Du musst am Leben bleiben!

Ja, Muma.

Also stecke ich bloß den Finger durch den Abzugsbügel und halte den Revolver seitwärts. Wenn du einen Revolver so hältst, an einem einzelnen Finger, dann kannst du ihn daran herumwirbeln. Ich wirbele ihn herum. Nur ein paar Umdrehungen. Das ist eine sinnlose Geste, genau wie mit geöffneten Händen aus dem Auto zu springen wie Papa oder wie an dem Käfig zu rütteln wie der Berggorilla-Mann. Aber, so viel habe ich begriffen, es gibt ein paar Dinge im Leben, die du einfach unmöglich nicht tun kannst. Dinge, die dich ausmachen, die den Menschen aus dir machen, der du bist. Große Dinge. Kleine Dinge. Ganz persönliche Akte der Hoffnung oder des Widerstands. Dinge, die dich du selbst bleiben lassen, auch wenn sie vielleicht gefährlich sind. Nicht einmal Risiken oder Entscheidungen. Notwendigkeiten.

Ich lächele.

Lächeln kann so etwas sein. Ich lasse meinen Revolver in die Plastiktüte fallen. Der Blick der Frau folgt der Waffe.

Als Nächstes lege ich mein Messer in die Tüte.

Dann mein Provianttuch ohne Proviant.

Und schließlich lege ich meinen Feuerstein hinein.

Meine Wasserflasche lege ich nicht in die Tüte. Die Wasserflasche hängt an einer Schnur um meinen Hals. *Denk immer daran*, sagte Papa, als er mir meine erste Flasche aus Blech schenkte, *Wasser ist Leben.*

Die Imgrim hebt den Blick zu meiner Wasserflasche und zeigt auf den Aushang über ihrem Kopf. *Jeder, bei dem versteckte Gegenstände gefunden werden, wird sofort in die Verwaltungseinheit gebracht.*

»Die ist nicht versteckt«, sage ich.

»Ich war bereits sehr geduldig«, antwortet die Imgrim.

»Es ist doch nur eine Wasserflasche«, erwidere ich.

»Leg sie«, sagt sie, »in die Tüte. Sofort.«

Ich lege meine Wasserflasche in die Tüte. Sie ist noch halb voll, ich höre das Wasser schwappen. Ich betrachte meine Flasche durch das Plastik und bin sofort durstig. Ich bin so durstig, dass ich einen kompletten See austrinken könnte. Die Frau verschließt die Tüte mit einem Kabelbinder, mit so einem, wie man sie auch zum Händefesseln benutzen kann. Dann nimmt sie das frisch produzierte Erkennungsarmband aus dem Druckerfach und befestigt es – enger als nötig – an meinem rechten Handgelenk.

In diesem Moment höre ich auf, Mhairi Anne Bain zu sein und werde R1787W: Das W steht für weiblich. 1787 ist meine Nummer. Aber R – ich habe keine Ahnung, was R bedeutet. In Heathrow war es Scho5271W. Scho für Schottland.

»Was bedeutet R?«, frage ich.

»Das bedeutet«, antwortet sie, »dass du durch diese Tür da gehst.«

31

Matratze

Ich gehe durch *diese Tür da.*

Sie führt nicht zu einem Bereich für Leibesvisitation. Die Ankündigung, die das vermuten ließ, war wohl bloß wieder etwas, was es oft in solchen Auffangeinrichtungen gibt: eine Lüge, eine Drohung, eine Möglichkeit, um dich zu verunsichern. Tatsächlich führt die Tür in eine Art Aufenthaltsraum. Darin befinden sich ungefähr dreißig Frauen, fünfzehn Stühle (in drei Reihen zu je fünf aufgestellt) und ein Tisch mit ein paar Plastikbechern und einem Wasserkrug. Der Krug ist leer. Niemand sagt mir, worauf ich warte oder wie lange das Warten dauern wird. Auch das ist ziemlich normal in Auffanglagern, habe ich festgestellt.

Es gibt auch eine Toilette. Sie stinkt nicht allzu sehr. Ein paar der Frauen in der Warteschlange unterhalten sich. Sie sprechen Englisch. Mit schottischem Akzent.

»Ich verstehe das nicht«, sagt die eine leise und mit rollendem R. »Wie können sie uns das nur antun?«

Da muss ich an Großmutters Entgegnung denken, als Muma sagte: *Ach Unsinn. Wir sind doch Schotten. Wir sind da geboren. Selbst wenn sie die Grenze schließen, können wir jederzeit zurück.*

Darauf würde ich nicht wetten, sagte Großmutter. *Die Gesetze ändern sich dauernd. Kommt jetzt sofort.*

Ich glaube, die Gesetze haben sich geändert.

Ein kleines dünnes Mädchen nestelt an seinem Armband. Es ist ungefähr in meinem Alter, und im Davor hätten wir vielleicht ein Gespräch angefangen, aber jetzt ist das Mädchen ganz kribbelig, eine Fliege, die vergeblich gegen eine Glasscheibe schwirrt. Abgesehen davon bin ich mit meinen eigenen Gedanken beschäftigt.

An den Jungen.

Ich will gar nicht an ihn denken, aber er taucht einfach ungebeten auf. Wie er an seinem Nuckelstein saugt. Ich frage mich, ob sie ihm seinen Stein wohl weggenommen haben. Ob sie ihn wohl gezwungen haben, ihn in eine durchsichtige Plastiktüte zu legen, um diese dann mit einem Kabelbinder zu verschließen? Ob sie ihn wohl schon in eine Zelle gebracht haben? Und wenn ja, mit wem? Mit Erwachsenen oder nur mit anderen Kindern? Mit Menschen, die seine Sprache sprechen – oder Menschen, die das nicht tun? Menschen, die sich um ihn herum anschreien, die ihn anschreien? In Sprachen, die er nicht versteht? Sich das zu fragen, hilft nicht. Es ändert nichts. Ich wende meine Aufmerksamkeit den Wachen zu. Ich beobachte ihr Kommen und Gehen. Sich ihr Verhalten einzuprägen, kann vielleicht entscheidend sein.

Wir warten anscheinend, um aufgerufen zu werden. Ungefähr alle halbe Stunde erscheinen Wachen mit einer Liste. Die Menschen folgen ihnen in Gruppen, wenn ihre Namen beziehungsweise ihre Nummern an die Reihe kommen. Das dünne Mädchen geht auch und nestelt immer noch an seinem Erkennungsarmband. Schließlich bin ich dran. Ich werde zusammen mit fünf anderen Frauen zu einem Gebäude geführt, von dem ich annehme, dass es das Hauptgebäude der Anlage ist. Ich zähle Schritte und berechne Entfernungen. Wie lange würde es dauern, von diesem Gebäude bis zum Empfangsbereich zu rennen? Wie lange von hier bis zum Eingangstor? Meine Berechnungen sind womöglich nicht korrekt. Es ist über zwölf Stunden her, dass ich etwas gegessen habe.

Inzwischen ist es dunkel. Ich hoffe, dass es in diesem Gebäude Zellen gibt, damit ich mich hinlegen kann. In Heathrow hießen die Zellen nicht Zellen, sondern »Stuben«. Die Stuben in Heathrow hatten primitive Betten (zwei oder manchmal drei), ein Waschbecken, eine Toilette ohne Sitz, Gitter an den hohen Fenstern und ein Guckloch in der Tür.

Wir gehen eine breite Treppe hinauf, einen grell erleuchteten Flur entlang. Eine Tür ist unverschlossen. Die Tür hat kein Guckloch, aber sie hat ein Paneel, das aussieht, als wäre es aus verstärktem Glas.

»R1787W«, verkündet eine Wache und führt mich hinein.

Es ist keine Zelle, aber eine Stube auch nicht wirklich. Es ist ein Schlafsaal. Es gibt keine Betten, aber es gibt Matratzen. Zwölf Stück liegen in zwei Reihen zu je sechs auf dem Boden. An den Fenstern sind Gitterstäbe (nachträglich angebracht, aber anscheinend robust), kein Waschbecken, keine Toilette.

Elf der Matratzen sind schon belegt. Die Frauen, die darauf liegen, tragen Nachtwäsche: blass gestreifte Schlafanzüge, schlecht passende hellrosa Nachthemden. Dieselbe Lagerkleidung, die ich schon aus Heathrow kenne. Menschen, die unterwegs sind, haben keine Nachtwäsche. Nur Menschen, die nicht weiterziehen, Menschen, die lange genug an einem Ort bleiben. Ich mag mir gar nicht vorstellen, wie lange diese Frauen schon in diesem Raum sind.

Es gibt nur noch eine freie Matratze, gleich neben der Tür. Darauf liegt ein zusammengefalteter Schlafanzug in einer Farbe, die vielleicht einmal Rosa war, jetzt aber Grau ist. Ich will den Platz gerade einnehmen, als ich hinter mir eine Stimme höre:

»Das ist meine.«

Es ist das dünne Armband-Mädchen.

Es muss ein bisschen hinter mir in der kleinen Fensternische rechts von der Tür gestanden haben. Ich mochte es noch nie, überrascht zu werden.

Also.

Ein Schlafplatz.

Zwei Interessentinnen.

Ihr Körper ist gebeugt und angespannt. Sie scheint mich herausfordern zu wollen, darum zu kämpfen.

Die Frauen in den Nachtgewändern setzen sich ein wenig auf. Jetzt kommt ihre Abendunterhaltung. Ich habe das schon früher erlebt. In jedem Gefängnis herschen ungeschriebene Gesetze. In einer Gruppe wie dieser gibt es immer eine Big Mama, ein Alphatier, eine Mutter der Truppe, diejenige, die sagt, wo es langgeht, die den Ton angibt, die über Strafen entscheidet. Oft erkennst du diese Person, indem du einfach nur hinsiehst: an ihrer Körpersprache, wo oder wie sie im Raum sitzt oder steht. Oder an den nervösen Blicken, die in ihre Richtung geworfen werden, bevor irgendwer etwas tut. Aber hier geht alles zu schnell. Ich hatte keine Zeit, mir ein Urteil zu bilden.

Aber ich weiß, was das Armband-Mädchen tut. Es meldet

seine Ansprüche an. Es will tough wirken. Es will zeigen, dass es Mut hat, sich nicht herumschubsen lässt, es will mit den großen Hunden pinkeln.

Obwohl es so schmächtig ist. Ein blonder Haufen Haut und Knochen, der durch ängstliche Entschlossenheit zusammengehalten wird. Bewundernswert jedoch, diese Entschlossenheit. Diese Zuversicht. Dumm für es allerdings, dass es nicht wirklich genug Selbstvertrauen hat, um die Sache durchzuziehen.

»Nur zu«, sage ich und mache eine übertrieben einladende Handbewegung Richtung Matratze. »Ich habe sowieso nicht vor, lange zu bleiben.«

Und Big Mama lacht. Ein von Zigarettenqualm erfülltes Lachen. Sie ist eine kräftige, lebhafte Weiße mit hennaroten Haaren, die – das hätte mir auffallen müssen – das einzige Nachthemd im Raum trägt, das passt.

Gut, denke ich, jetzt weiß ich, was Sache ist.

Das Armband-Mädchen entspannt sich, sinkt auf die Matratze und versucht, den Schlafanzug anzuziehen, während die anderen sie beobachten. Wir warten alle auf dasselbe: Schwäche, Verletzlichkeit. Ich erhasche einen Blick auf ihre kleinen, weißen Brüste.

Ich wähle ein Stück Fußboden in der Fensternische. Damit befinde ich mich schräg gegenüber von Big Mama und habe einen ebenso guten Überblick über den Raum wie sie. Auf dem Fußboden zu schlafen, macht mir nichts aus. Einen Fußboden musst du nicht zuerst von Steinen befreien. Und Dielen sind relativ bequem, aber nicht so bequem, dass du vergisst, dass deine Reise noch nicht vorüber ist. Es ist immer ein Fehler, seine Wachsamkeit aufzugeben, nur weil man sich seinem Ziel nähert.

Das habe ich gelernt, als ich in die Nähe des Flughafens in Kairo kam.

Ich lege mich in meinen Kleidern, die jetzt fast trocken sind, ausgestreckt auf den Boden.

Das Fenster in der Nische hat keine Vorhänge, also blicke ich hinaus in den Himmel, während es langsam dunkler wird, aber nicht ganz dunkel. Zu viele Wachscheinwerfer.

An der Atmung der Frauen höre ich, dass sie einschlafen. Sie atmen anders als der Junge. Ich vermisse das Nuckeln zwischen den Atemzügen. Aber vielleicht nuckelt der Junge heute Nacht nicht, weil er seinen Stein nicht hat. Vielleicht liegt er jetzt wach, genau wie ich, und sieht hinaus in die scheinwerfererleuchtete Dunkelheit.

Ich fange an, Pläne zu machen.

Ich bin noch wach, als mitten in der Nacht die Wachen in den Saal kommen. Sie knipsen das Licht an und pfeifen mit Trillerpfeifen. »Aufstehen! Alle aufstehen!«, brüllen sie.

Alle stehen auf. Diejenigen mit Matratzen stellen sich daneben.

Nummern werden verlesen. »Hier«, sagen die Frauen der Reihe nach.

Als meine Nummer vorgelesen wird, sage ich »Hier«.

In weniger als zwei Minuten ist alles vorbei. Die Wachen gehen wieder und keiner sagt ein Wort. Daraus schließe ich, dass sie das offenbar jede Nacht machen. Das erklärt, warum selbst Big Mama in Nachtwäsche schläft.

Ich ändere meine Pläne.

Wenn man von diesem Ort fliehen will, muss man es auf jeden Fall bei Tageslicht tun.

32

Warteschlange

Am Morgen gibt es eine Warteschlange. Ich stehe ganz hinten. In der Schlange stehen nicht nur die zwölf anderen Frauen aus meinem Schlafsaal, sondern auch die Frauen aus den ganzen anderen Zimmern, die in diesem Flur liegen. Kaum werden die Türen aufgeschlossen, gibt es ein wildes Gerangel, und ich bin nicht schnell genug. Niemand erklärt, wo alle so schnell hinwollen, aber da einige der Frauen Handtücher haben, vermute ich, es ist der Waschraum. Vermutlich ist der nur eine bestimmte Zeitspanne geöffnet, und wenn du es bis dahin nicht an den Anfang der Schlange schaffst, hast du Pech gehabt.

Wenn man sich nach Heathrow richten kann, dann liegt diese Zeitspanne vielleicht bei einer oder anderthalb Stunden. Was einem zugleich länger und kürzer vorkommt.

Früher dachte ich, Zeit wäre einfach. Außerdem gleichmäßig, dass sie immer mit einer bestimmten Geschwindigkeit verginge. Ich habe festgestellt, dass das nicht stimmt.

33

Zeit

Im Davor zählte ich die Zeit in Stunden und Minuten und Sekunden. Es war 9 Uhr vormittags, 11 Uhr abends oder genau 22:47 Uhr. Ist-Zeit. Genau und auf Knopfdruck abrufbar. Dem Knopf meines Handys normalerweise. Dann begann für mich diese Reise, und die Zeit veränderte sich. Dehnte sich aus, wurde Sonnenaufgang und Sonnenuntergang. War keine Mathematik mehr, sondern Hell und Dunkel. Ihr Rhythmus änderte sich. Papa hätte diese neue Zeit bestimmt gefallen.

Aber dann fing auch die neue Zeit an, sich aufzulösen. Sie wollte nicht feststehen, begann, sich in viele verschiedene Arten von Zeit aufzudröseln. Also fing ich an, den Zeiten Namen zu geben:

- Verlangsamte Zeit
- Unermessliche Zeit
- Verlängerte Zeit
- Jetzt-Zeit
- Angehaltene Zeit

Verlangsamte Zeit erfuhr ich zum ersten Mal in jener Nacht in dem Wüstengrab in Meroe. Das hatte mit dem Ziegel zu tun. Wir rangen darum, der Fremde und ich. Obwohl ich diejenige war, die ihn zuerst aufgehoben hatte, denn ich war wütend. Angst hatte ich natürlich auch, aber ich war mehr wütend als ängstlich. Und das machte mich stark. Aber er war auch stark, denn er war ein Mann, und ich war nur ein Kind. Ich lag auf dem Rücken, und er war über mir, also war auch noch die Schwerkraft auf seiner Seite. Trotzdem bewegte sich der Ziegel als Erstes aufwärts, weg von mir und hin zu ihm.

Natürlich versuchte er, sich zu verteidigen, packte mich am Handgelenk und schob den Stein fort von seinem Gesicht und wieder hinunter in meine Richtung.

Sehr, sehr langsam.

Der Ziegel brauchte ungefähr hundert Jahre für den Weg von seinem Gesicht bis zu meinem Gesicht. In dieser Verlangsamten Zeit sah ich den Ziegel in jedem Detail (selbst da sah er noch wunderschön aus, Papa) und stellte mir gleichzeitig all das vor, was dieser Ziegel anrichten könnte, wenn er schließlich auf meinen Kopf traf. Ich stellte mir ziemlich viel Blut vor. Ich stellte mir eine ziemliche Schweinerei vor. Ich stellte mir vor, hinterher wahrscheinlich nicht mehr besonders gut sprechen zu können. Was ich mir nicht vorstellte, war das, was wirklich passierte – das plötzliche, gerade noch rechtzeitige Wegdrehen meines Kopfes, sodass der Ziegel an meinem Mund abprallte, wo er einen Splitter von einem meiner oberen Schneidezähne schlug. Ich erinnere mich, dass ich Zahn und Ziegelstaub schmeckte. Und Schmerz spürte. Obwohl ich wusste, dass der Schmerz noch viel schlimmer hätte sein können. Ich stieß einen Schrei aus, und der Ziegel landete im Sand, und der Mann verlor das Gleichgewicht. Er war sowieso betrunken, betrunken oder drogenberauscht oder beides und daher nicht so klar bei Verstand wie ich. Und deshalb war ich es, die den Ziegel als Erste wieder zu fassen bekam. Und dieses Mal stieg ich nach oben, erkämpfte mir den Weg, bis ich über ihm war. Und dann fuhr der Ziegel wieder herab.

Nur dieses Mal auf ihn.

Ich habe mich immer gefragt, wie dieser Moment wohl für ihn war. Erlebte er Verlangsamte Zeit? Brauchte der Ziegel tausend Jahre, um auf seinen Schädel zu krachen? Hinterher war er nicht mehr in der Lage, das zu sagen.

Anfangs dachte ich, Zeitverschiebungen wie diese passierten einfach. Sie könnten nicht vorhergesehen oder kontrolliert werden. Doch beides stimmt nicht. Das ist ein weiterer Grund, sich in Andere Welten zu begeben. In Andere Welten kannst du die Zeit beeinflussen, sie sogar anhalten. Du kannst dich so sehr darauf konzentrieren, den einen Grashalm hinaufzuklettern, dass die Vergangenheit verschwindet, die Zukunft verschwindet und dass alles, was übrig bleibt, Gegenwart ist. Das ist Jetzt-Zeit.

In der Jetzt-Zeit kann man dich nicht für die Vergangenheit verantwortlich machen, weil es keine Vergangenheit gibt. Die Vergangenheit liegt hinter dir und dort ist alles dunkel. Genauso wenig kann irgendetwas, was du tust, Auswirkungen auf die Zukunft haben, denn die Zukunft ist noch nicht da. Sie liegt noch weit vor dir und ebenfalls im Dunkeln. Du bist ganz und gar dort, wo du gerade bist, im hellen Glanz der Jetzt-Zeit.

Als stündest du in einem Riss des Universums, von dem dir jemand hätte erzählen sollen, was aber niemand getan hat. Nicht mal Papa erzählte mir je von der Jetzt-Zeit.

Ebenso wenig, wie er mir von der Unermesslichen Zeit erzählte. Unermessliche Zeit ist sehr nützlich, wenn du in einer

Warteschlange stehst. Unermessliche Zeit erinnert dich daran, dass das Universum schon Milliarden von Jahren existiert, und wenn du dir diese Milliarden von Jahren als eine gerade Linie vorstellst und dann versuchst, deine Wartezeit auf dieser Linie zu platzieren, dann siehst du, dass sie wirklich nicht lang ist. Das habe ich immer in Heathrow so gemacht, wenn ich auf Termine mit den Imgrims wegen meiner Papiere warten musste. Einmal wartete ich so lange, dass ich mir vorstellte, ich wäre in dem Moment der Vergangenheit, in dem die Welt erschaffen wurde. Papa nannte das immer den »Anbeginn der Zeit«, was darauf hindeutet, dass es einmal eine Zeit vor dieser gegeben haben musste. Eine Zeit vor der Zeit. Eine Zeit, in der es keine Zeit gab. Von Gedanken wie diesen wird mir immer ganz schwindelig. Und wenn mir schwindelig wird, verliere ich sowieso jedes Zeitgefühl. So muss es sicher sein, wenn du jemanden küsst, den du liebst. Aber das ist mir noch nie passiert.

Das mit der Unermesslichen Zeit funktioniert jedenfalls immer. Das weiß ich, weil ich jetzt am Anfang der Warteschlange stehe.

34

Umhang aus Wasser

Es gibt zwei Duschkabinen im Waschbereich, jede mit einer Halbtür, die man schließen, aber (wie ich bemerke) nicht abschließen kann. Die erste, die frei wird, ist die Kabine rechts. Ich gehe hinein, ziehe mich aus, hänge meine Kleider über die halbe Tür und stelle mich unter die Dusche. Ich drehe das Wasser an.

Und es kommt Wasser.

Das Wasser ist weder heiß noch kalt. Es ist lau.

Lau ist ein anderes Wort für warm. Oder relativ warm.

Dieses Wasser, Papa, ist das wunderbarste lauwarme Wasser auf der ganzen Welt.

Es strömt ziemlich fest und die Neigung des Duschkopfs lässt den Wasserstrom direkt auf meinen Kopf treffen. Der Druck treibt mir das Wasser durch die Haare und über die Schultern, von wo es weiter nach unten fällt wie ein Umhang.

Ich weiß nicht, wie lange ich in diesem Cape aus Wasser stehe.

Vielleicht ein paar Minuten, vielleicht ein Jahrtausend. Das ist keine Verlangsamte Zeit. Das ist Angehaltene Zeit. Denn alles hält einen Augenblick inne. Sogar mein Herz ist beinah kurz stehen geblieben. Wenn ich Seife hätte, könnte ich mich waschen. Ich habe aber keine. Also stehe ich einfach still in der Wärme.

35

Essen

Wir bekommen Essen.

- zum Frühstück: ein Brötchen mit Butter. Butter.
- zum Mittagessen: Suppe. Aus Gemüse. Kartoffeln, Kohl, Karotten, in große Stücke geschnitten.
- zum Abendessen: ein Stück Brot. Etwas gelben Käse. Ab und zu einen Apfel.

Wir essen in einem Saal, in dem die Tische und Stühle am Boden festgeschraubt sind. Zu den Mahlzeiten werden viele Kinder in den Saal gebracht.

Aber nicht der Junge.

36

Verhör

Ich werde in den Verhörraum gebracht. Dort stehen vier Stühle um einen rechteckigen Tisch. Ich stehe neben dem leeren Stuhl vor dem Tisch.

Der Chef-Imgrim, der in der Mitte sitzt, ist eine Frau. Sie ist schlank, elegant in Dunkelrot gekleidet und riecht nach frisch gewaschener Wäsche. Rechts und links von ihr sitzen zwei Männer in dunkelblauen Uniformen. Alle drei haben Nanonets, Papiere und Plastikbecher mit Kaffee vor sich. Der Duft des Kaffees lässt mein Herz hüpfen. Auf dem Tisch liegt mein Weltbürgerpass, aufgeschlagen auf Seite neun. Das ist nicht gut. Auf Seite neun steht »Global Citizen: Verdienste«. Seite neun fängt man an auszufüllen, wenn man fünfzehn ist.

Die Frau schaltet die Aufnahmefunktion an ihrem Nanonet ein. »Ich bin Immigration Officer Jean Shanks«, sagt sie. Diese Befragung, die um«, sie hält kurz inne, »11:51 Uhr beginnt, wird gemäß Zuwanderungsgesetz Schottlands und der föderierten Inselgebiete in Anwesenheit der Heimatschutzbeauftragten Home Officer Peel und Home Officer McNally durchgeführt.« Dann streckt sie mir die Hand entgegen und fügt »Handgelenk, bitte« hinzu.

Sie sagt das, als könnte ich meine Hand von meinem Arm abkoppeln und ihr reichen.

»Ich heiße Mhairi Anne Bain«, antworte ich.

»Nach deinem Namen habe ich nicht gefragt, ich bat dich um dein Handgelenk.«

Ich strecke die Hand aus und sie führt den Barcode auf meinem Armband unter eine Art unsichtbaren Lichtstrahl.

»R1787W«, liest der schottische Home Officer McNally von seinem Bildschirm ab.

»Setz dich bitte, R1787W«, sagt Immigration Officer Shanks.

Ich bleibe stehen. »Ich bin vierzehn«, sage ich. »Ich bin minderjährig. Ich bin Schottin. Das wurde alles schon überprüft. Ich wurde schon in Heathrow befragt.«

»Heathrow ist in England«, antwortet IO Shanks. »Jetzt bist du in Schottland.«

»Ja, ich weiß. Aber ...«

»Beschränke dich bitte darauf, die Fragen zu beantworten, die man dir stellt«, unterbricht mich IO Shanks. »Also – du wurdest auf der Insel Arran geboren ... Ist das richtig?«

»Ja.«

»Und wann hast du Schottland verlassen?«

»Als ich ungefähr sieben war.«

»Hat das Land vor sechs Jahren, neun Monaten und vier Tagen verlassen«, liest McNally vom Bildschirm ab.

»Länger als fünf Jahre abwesend. Wodurch du offiziell in die Kategorie R fällst«, sagt Shanks.

»R?«

»Rückkehrerin«, erklärt Shanks. »Und ich glaube, ich hatte dich gebeten, dich zu setzen, R1787W.«

Ich bleibe stehen.

Es folgt eine kurze Pause. »Wie du willst«, sagt Shanks. »Home Officer Peel?«

Peel räuspert sich. »Gemäß Zuwanderungsgesetz Schottlands und der föderierten Inseln vom 22. November 2049 wird das Rückkehrrecht für Staatsbürger, die länger als fünf Jahre dauerhaft außer Landes waren, bis auf Weiteres ausgesetzt.«

»Verstehst du das?«, fragt Officer Shanks.

»Nein.«

»Es ist ganz einfach«, erklärt sie. »Dein Recht, nach Schottland zurückzukehren, hängt nicht mehr allein von deinem Geburtsort ab.«

Da setze ich mich. Der Stuhl unter mir ist hart. »Wovon hängt es denn dann ab?«, frage ich.

»Es bestehen mehrere Anforderungen«, antwortet IO Shanks. »Als Erstes die Geburtsorte deiner Großeltern. Alle vier müssen auf dem schottischen Festland oder in einem der dazugehörigen Inselgebiete geboren sein. Wenn in einem der Inselgebiete zutrifft, dann bist du unter Umständen berechtigt, ein Transitvisum dorthin zu bekommen.«

Ich weiß nicht, was »Inselgebiete« bedeutet. Im Davor gab es nur Schottland. Aber Arran ist eine Insel, und Papas Mutter ist definitiv auf dieser Insel geboren. Und Papas Vater sicher auch. Ich habe allerdings keine Ahnung, wo die Eltern meiner Mutter geboren sind. Das musste ich im Davor nicht wissen.

»Wenn der Geburtsort deiner Großeltern nicht von unabhängiger Seite bestätigt werden kann – wir führen derzeit Überprüfungen durch …«, fährt Shanks fort, »dann hängt deine Berechtigung auch noch davon ab, ob der Punktestand deiner

Verdienste als Weltbürger deine Eignung für dieses Land bestätigt.«

»Aber ich habe noch keine Punkte!«, schreie ich. »Ich muss noch keine haben. Ich bin vierzehn! Das habe ich Ihnen doch gesagt, ich bin noch minderjährig!«

»Auch das wird derzeit überprüft«, antwortet Shanks.

»Warum? Ich habe Schottland mit sieben verlassen. Ich war sechs Jahre und irgendwas fort. Rechnen Sie nach!«

»Ich sollte dich warnen. Wenn du dich widersetzt, ist das deinem Anliegen nicht dienlich.«

»Ich habe kein Anliegen«, erwidere ich. »Das hier ist mein Land. Schottland. Ich gehöre hierher.«

Sie tippt auf meine Papiere. »Hier steht Global Citizen. Du bist eine Weltbürgerin. Wenn du nicht authentifiziert werden kannst oder deine GC-Punkte nicht ausreichen, wirst du in das Land zurückgeschickt, in dem du zuletzt offiziell gemeldet warst, und das war …«

»Der Sudan?«, frage ich. »Im Sudan herrscht Krieg.«

»Der Sudan«, antwortet Officer Shanks, »ist immer noch Unterzeichner des Global-Citizen-Abkommens, Nördlicher Äquator. Daher haben wir keine Zweifel, dass sie dich dort zurücknehmen würden. Vor allem, nachdem du dich sieben Jahre auf ihrem Staatsgebiet aufgehalten hast.« Sie macht eine kurze Pause, um einen Schluck Kaffee zu trinken. »Falls sie es ablehnen, dich zurückzunehmen, würdest du offiziell als staatenlos eingestuft, und dann gelten andere Regularien, die uns hier nicht interessieren. Was uns hier interessiert, sind, so leid es mir tut, deine Global-Citizen-Vergehen. Anklageprotokoll, bitte, Officer Peel.«

»Unter Verletzung des Handels- und Verkehrsabkommens zwischen Schottland und den föderierten Inseln«, liest HO Peel vor, »wurde R1787W dabei festgenommen, wie sie mit einem unbekannten Fremden unerlaubt die Grenze zum schottischen Festland überquerte.«

Sie reden von dem Jungen. Von dem Jungen und seinem Nuckelstein.

»Leugnest du das?«, fragt IO Shanks.

»Wo ist er?«, frage ich und bin sofort wieder auf den Beinen. »Warum kommt er nie zu den Mahlzeiten? Was haben Sie mit ihm gemacht?«

»Das braucht dich nicht zu interessieren«, antwortet Imgrim Shanks.

»Er ist noch ein Kind!«, schreie ich. »Ein Kind! Oder halten Sie ihn etwa auch für fünfzehn?«

»Sicherheitsdienst, R1787W geht zurück in ihren Schlafsaal!«, blafft IO Shanks in ihr Nanonet. »Du solltest vielleicht bedenken«, sagt sie noch an mich gerichtet, »dass die Mindeststrafe, die in Schottland auf das unerlaubte Einschleusen eines Kindes steht, fünfundzwanzig Jahre beträgt. Und ich spreche selbstverständlich nicht von Gefängnisjahren. Ich spreche von Lebensjahren. Wenn du für schuldig befunden wirst, musst du mit neunundvierzig die Nadel nehmen. Alles, was in deinem Weltbürgerpass als Verdienst bestätigt ist, wird dabei natürlich als strafmildernd gewertet.« Sie reicht mir ein Blatt Papier und einen Bleistiftstummel. »Vielleicht möchtest du also lieber anfangen, ernsthaft darüber nachzudenken, was du dort aufführen willst?«

37

Die Nadel nehmen

Die Nadel zu nehmen, sagt Papa, *ist eine beinah vernünftige Lösung für ein schwieriges Problem. Dieses schwierige Problem besteht darin, dass es zu viele Menschen auf unserer zu heißen Welt gibt. Im Süden töten Krieg und Hunger. Im kühleren Norden jedoch hängt die Sicherheit von einer gemeinsam getroffenen Vereinbarung ab.*

Ich war in deinem Alter, sagte Papa, *als zum ersten Mal beschlossen wurde, dass niemand im Norden das Recht haben sollte, über ein bestimmtes Alter hinaus zu leben. Anfangs war das achtzig. Inzwischen ist es vierundsiebzig. Man war der Meinung, dass es die einzige gerechte Möglichkeit sei, die vorhandenen Ressourcen zu strecken. Die einzige Möglichkeit, uns zu ernähren. Es war etwas gewöhnungsbedürftig, aber im Grunde unterscheidet es sich gar nicht so sehr von dem, was die Chinesen im letzten Jahrhundert machten, als sie versuchten, mit ihrer Ein-Kind-Politik das Bevölkerungswachstum zu begrenzen.* Darauf hielt er kurz inne und sagte dann: *Was denkst du, warum ich mich jeden Tag so anstrenge, nach dem Leben zu greifen, Mhairi?*

Zehn Jahre nach der Einführung dieser Global-Life-Limit-Politik und der Lebenszeitbegrenzung wurde die Idee, Lebensjahre zu schenken, Wirklichkeit. Beziehungsweise den Tod zu schenken. Sie entstand aus Liebe. Der Fall Ada und John Mullins. Ada und John waren schon seit Teenagertagen ineinander verliebt. Sie wussten, sie würden sich lieben bis zum Tod, aber John war zwei Jahre älter als Ada. Und das hieß, wenn er mit vierundsiebzig die Nadel nehmen würde, müsste Ada noch zwei ganze Jahre ohne ihn leben. *Was*, fragte Ada, *wenn ich ihm eins meiner Jahre schenken würde? Was, wenn ich verspräche, die Nadel mit dreiundsiebzig zu nehmen, damit er bis fünfundsiebzig leben kann und wir dann gemeinsam gehen?*

Der Fall ging bis vors Oberste Gericht des Nordens. Das Gericht befand, für den Planeten sei es egal, ob zwei Menschen mit vierundsiebzig ausschieden oder einer mit dreiundsiebzig und der andere mit fünfundsiebzig. Das käme am Ende auf denselben Verbrauch von Ressourcen hinaus. Also wurde dem Gesuch der Mullins – unter bestimmten Bedingungen – stattgegeben. Die Ironie des Schicksals bestand darin, dass John in der darauffolgenden Woche bei einem Autounfall ums Leben kam. Da war er erst neunundsechzig, aber Ada hatte schon die ganzen Formulare unterschrieben. Sie hatte natürlich das Recht, bis dreiundsiebzig weiterzuleben, aber sie entschied sich (mit großem Trara und Liveübertragung auf Global News), sofort die Nadel zu nehmen, damit sie gemeinsam begraben werden konnten. Die ganze Sache wurde als Win-win-Geschäft für sie und den Planeten gewertet und markierte den offiziellen Anfang des Tauschhandels mit Lebensjahren.

Die Landesregierungen weiteten das Konzept schnell aus – vor allem auf den Bereich der Gefängnisinsassen. Es war billiger (und dem Gesamtwohl der Menschheit nützlicher), wenn nicht gewalttätige Straftäter ihre Schuld in Lebensjahren bezahlten.

Wenn sie mich also für schuldig befinden – falls sie mich für schuldig befinden –, wird man von mir verlangen, ein Schriftstück zu unterschreiben, das ihnen erlaubt, mir mit neunundvierzig Jahren Kalium zu injizieren. Ich bin jetzt vierzehn. Neunundvierzig ist nicht morgen. Aber auch nicht in Unermesslicher Zeit.

Das bedeutet, Muma, dass ich entweder anfange, mir etwas Überzeugendes für die Verdienste-Rubrik in meinem Weltbürgerpass zu überlegen, oder dass ich nach dem Jungen suche.

Und nach einer Waffe.

38

Waffen

Wenn du die Zeit und den Willen dazu hast, ist es ziemlich leicht, Waffen herzustellen. Im Auffanglager hast du oft beides. Als ich in dem Lager am Flughafen in Kairo war, sah ich einen Mann eine Armbrust bauen. Er benutzte:

- sechs Zahnbürsten
- ein Feuerzeug
- vier Kugelschreiberhüllen
- einen Drahtkleiderbügel
- die Hälfte einer Servierzange aus Edelstahl
- verschiedene elektronische Bauteile
- die Finger von einem Paar gelber Gummihandschuhe
- ein Stück Schnur
- ein paar Schrauben

Die Kugeln bestanden aus fest zusammengeknülltem Toilettenpapier und Aluminiumfolie. Der Konstrukteur – Jamil – behauptete, sie habe eine Reichweite von zehn Metern, aber ich sah nie, wie sie abgefeuert wurde, also weiß ich nicht, ob das stimmt.

In Heathrow waren die Waffen eine Nummer kleiner, aber auf jeden Fall tödlich. Ich sah:

- ein Messer aus einer Glasscherbe mit Griff aus einem zerrissenen Bettlaken und Klebeband
- einen Augenausstecher aus einer Plastikgabel, deren innere Zinken entfernt und die äußeren geschärft wurden
- ein Messer aus Papier. Der Mann, der es mir zeigte, sagte, er hätte dafür in der Bibliothek fünfzig Seiten aus einer National-Geographic-Ausgabe gerissen. Dann hätte er das Papier nass gemacht, zusammengerollt und abgeschliffen und anschließend mit Salz getrocknet. Es war erstaunlich scharf.

In dem Auffanglager hier gibt es keine Bibliothek. Deshalb melde ich mich freiwillig zum Küchendienst. Denn ebenso gut wie Waffen herzustellen, kannst du auch welche stehlen. Um das Gemüse für die Suppe klein zu schneiden, muss es, nehme ich an, Messer geben. Und es gibt sie. Kleine Küchenmesser mit stumpfen, runden Enden.

Aber Enden kann man spitzen.

Ich erweise mich als gute Arbeiterin. Ich arbeite tüchtig und schnell. Ich schnippele und schnippele und schnippele. Und ich schaue. Es würde dir gefallen, wie viel ich momentan schaue, Papa.

Durch das Küchenfenster habe ich einen anderen Blick auf das Auffanglager als von meiner Fensternische aus. Ein Gebäude sticht hervor. Ein graues, quer stehendes Steinhaus mit zwei drolligen Türmchen. Das alte Schulleiterhaus vielleicht. Die Fenster sind mit diesem altmodischen Kreuzmuster aus Blei unterteilt, sodass sie aussehen wie vergittert. Das sind sie aber nicht.

»Was ist das für ein Gebäude?«, frage ich. »Das mit den zwei Türmen?«

»Verwaltung«, antwortet das Mädchen an den Zwiebeln links von mir.

Eine enttäuschende Auskunft. Ich werde wohl kaum einen überzeugenden Grund erfinden können, um in die Verwaltung zu müssen.

»Nein«, sagt eine Frau, die gerade Kohl schneidet. »Sind da nicht die Kleinen untergebracht? Die unter Zehnjährigen. Deshalb sind da keine Gitter. Weil die Kleinen normalerweise nicht springen.«

Diese Auskunft gefällt mir schon besser.

Es sieht vielleicht so aus, als würde ich Kartoffelstücke in große Pfannen geben, aber in Wirklichkeit schaue ich aus dem Fenster und verfeinere meinen Plan. Der Junge ist unter zehn. Ich sehe, ob ich irgendwelche Schlafräume in dem getürmten Gebäude ausfindig machen kann, Kinder an den Fenstern entdecke. Tue ich aber nicht. Das ist schlecht. Ich muss wissen, ob er dort untergebracht ist, wo genau er untergebracht ist. Nicht nur das Stockwerk, sondern auch das Zimmer. Wenn ich zu dem Gebäude komme, werde ich nicht gerade Zeit haben, herumzufragen. Vielleicht sind die Kinder in den Zimmern, die nach hinten raus gehen? Ich merke mir die Position des Haupteingangs und der Seitentüren. Ich beobachte, wie die größeren Lastwagen, die mit richtigen Fahrern, rechts um das Gebäude fahren und dahinter außer Sicht geraten. Armeelastwagen, aber auch Versorgungslastwagen. Das lässt vermuten, dass es auf dem Parkplatz eine Elektro-Tankstelle gibt. Ein Lastwagen mit zeitweise abwesendem Fahrer ist eine potenzielle Fluchtmöglichkeit.

Ich schaue nicht nur, Papa. Ich höre auch zu. Während meiner täglichen Drei-Stunden-Schnippel-Schicht erfahre ich Folgendes über uns zweiundfünfzig, die wir derzeit im Frauen-Flügel 3 leben:

- Neunzehn Frauen warten auf ihre Abschiebung.
- Zwölf (mich eingeschlossen) warten auf Gerichtstermine.
- Vierzehn wurde der Antrag abgelehnt, als Minderjährige anerkannt zu werden.
- Vier haben sich selbst verletzt.
- Zwei stehen wegen Selbstmordgefährdung unter Beobachtung.
- Acht wurden in den letzten zwei Wochen Haftbeschränkungen auferlegt.
- Es gab vier Fluchtversuche in den letzten sechs Monaten. Nur einer davon war erfolgreich.

Die Fluchtquote ist enttäuschend. Meine Chance, diese Quote zu verbessern, hängt davon ab, ob ich gut aufpasse.

Ich passe gut auf.

Am Ende jedes Schnippel-Einsatzes werden wir eine nach der anderen hinausgeführt und müssen unsere abgewaschenen Messer in eine Holzkiste legen. Eine Wache zählt die Messer nach. Wenn es irgendeine Unstimmigkeit gibt, werden wir durchsucht.

Aber da ist eine Sache: Diejenigen von uns, die an der Messerkiste vorbei sind, warten im Flur, bevor alle zurück in den anderen Gebäudetrakt geführt werden. In diesem Flur steht ein altmodischer Paneelheizkörper aus Davor, so einer mit einem staubigen Zwischenraum zwischen beiden Seiten.

Das könnte die Lösung für das Waffenproblem sein.

39

Armband-Mädchen

Das Armband-Mädchen heißt Finola. Schade, dass ich das erfahren habe. Finola arbeitet auch in der Küche. Sie ist keine saubere Arbeiterin. Wenn sie Kartoffeln schält, fallen ihr öfters Schalen auf den Boden. Das kommt von dem Zucken. Das Zucken ist vielleicht eine Krankheit, aber das glaube ich nicht. Ich glaube, sie ist nervös. Die Schalen können glitschig sein. Das eröffnet mir, wie Muma sagen würde, eine »Gelegenheit«. *Pack die Gelegenheit beim Schopf*, sagte Muma immer, *sobald sich dir eine bietet.*

Ich stehe dicht bei Finola. Sie hat heute Kartoffeln und ich Karotten. Ich beobachte, wie sie zuckt und zittert. Als sie die ersten Stückchen Kartoffelschale fallen lässt, sage ich:

»Die solltest du besser aufheben. Jemand könnte darauf ausrutschen.«

Sie hebt sie auf.

Als sie das nächste Mal ein paar fallen lässt, schnalze ich tadelnd mit der Zunge. Natürlich bückt sie sich wieder, um sie aufzuheben, aber nicht, bevor ich eine dieser Schalen mit dem Fuß unter die Küchentheke befördert habe. Ich schiebe sie weit genug darunter, damit sie nicht gesehen wird, aber nicht so weit, dass ich sie nicht mehr hervorholen könnte, wenn ich wollte. Und ich will, und zwar kurz bevor unsere Schicht endet. Ich bugsiere dieses Kartoffelschalenstück mit dem Fuß hervor, als ich mein letztes Sieb geschnippelter Karotten zu den Töpfen auf dem Herd trage. Und rutsche aus.

Ich rutsche auf Finolas Stück Kartoffelschale aus.

»Was ist denn ...!«, schreie ich und falle hin. Mein Sieb schlittert quer über den Boden. Es schlittert ziemlich weit, dafür sorge ich, und die Karottenscheiben werden überall verstreut. Dann greife ich nach dem Stück Kartoffelschale, das Auslöser des Ganzen war, und schwenke es vor ihr.

»Tut mir leid«, sagt sie, »entschuldige.« Und geht sofort auf die Knie und fängt an, die Karottenscheiben aufzusammeln.

Ich stehe auf, inspiziere meinen (unverletzten) Knöchel, hole das Sieb zurück, knalle es auf das Schneidebrett (genau auf ihr kleines Sägemesser), nehme das Sieb (mit ihrem Messer darunter) wieder, kontrolliere noch einmal meinen Knöchel (lasse dabei das Messer in meine Socke gleiten) und gehe dann auf die Knie, um ihr bei der Aufräumaktion zu helfen. Als die Begleitwachen kommen, ist alles wieder hübsch sauber und ordentlich.

Ich spüle mein Messer und lege es in die Holzkiste.

Das Armband-Mädchen kann sein Messer nicht finden.

»Wahrscheinlich auf dem Boden bei allem anderen, was du so fallen lässt«, sage ich und gehe hinaus in den Flur. Während die Begleitwachen darauf warten, dass Finola ihr Messer vorweist, lasse ich es unbemerkt in den staubigen Zwischenraum des doppelseitigen Paneelheizkörpers fallen.

Als das Messer nicht auftaucht, werden wir alle durchsucht. Die Wachen führen die Leibesvisitation mit einem Höchstmaß an Erniedrigung durch. Sie suchen an Stellen, wo niemand je suchen würde. Schon gar nicht nach einem Messer. Es fällt mir schwer, mich zu beherrschen, aber ich beherrsche mich. *Aufs große Ganze schauen*, nannte Muma das immer. Du opferst etwas Kleines, um etwas Großes zu erreichen. In diesem Fall die gebrauchsfertige Waffe.

Finola beschwört ihre Unschuld. Finola sagt, sie habe keine Ahnung, wo ihr Messer sei. Die Wachen glauben ihr nicht. Sie bringen sie zur Verwaltungseinheit, in der Hoffnung, das würde ihr Gedächtnis auffrischen.

Ich warte drei Tage, bis ich das Messer hole und mit in den Schlafsaal bringe.

Ich verberge das Messer nicht vor den anderen Frauen. Ich schärfe sogar demonstrativ die Klinge am rauen Eisen der Gitterstäbe vor unseren Fenstern. Alle wissen, dass es Finolas Messer ist, aber sie sagen nichts. Hauptsächlich, weil ich diejenige bin, die das Messer hat.

Big Mama sagt etwas. »Du und ich, wir sollten reden«, sagt sie.

Das ist keine Drohung, es ist eine Einladung. Sie sagt es, weil sie sieht, wie die anderen Frauen mich jetzt anschauen, nämlich voller Respekt. Oder Angst.

»Ja«, antworte ich. »Das sollten wir.« Das sage ich um des lieben Friedens willen. Aber ich glaube nicht, dass Big Mama und ich uns irgendetwas von Interesse zu sagen haben. Schließlich ist Big Mama immer noch an diesem Ort. Wohingegen ich, sobald das Messer scharf genug ist, hier verschwinden werde.

Am nächsten Tag wird Finola zurückgebracht. Sie ist noch dünner als vorher. Blasser ist sie auch. Ihre Gesichtsfarbe gleicht der ihrer weißblonden Haare. Das liegt daran, so erfahren wir, dass sie dich in der Verwaltungseinheit in Einzelhaft stecken und dir nichts als Wasser geben. Außerdem haben die Zellen keine Fenster und deshalb gibt es dort keinen Himmel und keine Sonne.

Als es Abend wird, streitet Finola nicht mit mir um die Matratze, die ich in ihrer Abwesenheit vereinnahmt habe. Sie legt sich einfach mucksmäuschenstill auf den Boden in der Nische. Aber sie schläft nicht. Und ich auch eine Zeit lang nicht.

»Ich hoffe, sie lassen dich bald frei«, höre ich mich zu ihr sagen.

Das ist keine Lüge.

Nicht jeder ist für dieses Überlebensspiel gemacht.

40

Planung

Ich plane gern.

Ich mag Listen. Ich bin gut organisiert, gut im Hinschauen und Zuhören. Ich höre auf das, was die Menschen sagen, genauso wie auf das, was sie nicht sagen. Manchmal findet man das Nützliche in den Leerstellen.

Planen ist wichtig, sagte Muma immer. *Du kennst mich, ich bin eine begeisterte Planerin. Aber planen ist nicht alles. Das Leben ist kein Schachspiel, in dem du immer einen Schritt voraus sein kannst, versuchst, dir die Schlussphase vorzustellen. Nein, das Leben ist voller Überraschungen. Du musst wendig sein, Mhairi, flexibel, darauf vorbereitet, deinen Plan zu ändern, deine Chancen zu ergreifen, wann und wie immer sie sich dir bieten.*

Und das ist der Grund, warum ich, als um halb fünf am Nachmittag eine Wache die Tür aufschließt und plötzlich meine Nummer ruft, weniger als zehn Sekunden brauche, um meine Jacke und zusammen damit Finolas – inzwischen sehr scharfes – Messer zu schnappen.

41

Psychiater

Es ist sinnlos zu fragen, wohin ich gebracht werde, also frage ich nicht.

Aber es wird schon bald klar. Ich werde in das Gebäude mit den Türmchen und den unvergitterten Fenstern gebracht. Direkt an den Ort geführt, der meine Gedanken und Pläne so lange schon beschäftigt. Eine Identitätskontrolle und einen Treppenaufgang später stehe ich vor einer Tür mit der Aufschrift: *Dr. R. Naik, Psychiater*. Die Wache klopft und ich werde hereingerufen.

Das Büro ist klein: wieder ein Schreibtisch, wieder ein Stuhl beziehungsweise zwei Stühle. Aber das hier sind nicht die typischen harten Auffanglagerstühle. Sie sind gemütlich, und die Sitzflächen sind mit Stoff bezogen, der an den Kanten verschlissen ist. Dr. Naik (der keinen weißen Kittel trägt) hat ein Nanonet, aber auch ein Regal und altmodische Bücher und einen dampfenden Becher mit das-Herz-hüpfen-lassendem Kaffee. Ich kann ihn ganz hinten im Mund beinah schmecken.

Der Doktor steht auf. Er ist ungefähr dreißig und hat ordentlich zurückgekämmte pechschwarze Haare. Sein Name ist indisch, sein Gesicht ist indisch, aber er sagt mit breitem Glasgower Tonfall: »Mhairi, stimmt's?« Er lächelt. Sein Lächeln wirkt echt, freundlich sogar.

»Mhairi Anne Bain«, antworte ich. Ich verkneife mir, sein Lächeln zu erwidern, aber ich kann mir nicht verkneifen, seine ausgestreckte Hand zu nehmen. Sie ist warm und trocken.

»Ich bin Dr. Naik. Ich leite das psychiatrische Team in dieser Einrichtung«, sagt er. »Setz dich doch.«

Ich setze mich. Aber kerzengerade, mit dem Rücken zu meiner Wache.

»Möchtest du Kaffee?«, fragt Dr. Naik.

»Ja«, antworte ich. Ich hatte seit Kairo keinen Kaffee mehr. In Heathrow wurde Kaffee als Angriffswaffe eingestuft. Was er auch sein kann, wenn er heiß genug ist.

Dr. Naik schenkt den Kaffee ein und fragt, ob ich Milch möchte.

Ich möchte Milch.

»Du willst wahrscheinlich wissen, warum du hier bist«, sagt er.

Das will ich. Die Freundlichkeit dieses Zimmers, dieses Arztes, schürt einen Funken unerwünschte Hoffnung in mir. Hoffnung ist gefährlich. Hoffnung lässt dich an etwas glauben, was sich oft als falsch erweist, und dann stürzt du nur noch tiefer. Ich habe gelernt, mich vor der Hoffnung in Acht zu nehmen. Und dennoch denke ich in diesem Moment Jetzt-Zeit, sie hätten vielleicht festgestellt, dass ich doch vierzehn bin. Sie hätten beschlossen, mir einen Psychologen zu gewähren, einen Sozialarbeiter, und dass sie mich nun bei meinem richtigen Namen nennen würden, mir ein Zimmer ohne Gitter geben, die Tür dieses Zimmers öffnen, mich freilassen ...

»Es ist wegen des Jungen, mit dem du gekommen bist«, sagt Dr. Naik. »Er ist im Hungerstreik.«

»Hungerstreik?« Der Schlag trifft mich härter als der der Schlagstockwache.

»Ja, tut mir leid.«

»Das ist doch dumm«, antworte ich.

»Dumm?« Dr. Naik legt interessiert den Kopf zur Seite.

»Ja.«

»Warum?«

»Jeder, der schon mal hungern musste, würde essen, wenn er Gelegenheit dazu hat«, antworte ich. »Meinen Sie nicht?«

Dr. Naik notiert sich etwas in sein Nanonet. »Wir haben Grund zu der Annahme, dass er uns etwas mitteilen will«, sagt er.

»Worüber?«

»Über dich.«

»Mich?«

»Ja, dich. Wir glauben, der Junge vermisst dich.«

»Hat er das etwa gesagt?«, frage ich vorsichtig.

Der Doktor lacht. »Nicht direkt. Aber er hat das hier gemacht.« Dr. Naik nimmt ein Blatt Papier aus einem Ordner und schiebt es zu mir hin. Es ist eine Zeichnung. Aber nicht so eine komplizierte, wie der Junge sie auf den Steinen gezeichnet hatte. Nein, eine ganz einfache, kindliche. Die Abbildung eines Mädchens und eines Jungen. So eine, wie du sie vielleicht anfertigen würdest, wenn man dich auffordert: *Könntest du uns deine Familie aufzeichnen, was meinst du?* Das Mädchen ist größer als der Junge. Sie halten sich an den Händen und lächeln. Oder ziehen vielleicht eher eine Grimasse, haben irgendwie die Zähne gefletscht.

Beiden fehlt eine kleine Ecke oberer Schneidezahn. Sie sehen aus wie zwei, die zusammengehören, aber auch wie zwei, die dich jeden Moment beißen könnten. Am liebsten hätte ich gelacht. Aber ich lache nicht, weil in dem Bild auch etwas Trauriges liegt. Beziehungsweise nicht in dem Bild. Denn nicht auf dem Bild ist seine richtige Familie. Die Familie, über die ich bisher nicht viel nachgedacht habe. Seine Eltern, seine Brüder, falls er welche hat. Seine Schwestern. Ältere Geschwister. Oder jüngere. Verbannt von diesem Jetzt-Zeit-Bild, um für seine aus der Notwendigkeit geborene, neue Familie Platz zu machen. Und ich weiß nicht genau, ob es das Ausgesprochene oder Unausgesprochene in dem Bild ist, was mir die Augen feucht werden lässt.

»Tatsächlich«, fährt Dr. Naik fort, »hat er überhaupt nicht gesprochen, seit er hier ist. Kein einziges Wort. Nicht einmal seinen Namen will er uns sagen.« Der Doktor hält kurz inne. »Ich habe mich länger mit dem Phänomen des selbst gewählten Stummseins beschäftigt.«

Den Ausdruck »selbst gewähltes Stummsein« habe ich zum ersten Mal in Heathrow gehört. Was den Teil mit dem »selbst gewählt« betrifft, war ich mir nie sicher. Als könnte man wählen, was einem passiert und wie man darauf reagiert.

»Mo«, sage ich.

»Wie bitte?«, fragt Dr. Naik.

»Sein Name – er heißt Mo.«

»Mo wie Mohammed?«, fragt der Arzt.

»Nein«, antworte ich. »Einfach nur Mo.«

»Und sein Nachname?«

»Bain«, sage ich. »Genauso wie meiner. Er ist mein Bruder.« Ich lasse eine kleine Gesprächslücke, die der Doktor aber nicht füllt. »Nicht mein richtiger Bruder natürlich. Mein Adoptivbruder. Meine Eltern – sie haben ihn adoptiert. Im Sudan.«

Der Doktor heftet den Blick seiner ruhigen braunen Augen auf mich.

»Niemand will mir das glauben«, füge ich hinzu, »genauso, wie sie mir nicht glauben, dass ich vierzehn bin.«

»Du bist noch minderjährig?«, fragt der Doktor.

»Ja«, antworte ich. »Ich wurde in Heathrow überprüft, aber das zählt hier offenbar nicht.«

Die langen Finger des Arztes gleiten über die Tastatur.

»Warum Mo nicht spricht, kann ich nicht erklären«, sage ich noch. »Zu Hause redet er die ganze Zeit.«

»Ah«, sagt der Doktor, der immer noch auf den Bildschirm schaut. »Ich habe einen Eintrag über dich. Aber nicht über deinen Bruder.«

»Seine Papiere wurden gestohlen«, sage ich.

»Kannst du mir Näheres darüber erzählen?«

Ich erzähle ihm Näheres. Ich spinne eine wunderschöne Geschichte. Im Davor gab es Lügen und es gab Wahrheit. Jetzt geht beides ein bisschen ineinander über.

Als ich fertig bin, sagt der Doktor: »Vielen Dank, Mhairi. Du hast mir sehr geholfen. Würdest du mir jetzt vielleicht noch mit etwas anderem behilflich sein?«

»Sehr gern«, antworte ich ihm.

42

Spielzimmer

Dr. Naik nimmt mich mit in ein Nebenzimmer.

Inmitten des Zimmers sitzt der Junge auf einem roten Kinderplastikstuhl an einem roten Plastiktisch. Er hat uns den Rücken zugewandt und dreht sich nicht um, als wir eintreten. Rechts von ihm steht ein Regal mit ein paar Spielzeugen: ein Mini-Eisenbahnset, eine Einheit Soldaten mit Plastikmaschinengewehren, eine Plüschtier-Wolfsfamilie. Auf einem leuchtend bunten Spielteppich ist eine Weltkarte, Nördlicher Äquator, abgebildet. Die Spielzeuge sind unberührt, ebenso wie der Teller mit Essen auf dem weißen Plastiktablett vor ihm. Die unberührte Mahlzeit besteht aus Kartoffeln, Karotten und Hähnchen. Jawohl, Hähnchen. Gebratenes Hähnchen. Mit dicker dunkler Soße. Die Soße wird schon kalt, hat bereits eine Haut gebildet, aber ich kann trotzdem noch den Fleischsaft riechen. Ich kann mir nicht vorstellen, dass alle Kinder in dieser Einrichtung Hähnchen bekommen. Ich denke, sie haben ihm das Hähnchen gegeben, um ihn in Versuchung zu führen. Obwohl, so wie er da sitzt, wirkt es eher wie eine Bestrafung. Sein Wasser hat er allerdings nicht abgelehnt. Er hat offenbar die Hälfte des Inhalts aus seinem blauen Plastikbecher getrunken.

Ansonsten riecht es in dem Zimmer noch nach Seife. Sie haben den Jungen gewaschen. Sie haben ihn in neue Kleider gesteckt. Die Kleider sind grün. Grün ist gut. Grün ist gut für unterwegs. Sie haben ihm auch den Kopf frisch rasiert. Deshalb fällt mir auf, wie unheimlich dicht seine Ohren am Kopf anliegen. Ich glaube, ich habe vorher noch nie auf seine Ohren geachtet. Sie sind schön, Papa.

»Mo?«, sagt Dr. Naik. Der Junge reagiert nicht, was kein Wunder ist, weil er nicht Mo heißt. Also sitzt er einfach weiter da und starrt durch das Rautenfenster nach draußen. Der Himmel dahinter ist blau. »Ich habe dir Besuch mitgebracht.«

Nichts.

»Ich bin's«, sage ich.

Der Junge dreht sich um.

Aber er steht nicht auf. Er kommt nicht, um mich zu begrüßen. Er macht keinerlei Anstalten, mich zu umarmen. Im Grunde macht er gar nichts von dem, was der Doktor vielleicht erwartet.

Er sieht mich einfach nur an.

»Was fällt dir ein, nichts zu essen?«, frage ich. Bloß, dass ich es nicht frage, sondern schreie. »Als ich sagte, du könntest drei Wochen ohne etwas zu essen überleben, du müsstest nur etwas trinken«, ich zeige auf den halb leeren Becher Wasser, »hab ich nicht gemeint, du sollst es ausprobieren. Nichts zu essen, wenn dir jemand Essen gibt, ist dumm!«, schreie ich. »Total dumm!« Ich gehe schnurstracks zu ihm hin und verpasse ihm eine Ohrfeige.

»He – he!«, ruft Dr. Naik. »Aufhören! Was soll das?«

Der Junge gibt keinen Laut von sich, gar keinen. Er fasst sich nicht an den roten Striemen auf seiner Wange, tastet nicht nach seinem Ohr, um festzustellen, ob es etwas abbekommen hat. Was es hat. Er sieht nur den Doktor an, sieht mich an, und schneidet dann überaus entschlossen ein kleines Stück Hähnchen ab und schiebt es sich in den Mund. Kaut sehr, langsam.

»Es hat funktioniert, oder?«, antworte ich dem Doktor. »Das wollten Sie doch.«

Der Doktor senkt den Blick, tippt etwas in sein Nanonet. Vielleicht schreibt er *Gewalt* oder *Trauma* oder *traumatisiert*. Das haben die Ärzte in Heathrow jedenfalls immer geschrieben.

Der Junge schneidet noch ein kleines Stück Hähnchen ab.

»Gut«, sage ich. »Gut gemacht.« Ich denke, vielleicht war seine Mutter eine kluge Mutter. Ich denke, vielleicht hat sie ihm auch beigebracht, aufs große Ganze zu schauen.

Es entsteht eine Pause, während wir ihm wieder beim Kauen zusehen.

»Dr. Naik sagt, du sprichst nicht«, rede ich weiter, nur leiser. »Das ist auch dumm. Vor allem, wenn man daran denkt, wie viel du zu Hause plapperst. Mit Muma und Papa.«

Der Junge starrt mich an. Ich starre zurück.

»Und es ist nicht deine Schuld, dass deine Papiere gestohlen wurden«, sage ich noch. »Wenn du mit Dr. Naik sprichst, kann er dir helfen, neue zu bekommen. Sobald bestätigt wurde, dass du Papas Adoptivsohn bist, können wir gehen. Zu Großmutter. Auf die Insel Arran. Ja?«

Der Junge sagt nichts.

»Komm schon, Mo. Ich bin doch deine Schwester!«, erinnere ich ihn. »Mit mir kannst du doch reden.«

Schweigen.

»Haben sie dir deinen Nuckelstein weggenommen?«, frage ich.

Zögern.

»Haben sie?«

Der Junge nickt.

»Ach so«, sage ich und wende mich an den Doktor. »Sie haben ihm seinen Nuckelstein weggenommen.«

»Seinen was?«, fragt Dr. Naik.

Ich erkläre es ihm.

Der Doktor schreibt etwas in sein Nanonet. Ich sehe auch, was. *Seinen Beruhigungsgegenstand.*

Ich gehe zu dem Jungen und hocke mich hin, sodass ich auf Augenhöhe mit ihm bin. »Würde es helfen, wenn wir beide allein wären?«

Schweigen, aber eines, in dem wir etwas untereinander austauschen.

»Du musst sprechen, um hier rauszukommen. Mit Dr. Naik. Er muss Formulare ausfüllen. Wenn er uns ein bisschen Zeit gibt, nur du und ich allein, finden wir vielleicht einen Weg, oder? Weil du sprechen würdest, wenn der Doktor nicht hier ist, stimmt's?«

»Mo?«, kommt es von Dr. Naik.

Zum ersten Mal sieht der Junge den Doktor an.

»Du kannst auch einfach nicken«, ermutige ich ihn.

Der Junge nickt.

»Aber du musst versprechen, hinterher gleich mit mir zu sprechen«, sagt Dr. Naik.

»Du kannst wieder nicken«, sage ich schnell.

Der Junge verlagert seinen Blick auf mich und nickt wieder.

»In Ordnung.« Dr. Naik sieht auf sein Nanonet. »Ich habe in fünf Minuten eine Besprechung«, sagt er. »Die dauert sicher nicht länger als eine Stunde. Die Zeit könnt ihr haben. Was neue Papiere betrifft, kann ich natürlich nichts versprechen. Und ich muss die Tür abschließen. Ich weiß, es ist Unsinn, weil ich ja direkt dahinter sitze. Aber so sind nun mal die Vorschriften.«

»Kein Problem«, sage ich.

Und es ist kein Problem, denn unser Weg nach draußen führt nicht durch diese Tür.

43

Sims

Kaum höre ich, wie sich der Schlüssel im Türschloss dreht, gehe ich zum Fenster und schaue hinaus. Ich hoffe auf ein Regenrohr. Ich war schon immer eine gute Kletterin. *Du kletterst wie ein Äffchen*, sagte Großmutter stets. Aber da ist kein Regenrohr, jedenfalls keins, das nah genug wäre. Allerdings sind da Müllcontainer. Drei Stück. Fast (allerdings nicht ganz) unter dem Fenster. Einer der Container, der schwarze, hat einen gewölbten Deckel, die anderen zwei haben flache oder zumindest nur leicht schräge Deckel. Dummerweise steht der gewölbte uns am nächsten. Er trägt ein großes rotes Kreuz und eine Aufschrift, die lautet: *Achtung! Nicht in diesen Container klettern oder darin schlafen. Das könnte zu ernsthaften Verletzungen oder zum Tod führen.* Aber ich habe nicht vor, in diesem Müllcontainer zu schlafen. Nur zu versuchen, darauf zu landen, ohne herunterzufallen. Und zu versuchen, das möglichst geräuschlos zu tun.

Das Fenster ist gesichert, klar, aber bloß mit einem dieser schmalen Bolzenschlösser. Natürlich fehlt der Schlüssel, aber das Holz des Fensterrahmens ist rund um das Schloss etwas morsch. Ich glaube nicht, dass das ein Problem für mein Messer sein wird. Ich beginne jedoch damit, dass ich erst einmal ein rechteckiges Stück Stoff aus dem dünnen grauen Vorhang schneide.

»Jetzt machst du Folgendes«, sage ich zu dem Jungen. Ich spreche möglichst ruhig und leise, und seine ganze Aufmerksamkeit gilt mir. »Als Erstes möchte ich, dass du diese Soße isst. Saug sie auf. Trink so viel davon, wie du kannst, ohne dass dir schlecht wird. Dann leg den Rest des Essens in das Tuch hier. Das wird unser neues Provianttuch, ja?« Ich reiche ihm das Stück Vorhang. »Dann binde es zu, sodass nichts herausfällt.«

Der Junge tut, was ich sage, während ich anfange, das Holz rund um das Schloss herauszuschälen. Der Bolzen ist länger, als ich gehofft hatte, aber das Holz drumherum ist trocken und spröde und lässt sich ziemlich leicht wegschaben. Nach ungefähr fünf Minuten und ein bisschen Ruckeln kann ich den Bolzen herausziehen. Inzwischen hat der Junge aufgehört, die Soße aufzulecken, und versucht gerade, die vier Ecken des Provianttuchs zusammenzuknoten.

»Das war schlau von dir«, sage ich. »Das mit dem Hungerstreik.« Ich zögere. »Und mutig.«

So etwas wie ein Lächeln umspielt den Mund des Jungen. Dann hebt er die Hand und fasst sich ans Ohr.

»Aber auch dumm«, füge ich hinzu. »Mach das nie wieder. Du musst am Leben bleiben. Verstanden?«

Sein Mund wird zu einer festen schmalen Linie.

Draußen ist es noch hell, also ist noch keine der Sicherheitsleuchten an. Das ist gut, es macht die Sache ungefährlicher. Ich öffne das Fenster und stelle es mit seiner altmodischen Metallschiene fest, als wäre ich jemand vom Personal, der nur mal ein bisschen Luft schnappen will. Dann trete ich einen Schritt zurück und warte. Nur für den Fall, dass hier sonst nie jemand ein Fenster öffnet, nur für den Fall, dass das womöglich Panik auslöst, einen Alarm irgendwo.

Tut es aber nicht.

Alles bleibt ruhig auf der Rückseite des Gebäudes. Und das hier ist die Rückseite. Vom Fenster aus blickt man auf einen Parkplatz. Beziehungsweise auf eine Öko-Energie-Anlage. Denn ich hatte recht, als ich vom Küchenfenster aus annahm, dass hier eine Elektro-Tankstelle sein könnte. Jetzt sehe ich zehn Ladestationen an der Wand, jede mit einer Rolle leuchtend gelbem Kabel. Sieben Fahrzeuge sind gerade angeschlossen: zwei Pkw, zwei Armeelaster, zwei Laster und ein kleiner Transporter. Einer der Laster hat einen geschlossenen Kofferaufbau, aber der andere hat eine Plane rund um die Ladefläche, genau wie der Transporter. Die Plane ist seitlich mit Spanngurten befestigt. Aber solche Planenspanngurte können, habe ich festgestellt, geöffnet werden.

»Jetzt hör mir gut zu«, sage ich zu dem Jungen. »Ich springe gleich aus diesem Fenster. Danach springst du und ich fange dich auf. Einverstanden?«

Der Junge antwortet nichts.

»Es ist nicht so hoch, wie es aussieht. Nur drei Meter oder so, weil wir auf den Müllcontainern landen. Siehst du?«

Er kommt, das Provianttuch umklammernd, näher. Aber er kann nichts sehen. Das Fensterbrett ist ziemlich hoch und er so klein, dass er nicht darüberschauen kann. Ich nehme den kleinen roten Plastikstuhl, und er klettert drauf und späht hinüber.

Zögern.

»Das wird schon«, sage ich. »Du musst mir vertrauen.« Ich halte kurz inne. »So, wie ich dir vertraut habe. Mit Dr. Naik. Ja?«

Sein Körper wirkt zugleich zerbrechlich und steif. »Denk dran«, sage ich, »du hast das mit dem Fluss geschafft. Das hier ist eigentlich leichter.«

Er sieht mich an, drückt sich immer noch mit einer Hand das Provianttuch an die Brust. Es hinterlässt einen feuchten Fleck auf seinem grünen T-Shirt.

»Gib mir das«, sage ich und verstaue das Provianttuch in meiner Jacke. »Du musst beide Hände frei haben.« Der Junge hat keine Jacke. Das ist ein Problem, über das ich später noch nachdenken muss.

»Also gut. Ich zuerst.« Ich mache das Fenster ganz auf, ziehe mich auf das Fenstersims, setze mich hin und lasse die Beine aus dem Fenster baumeln. Ich bin einen Moment unentschlossen. Vielleicht wäre es doch sicherer, ein bisschen weiter nach rechts zu zielen, auf den Müllcontainer mit dem flacheren Deckel? Was, wenn ich den gewölbten falsch einschätze? Was, wenn ich abrutsche? Zu spät. Ich bin draußen. Jetzt muss ich springen. Ich will nicht, dass der Junge denkt, ich zögere. Es ist wichtig, dass er mir absolut vertraut.

Ich springe.

Beziehungsweise ich schiebe mich vom Fenstersims und beginne zu fallen. Meine Füße landen zuerst, aber auf der Schräge, und während ich abwärtsrutsche, knallt mein rechtes Knie auf die Metallschiene, die der Länge nach über den Müllcontainerdeckel verläuft. Daran merke ich, dass ich nicht so gut springen kann wie klettern. Mein Knie tut weh, aber ich habe keine Zeit, mich darum zu kümmern, weil ich immer noch abwärtsrutsche.

Doch jetzt wird dieselbe Metallschiene zu meiner Rettung, denn am höchsten Punkt des Müllcontainers steht sie über, und ich kann mich daran festklammern. Und ich klammere mich daran fest – nicht zuletzt, um den Lärm zu stoppen. Der nicht zu überhören ist. Das Scheppern meiner Landung, das laute Rumms, als mein Gewicht den Container beim Rutschen gegen die Mauer schiebt. Und dann noch das laute Geräusch meines Herzens, während es gegen meinen Brustkorb hämmert, obwohl das vielleicht nur ich hören kann. Deshalb liege ich einen Moment flach ausgestreckt auf dem Müllcontainer, umklammere meine Metallschiene und schreie nicht laut los. Und niemand kommt. Niemand brüllt. Überall Stille. Also atme ich wieder, hieve mich in so etwas wie eine sitzende Position rittlings auf den Container und gehe noch mal auf Nummer sicher. Horche nach Stimmen, nach Schritten.

Und höre nur Vögel singen. Ein bisschen Gezwitscher in der Nachmittagsluft.

Der Müllcontainerdeckel ist geriffelt. Um den Jungen aufzufangen, muss ich stehen. Ich rappele mich hoch, klemme den linken Fuß zwischen die Metallschiene und das Scharnier der Einwurfklappe und setze den rechten Fuß vor eine der Vertiefungen in der anderen Seite.

Gut. Jetzt ist der Junge dran.

Ich brauche ihm nicht zu sagen, was er tun soll. Er ist schon draußen auf dem Sims, lässt die Füße baumeln. Aber er sitzt bloß da. Sitzt da wie versteinert. Offensichtlich habe ich keine gute Landung vorgemacht.

»Komm«, zische ich. »Komm schon!«

Er verharrt immer noch reglos. Und dann setzt Verlangsamte

Zeit ein, während ich seine Fußsohlen sehe, beziehungsweise seine Schuhsohlen, denn sie haben ihm neue Schuhe gegeben, Turnschuhe mit tiefem zickzackförmigem Profil. Schuhe zum Laufen, zum Weglaufen, als hätten sie es gewusst. Und ich frage mich, ob der Doktor ihm vielleicht diese Schuhe gegeben hat, obwohl es nie Aufgabe der Ärzte ist, Schuhe zu verteilen. Außerdem, wenn der Doktor wirklich gewusst hätte, dass der Junge wegläuft, dann hätte er ihm auch eine Jacke gegeben. Und ich denke gerade darüber nach (und auch darüber, ob der Doktor wohl absichtlich nicht hinhörte, als die Mülltonne schepperte, die immerhin direkt unter dem Fenster des Besprechungszimmers steht – obwohl dieser Gedanke verrückt ist), da fangen die Schuhe, da fängt das Zickzackprofil an zu fallen.

Der Junge ist gesprungen. Hat seinen kleinen Körper in die Luft geworfen.

Und jetzt kommt das Zickzack schneller, sehr viel schneller, saust auf meine ausgestreckten Arme zu, zusammen mit dem Gewicht des Jungen, und der ist schwerer, als ich dachte. Als ich ihn also fange – und das tue ich –, kostet es mich alle Mühe, das Gleichgewicht zu halten, ihn zu halten.

Vielleicht ist es der Schreck, aber er lacht.

Hahahaha.

»Sei still!«, flüstere ich. »Das ist kein Spiel.«

Er ist still, grinst, windet sich aus meinen Armen, rutscht auf dem Po den Deckel des Müllcontainers hinunter und landet wie eine Katze auf dem Boden.

Dann streckt er mir die Hand entgegen – genau wie am Fluss.

44

Transporter

Ich rutsche auch hinunter, lande sicher. Ich nehme die ausgestreckte Hand, ziehe den Jungen auf die schattigere Seite des Containers und sorge dafür, dass er sich hinhockt. Ich hocke mich auch hin. Die Laster sind weniger als zwanzig Meter entfernt, aber die freie Fläche bis dahin kommt mir vor wie ein Minenfeld. Ich weiß nicht, wie viele Fenster auf diesen Platz hinausgehen, aber es reicht, wenn nur ein einziger Mensch herausschaut. Ich zögere, aber nur kurz. Wir müssen weiter. Dr. Naiks Stunde dauert keine Ewigkeit.

»Der Laster da«, flüstere ich und zeige auf den Laster mit den Seiten aus Plane. »Wenn ich los sage, rennst du los und versteckst dich hinter dem großen Vorderrad. Ja?« Der Junge nickt.

Ich prüfe noch einmal die Lage. Die Stille ist unheimlich.

»Gut – los!«

Er rennt los. Und ich auch, aber zu der Wand, an der sich die Ladeeinheiten befinden. Ich sehe auf die Zeitanzeige. Dreiundzwanzig Minuten. So lange dauert es noch, bis der Laster voll geladen ist. Der Fahrer könnte jedoch schon früher zurückkommen. Ich drücke mich so flach wie möglich an die Wand und schiebe mich weiter, überprüfe auch die Ladezeit des Transporters. Zweiundvierzig Minuten. Zu lange. Dr. Naik wird sicher schon vorher den Alarm auslösen, dann sind hier überall Hunde, Wachen, Schlagstöcke. Dann ist es vorbei. Der Laster ist die bessere Wahl, aber als ich den Jungen so winzig im Schatten der Vorderräder stehen sehe, wird mir klar, wie hoch der Laster ist. Würde er es schaffen, da hinaufzuklettern? Und ich? Der Transporter wäre viel leichter. Ich könnte den Jungen direkt hineinheben und mich hinter ihm raufziehen. Kann ich wohl darauf hoffen, dass wir noch vierzig Minuten haben?

Schritte.

Ich ducke mich zwischen Transporter und Wand, mache mich so klein, wie ich kann. Es ist ein Mann. Kein Soldat, keine Wache. Es ist ein Fahrer – ein Fahrer! Glaube ich wenigstens, er trägt keine Uniform. Was, wenn er jetzt diesen Transporter wegfährt und wir nicht darin sind? Und was, wenn er den Laster wegfährt? Seine ganzen sechzehn Räder, und der Junge darunter, der Junge, der sich hinter einem dieser zerquetschenden Räder versteckt?

Am liebsten hätte ich laut geschrien, den Jungen gewarnt – aber ich tue es nicht. Ich halte eisern den Mund. Denn der Mann geht nicht zu dem Laster, er steuert auf den Pkw zu. Während er den Ladestecker abzieht und zurück an das Ladegerät hängt, drücke ich mich noch fester an die Wand. Kurz darauf fährt er weg.

Ich sehe ihm nach.

Beobachte, wie er auf den fünf Meter hohen stacheldrahtgesicherten Lagerzaun zufährt. Das eigentliche Tor kann ich von hier aus nicht sehen, aber ich höre, wie der Wagen verlangsamt. Nur kurz allerdings, dann ist er fort. Sie können nur einen Blick auf seine Papiere geworfen haben; um das Auto zu durchsuchen, war die Zeit zu kurz. Das heißt, Fliehen ist möglich. Wir müssen nur Glück mit der Zeit haben und mit dem Fahrer. Wir beide müssen die Nerven behalten.

Wir?

Ich entscheide mich schließlich für den Transporter. Planenspanngurte funktionieren wie Sicherheitsgurte im Flugzeug. Du musst nur eine Metallspange hochdrücken und den Riemen lockern. Das wiederum löst den Haken, der die Plane an der Unterseite des Fahrzeugs festhält. Es geht ruckzuck, aber mein Herz schlägt so schnell, dass meine Hand zittert und der Haken gegen die Seitenwand des Transporters schlägt. Ein Gurt, zwei Gurte, drei, dann ist eine Seite der Plane lose. Ich stecke die Hand darunter, taste, ob dort Platz ist. Ist es. Der Transporter muss hier entladen worden sein, er ist leer.

Ich rufe leise den Jungen und er kommt sofort. Ich hebe den Rand der losen Plane.

»Rein mit dir.«

Ich helfe ihm, hineinzuklettern. Die Öffnung ist gerade groß genug für ihn. Ich muss mindestens eine, wenn nicht zwei weitere Gurte lösen, um selbst hineinzukommen.

Aber wie soll ich sie dann von innen wieder schließen?

Ich öffne die erste Metallspange. Die zweite. Warum schlägt mein Herz nur so schnell? Ich habe schon viel schrecklichere Dinge getan, als Metallspangen zu öffnen, und mein Herz ist dabei immer ruhig geblieben.

Der Durchschlupf ist groß genug – gerade so. Ich benutze die noch gespannten Gurte, um mich hochzuziehen und hineinzurollen. Im Inneren des Transporters ist es dunkel, aber nicht zu dunkel. Das Dach besteht aus merkwürdigem, blauem Plexiglas, durch das Licht hereinfällt. Ich lehne mich wieder hinaus beziehungsweise strecke die Hände wieder hinaus, während ich den Kopf möglichst außer Sicht lasse, und versuche, die Spanngurte wieder zu schließen. Die ersten beiden gehen leicht, weil genug Platz zum Hantieren da ist, aber der wird mit jeder Spange, die ich schließe, enger. Die letzte geht gar nicht. Ich muss einfach hoffen, dass der Fahrer nicht besonders aufmerksam ist.

Wir warten.

Ich und der Junge in einem kleinen Transporter mit merkwürdigem, blauem Dach. Das Einzige, was außer uns noch in dem Transporter ist, sind fünf Holzpaletten. Das bedeutet, falls irgendwer die Tür aufmacht, braucht er nicht einmal Hunde. Wir stehen direkt vor ihm. In Heathrow wurde viel darüber geredet, sich in Lastern zu verstecken. Darüber, was man tun sollte und was nicht, denn jeder kannte jemanden, der in einem Laster umgekommen war. Wie die Männer, die in einem Kühllaster eingesperrt wurden und an die Wand geklopft und geklopft hatten und von keinem gehört wurden. Oder der Junge, der zwischen eine Ladung von zwanzigtausend *Mutter-und-Kind*-Zeitschriften geriet. Er hatte so viel Angst, dass er die Verpackungsfolie von den Zeitschriften riss und sich selbst darin einwickelte. Und die Hunde witterten ihn tatsächlich nicht. Jedenfalls nicht, bis er erstickte und die Folie seinen sich zersetzenden Körper nicht mehr halten konnte.

Wir warten.

Der Junge wird langsam zappelig. Saugt an der Unterlippe, fährt sich mit der Zunge über die Lücke in seinem Zahn.

»Dr. Naik hat mir dein Bild gezeigt«, sage ich. »Es ist ein schönes Bild.« Ich erwähne nicht das Traurige. Das weiß er auch so.

Wir warten.

Wir hören wieder Schritte, Rufen, eine Tür, die aufgeht. Aber nicht unsere Tür. Nicht die Fahrertür des Transporters. Nein, es knallt lauter, es ist das Auf- und Zugehen der Lastwagentür. Aber welcher Lastwagen? Der mit dem geschlossenen Aufbau oder der mit der Plane an den Seiten, den wir hätten wählen können? Nicht etwa, dass das eine Rolle spielen würde, denn er wird jetzt ohne uns wegfahren, so oder so. Aber ich will es wissen, muss es wissen. Also nehme ich mein Messer und steche es durch die Plane. Ziehe es nach unten und zur Seite und mache einen L-förmigen Schlitz, eine dreieckige Klappe. Ein kleines Guckloch zur Welt.

Es ist der Laster mit der Plane an den Seiten. Ich habe die falsche Entscheidung getroffen. Der Fahrer sitzt im Führerhaus, man hört das leise Surren des Elektromotors. Dann kurbelt er plötzlich das Fenster herunter, und wieder ruft jemand.

Zwei Männer rufen. Das heißt zwei Fahrer, natürlich!

Ich lasse meine Planenklappe fallen. Halte den Atem an. Und da ist er, unser Fahrer, der das Ladekabel löst, es zurückhängt, dann das Geräusch der Tür, als der Transporter aufgeschlossen wird. Das Geräusch des Fahrers, als er hereinklettert. Das Ruckeln und Vibrieren des Transporters, als er die Tür zuschlägt und den Motor startet.

Wir setzen uns in Bewegung.

Der Laster wendet. Der Transporter wendet.

Wir drehen um und steuern auf den Lagerzaun zu.

Vor dem wir anhalten. Und warten.

Und warten.

Zu lange. Und ich kann nicht hinaussehen. Kann nicht die Klappe heben, an meinem Guckloch zur Welt.

Und natürlich ist es nicht Verlängerte Zeit. Oder Unermessliche Zeit. Doch es dauert viel länger, als der Pkw warten musste. Und ich höre Stimmen. Ein Wortwechsel, aber freundlich. Fröhlich. Und das Warten hat am Ende nichts zu bedeuten. Es liegt nur daran, dass es eine Schlange gibt und wir die Zweiten in der Schlange sind, hinter dem Laster.

Die Schranke hebt sich. Die Durchfahrt ist offen.

Wir passieren.

45

Autobahn

Hinter uns schlägt die Schranke zu.

Ich habe drei Gedanken gleichzeitig:

- Wir sind frei.
- Dr. Naik wird Ärger bekommen.
- Ich weiß nicht, wohin wir fahren.

Frei sein ist gut. Dass Dr. Naik Ärger bekommt, ist nicht gut. Das nächste Mal wird er nicht so viel Vertrauen haben. *Wir müssen alle vertrauen können*, sagt Papa. Aber vielleicht erinnert Dr. Naik sich an seinen eigenen Weg nach Schottland und wird es verstehen? Obwohl – mit diesem Glasgower Dialekt – vielleicht lebt er auch schon immer hier? Vielleicht waren es seine Eltern, die diesen Weg auf sich nahmen, im Davor? Oder vor dem Davor? Vielleicht haben sie ihm nie erzählt, was sie riskiert oder geopfert haben. Und dann wird mir ein bisschen schwindelig vom Nachdenken über einen Mann indischer Herkunft, der hierhergehört, und über ein schottisches Mädchen, das hier nicht mehr willkommen ist, also lenke ich meine Gedanken auf die Frage, wohin wir fahren.

Was überall sein könnte.

Normalerweise bin ich gut im Vorausdenken, aber plötzlich

wird mir klar, dass ich nicht weiter als bis hierhergekommen war, meine ganze Energie darauf verwendet habe, aus dem Lager hinauszugelangen.

Was nun?

Ich hebe meine kleine Klappe zur Welt, als könnte ich mich durch dieses dreieckige Stück Plane hindurch orientieren. Vor uns liegen ein paar grüne Weiden, ein paar entfernte Häuser. Keine eindeutigen Orientierungspunkte, keine Sonne, keine Flechten, keine Sterne. Nichts, was unsere Fahrtrichtung anzeigen könnte, die aber Norden sein muss. Würden wir nach Süden fahren, müssten wir die Grenze noch einmal überqueren.

Immer langsam.

Eins nach dem anderen.

Wir müssen nur eine gewisse Entfernung zwischen uns und das Auffanglager legen. Hab zehn Minuten Geduld, vielleicht zwanzig. Und dann müssen wir – egal, in welche Richtung wir uns bewegen – abspringen. Ich zähle wieder an meinem Körper mit, zehn bis zum kleinen Finger meiner rechten Hand, zwanzig bis zu meiner Unterlippe. Zu irgendeiner Zeit dazwischen springen wir ab, bei einer Braue wahrscheinlich, wenn der Transporter an einer Verkehrsampel hält, einer Kreuzung, einer Querstraße – aber nicht in einer Stadt. Städte bringen Menschen mit sich und Probleme. Wir müssen springen, solange wir noch auf dem platten Land sind.

Dritter Finger.

Vierter.

Wir sind sicher nach Norden unterwegs.

Der Transporter wird langsamer, muss sich ein wenig anstrengen, wir fahren eine Steigung hinauf, einen Hügel. Ich sehe nach draußen. Wir nähern uns wieder einem Horizont. Schließlich erreichen wir die Kuppe und da sehe ich es.

Beziehungsweise rieche es.

Schottland.

Nicht die Randbezirke meines Landes, kein Grenzgebiet etwa – sondern das wirkliche Schottland. Mein Schottland. Das Schottland meiner Kindheit.

Es liegt wie eine Fata Morgana vor mir. Dreißig Kilometer Moorgebiet und Hügellandschaft, ein Flickenteppich aus Grün und Braun, Dunkelrot und Strohgelb. Aber hauptsächlich Grün. Zehn verschiedene Töne Grün, zwanzig, hundert. Die Farben, die ich in der Wüste halluziniert habe, die unglaubliche Frische kräftigen, lebendigen Grüns. Und das Ganze überzogen mit einem Schleier dieses unvergesslichen Geruchs (obwohl, ich hatte ihn vergessen): dieses berauschenden, betörenden Geruchs nach Feuchtigkeit, nach Torf, nach Regen in der Luft und auf dem Boden, dieses Geruchs nach Brackwasser, nassem Stein, feuchter Pflanzendecke aus Farn, Gräsern und Heide. Und wenn ich auch in der Stadt groß geworden und zur Schule gegangen bin, war das doch der Ort, an den ich mit Papa kam. Zu Hügeln wie diesen. Landschaft wie dieser. Muma hat immer gearbeitet, aber Papa und ich – wir sind gewandert.

Du bist eine gute Wanderin, Mhairi, sagte Papa. *Andere Kinder nörgeln, aber du nicht*. Eigentlich war es nicht das Wandern, das mir so gefiel, sondern das Zusammensein mit Papa. Er zeigte mir alles Mögliche. Besonders, wenn wir (wie jeden Sommer) auf der Insel Arran wanderten, auf den Wegen seiner eigenen Kindheit: Goat Fell, Beinn Tarsuinn, Cir Mhor.

Heilige Stätten, sagte Papa, während er ihre Lieder vortrug.

Sie sang. Sie summte. Lieder dieser Landschaft. Lieder aus alter Zeit, die einer unserer Nachbarn auf Arran, Peters Vater, spät am Abend auf seiner Fiddle spielte. Lieder, die Peter selbst, ein Junge, der nur ein paar Jahre älter war als ich damals, am kleinen Hafen in Corrie vor sich hin pfiff. Lieder unserer Heimat. An eins erinnere ich mich noch besonders – es erzählte von Hügeln und Nebel und vom Fortgehen. Aber auch vom Zurückkehren.

Plötzlich bin ich in Angehaltener Zeit, atme tief durch, sauge diese Landschaft in mich auf, diese Heimat. Dieses Lied nebelfeuchten Grüns.

»Ach, sieh nur!«, rufe ich dem Jungen zu. »Sieh doch nur!«

Er stellt sich zu mir an die Öffnung in der Plane. Blickt aus dem Guckloch in den Spätnachmittag. Aber nur einen Moment, dann zieht er sich wieder zurück in die Beinah-Dunkelheit des Transporters. Er setzt sich zurück auf die Palette. Ausdruckslos. Freudlos. Und da sehe ich plötzlich, was er sieht: Berge, nichts als Berge, noch mehr nicht enden wollende Berge, anstrengende Berge, zu erklimmende Berge.

Und vielleicht auch Ungerechtigkeit.

Mein feuchtes grünes Land, ein Zufall der Geburt. So anders als sein Land. Sein Land aus Sand und Staub. Zu heiß inzwischen, zu trocken, um dort zu leben. Aber trotzdem geliebt. Das Goldgelb seiner eigenen Kindheit. Das Goldgelb seiner Träume, seiner ganz eigenen Fata Morganen.

Ich lasse die Klappe sinken.

»Wir müssen springen«, sage ich nach kurzem Zögern. »Sobald der Transporter anhält, musst du bereit sein, zu springen. Ja?«

Er nickt.

Wir warten.

Aber der Wagen hält nicht an. Statt zu verlangsamen, beginnt er sogar zu beschleunigen. Wir verlassen die geschlängelten Landsträßchen und folgen einer geraderen, direkteren Straße. Einer zweispurigen Schnellstraße, die zu einer dreispurigen Autobahn wird. Bald schon fahren wir bestimmt hundert Stundenkilometer. Wir haben die Gelegenheit verpasst. Kurz darauf kommen wir an einem Schild vorbei.

Wir fahren Richtung Glasgow.

46

Stadt

Es dämmert schon, als wir den Stadtrand erreichen.

Wir sausen an gezackten Häuserhorizonten vorbei, fliegen darüber, tauchen darunter, fahren durch sie hindurch. Meine Kindheitserinnerungen an Glasgow beinhalten nicht diese Autobahn, die anscheinend direkt in die Stadtmitte führt und schließlich unvermutet in eine normale Straße übergeht. Ja, sieh nur, da vorn, ganz nah erhebt sich der dunkle Kirchturm der Kathedrale von Glasgow. Und plötzlich bin ich wieder das Stadtkind, das durch die nahe gelegenen Straßen von Dennistoun zur Schule geht und sich an der Turmspitze orientiert und daran erfreut, wie sie wie ein schwarzer Speer in den Himmel ragt.

Als der Transporter verlangsamt, kommt der Junge zu mir an das dreieckige Guckloch, aber nicht der Kirchturm zieht ihn an, sondern der Lärm. Lautes Geschrei und Getrampel.

Ein kurzer Blick hinaus, und er zerrt an der Plane, will die Sichtöffnung größer machen wegen dem, was er da sieht und hört.

Menschen.

Hunderte von Menschen.

Dieser Teil der Stadt – der mir als Kind immer leer und weitläufig vorkam – wimmelt plötzlich vor Menschen.

Es ist, als wären sämtliche Menschen, die ich auf meiner ganzen Reise gesehen habe, die Tausenden, die Zehntausenden, hier gelandet, auf dieser einen Straße. Denn das hier sind keine gewöhnlichen Menschen, keine Stadtbewohner, die unterwegs sind und ihren Alltagsgeschäften nachgehen, miteinander plaudern, einkaufen, in Busse steigen. Nein, das hier sind Menschen auf Wanderschaft, Menschen auf der Flucht, eine zerlumpte Masse junger Männer, alter Männer, Familien, Reisender, Barbaren – Menschen wie wir, der Junge und ich, alle mit gesenkten Köpfen, alle immer weiterziehend.

Wohin sie wohl gehen?

Und wie können es so viele sein? Wenn sie doch die Grenze geschlossen haben? Aber vielleicht ist das ja der Grund dafür, dass sie die Grenze geschlossen haben. Oder vielleicht sind es gar nicht mehr Menschen, als wir durch die Landschaft südlich von hier haben schlängeln sehen, vielleicht scheint es nur so, weil sie jetzt auf engem Raum zusammengedrängt sind, die immer schmaler werdende Straße entlangströmen.

Der Strom ist zwar hier und da unterbrochen, aber es ist ein Strom. Ganz vorn sind größere Gruppen, so groß, dass sie auf die Straße driften und den Verkehr stören. So groß, dass sie Rufe und Geschosse auf sich ziehen. Die Leute in den Häusern entlang der Straße brüllen aus den Fenstern. Sie werfen Gegenstände, die auf die Fremden niederprasseln. Glasflaschen, Blechdosen, Kleiderbügel, alte Schuhe. Eine Frau leert an einem Fenster im dritten Stock etwas aus einem Eimer. Ich weiß nicht, was in dem Eimer ist, aber es erinnert mich an diese Bilder in den Geschichtsbüchern aus dem Davor, als Stadtbewohner ohne Toiletten den Inhalt ihrer Nachttöpfe aus dem Fenster auf die Straße kippten.

Die Menschen blicken nicht einmal hoch, versuchen nicht, sich zu beschirmen oder zu schützen. Sie gehen einfach weiter, als hätten sie sich daran gewöhnt, so behandelt zu werden, als wäre es sinnlos, zu erwarten, dass es anders ist. Gelegentlich geht ein Kind unter dem Beschuss zu Boden, wird jedoch gleich wieder hochgezogen und weitergezerrt. Denn sie marschieren weiter. Marschieren, als gäbe es irgendwo da vorn ein Ziel.

Der Fahrer des Transporters fängt an zu hupen, schreit diejenigen an, die von der Masse vom Gehweg gedrängt werden.

Der Junge steht immer noch vor dem Guckloch, umklammert die Klappe aus Plane fest mit der Faust. Er ist so fixiert auf den hektischen Schauplatz, wie ich es auf die Hügel von Schottland war. Nur, dass es bei mir eine Landschaft aus Grüntönen war und das hier ein Meer aus Braun ist. Denn anscheinend ist halb Afrika hier. Menschen aus seiner goldenen Welt. Braune Gesichter. Schwarze Gesichter. Er mustert sie alle. Jedes ein potenzielles Stück Heimat. Er begutachtet ihre Haare, ihre Größe, die Art, wie sie gehen. Macht Individuen aus Nummern. Schaut, sucht. Sein Körper ist angespannt, seine Atmung keuchend. Er befindet sich in Jetzt-Zeit. Nichts weiter existiert als dieser Moment.

Und plötzlich zucken seine verkrampften Hände unter die Plane, zerren an den Schnallen der Spanngurte, lassen sie aufschnappen, zerren an der Abdeckung.

»Was?«, schreie ich. »Was!«

Ich schreie das, obwohl ich weiß, dass es kein *Was*, sondern ein *Wer* ist. Ein Mann? Eine Frau? Vielleicht sogar eine Familie. Seine Familie. Die Familie, die auf seinem Bild fehlt, die vielleicht gar nicht wirklich verschwunden ist. Oder von der nicht alle verschwunden sind! Ein Bruder? Eine Schwester? Ein

Cousin? Wen hat er wohl gesehen? Mein Herz, das sich normalerweise nicht leicht aus der Ruhe bringen lässt, überschlägt sich.

Die Plane ist noch ziemlich fest gespannt, aber er versucht schon, sich, die Füße voran, darunter hinauszuschieben.

»Nein«, sage ich, obwohl der Transporter sich wegen der vielen Menschen kaum von der Stelle bewegt. »Nein – das ist zu gefährlich!«

Und jetzt spürt er, wie fest die Plane ist, und fängt an, sich zu winden und mit Gewalt darunter hinauszuzwängen, aber er gerät aus dem Gleichgewicht, und ich weiß, er wird fallen. Und er fällt, bleibt irgendwie mit dem Handgelenk in einem der Gurte hängen.

»Nein!«, schreie ich und packe seine Hand, versuche, ihn zu befreien. Ich reagiere, ohne nachzudenken, instinktiv, er darf nicht nach draußen gezogen, die Straße entlanggeschleift werden. Über den Asphalt!

Auch wenn der Transporter beinah schon zum Halten gekommen ist.

Ich schaffe es, sein Handgelenk zu befreien, und merke, dass ich ihn immer noch festhalte. Ihn immer noch umklammere, obwohl er zappelt, und gegen seinen Willen, auf die Straße zu springen. Und dann ist nur die Schwerkraft schuld – obwohl er so wenig wiegt. Die Schwerkraft lässt ihn mir aus den Händen gleiten und befördert ihn auf den Asphalt der überfüllten Straße.

Und niemandem fällt etwas auf.

Außer mir. Mir fällt auf, dass er nicht stehen bleibt und mir die Hand entgegenstreckt wie sonst. Er rappelt sich nur hoch und rennt ohne einen Blick zurück einfach los.

47

Fremde

Natürlich habe ich keine andere Wahl, als ihm zu folgen.

Ich bin dicker als der Junge, deshalb dauert es einen Moment, weil ich noch einen weiteren Gurt losschnallen muss. Zwei weitere Gurte. Sie schlagen lautstark gegen den Unterboden des Transporters. Der Fahrer reagiert nicht, der Lärm geht im allgemeinen Tumult unter. Ich bin auch größer als der Junge. Deshalb fällt es mir leichter, die Beine hinauszuschwingen und den kleinen Sprung auf die Straße zu machen. Ich lande leise. Niemand merkt etwas.

Es sind Hunderte, Tausende Menschen auf der Straße, doch ich entdecke den Jungen sofort. Denn er rennt. Wenn du in einer Menschenmenge verschwinden willst, musst du nur im gleichen Tempo laufen wie alle anderen. Das habe ich in Kairo gelernt, als ich verfolgt wurde. Solange du dich langsam bewegst, solange du die Nerven behältst, solange wird dich niemand finden.

Aber heute versucht der Junge nicht, zu verschwinden. Heute wird er ausnahmsweise einmal nicht verfolgt, und er versucht nicht, wegzulaufen. Heute rennt der Junge auf etwas zu. Also renne ich auch, renne hinter ihm her. Die Leute fluchen, weil ich an ihnen vorbeidränge, aber solange er rennt, renne auch ich.

Er rennt nicht sehr weit.

Hinter einer großen Frau, die ein Gewand trägt, das sicher einmal leuchtend bunt gemustert war, bleibt er stehen. Das knöchellange Kleidungsstück wirkt zu dünn für dieses Klima und ist am Saum komplett mit Schlamm überzogen. Die Haare der Frau sind auf dem Oberkopf zusammengedreht und locker mit einem orangefarbenen Tuch umschlungen. Das Tuch ist am Rand mit winzigen silberglänzenden Münzen besetzt, die klimpern, wenn sie läuft. Der Junge schreit auf. Nicht mit Worten, sondern mit einer Art Geheul, und zieht ihr am Rock.

Die Frau dreht sich um.

Sie hat ein abgemagertes Baby an der Brust. Sie scheint zu alt, um ein Neugeborenes zu stillen, aber das Baby saugt, oder versucht es zumindest. Die Frau hält das Kind nur lose im Arm, wie ein Anhängsel, als erkenne sie nicht wirklich eine Verbindung zwischen ihnen beiden. Als wäre sie schon leer, hätte keine Nahrung mehr zu geben, weil sie nur noch die Hülle einer Frau ist. Jemand, der nur deshalb weiterläuft, weil seine Beine und Füße das schon so lange tun, dass sie keine Anweisung mehr brauchen.

Sie löst die Finger des Jungen von ihrem Rock. Nicht grob, nur nüchtern, als wäre der Junge bloß ein weiteres in einer langen Reihe von Hindernissen, die sie überwinden muss. Als wäre sie eigentlich mit ihrem Rock an einem Zweig oder einem Stück Stacheldraht hängen geblieben. Der wortlose Austausch dauert nur einen kurzen Moment, jedoch lange genug, damit der männliche Begleiter der Frau über die Schulter zurückblickt, um nachzusehen, was der Grund für die Verzögerung ist. Als er den Jungen sieht, ruft er etwas, aber nicht in irgendeiner Sprache, die ich kenne oder die – seinem Gesicht nach zu urteilen – der Junge kennt. Aber so ein Rufen ist es sowieso nicht – es ist eher die Art Lärm, den man macht, um einen streunenden Hund zu vertreiben. Dann drehen sich beide um und gehen weiter.

Das gibt dem Jungen den Rest. Er sinkt, sackt, stürzt zu Boden. Bricht zusammen und kauert sich auf den Asphalt.

Die Menschen sind genervt. Sie müssen um ihn herumlaufen. Er ist im Weg.

»Steh auf«, sage ich.

Er steht nicht auf. Er kauert sich weiter zusammen. Er schlägt mit den Fäusten auf den Boden. Er schluchzt. Nicht die wütenden Schluchzer, die er von sich gab, als er die schönen Steine aneinanderschlug. Er schluchzt Kleine-Jungen-Schluchzer. Stoßweise Kleinkind-Schluchzer. Schluchzer, die zu dem Hemdchen passen, das ihm seine Mutter wahrscheinlich einmal geschenkt hat. Eine Mutter, die wahrscheinlich ein orangefarbenes Tuch mit silberglänzenden Münzen daran trug.

»Steh auf«, sage ich noch einmal.

»Ja, steh auf!« Eine Frau versucht, sich an uns vorbeizuschieben, um zu der Treppe hinter uns zu kommen. Sie ist klein und stämmig und hat eine Tasche, einen Geldbeutel, einen Bund Schlüssel dabei. Schlüssel zu einem Haus. Schlüssel zur Sicherheit. »Steh auf, du kleines Dreckstück.«

»Lassen Sie ihn in Ruhe!« Ich blitze sie an. »Er steht auf, wann es ihm passt.«

Sie blitzt etwas zurück. Ein Grinsen.

»Die Abfalltonne steht hier drüben«, sagt sie. »Da entsorgen wir unseren Müll in diesem Land.« Dann lacht sie, steigt die Treppe hinauf, öffnet die Haustür und knallt sie hinter sich zu.

48

Totenstadt

Der Junge steht auf.

Tränen rinnen ihm über die Wangen. Ihm läuft die Nase. Ich wische ihm mit meinem Jackenärmel übers Gesicht. Er wirkt klein und, wo ich jetzt genauer hinsehe, schwach. Oder eher niedergeschmettert. Er zittert. Ich ziehe meine Jacke aus und lege sie ihm um die Schultern. Sie ist ihm viel groß, sorgt aber dafür, dass er aufhört zu zittern.

»Lauf«, sage ich.

Er läuft. Laufen wird ihn warm halten. Wird auch mich warm halten, wird die Gänsehaut vertreiben, die sich gerade auf meinen Armen bildet.

Wir laufen in dieselbe Richtung wie alle anderen. Es hat keinen Sinn, zu fragen, wohin wir gehen, das erfahren wir schon früh genug. Aber ein bisschen hoffe ich, es ist die Kathedrale. Der Kreis würde sich irgendwie schließen, und es wäre auf gewisse Weise tröstlich, die Nacht in diesem riesigen düsteren Gebäude zu verbringen. Jetzt ist es zwar erleuchtet, aber trotzdem düster. Oder »driech«. Großmutter würde das schottische Wort benutzen: »driech«. Das sanfte Gelb der Solarlampen macht wenig Eindruck auf das Dunkel des Steins. Als hätte die Kathedrale gebrannt und sich geweigert, zu weichen, ein rußschwarzer Koloss aus dem Davor.

Die Kathedrale ist jedoch nicht das Einzige, dem meine Aufmerksamkeit gilt. Ich achte auch auf jede Frau mit ehemals bunten Kleidern und einem orangefarbenen Tuch mit silbernen Münzen um den Kopf. Ich horche auf das Klimpern, nehme die Hand des Jungen, umklammere sie.

Für alle Fälle. Obwohl ich nicht weiß, um wen ich mich mehr sorge – um den Jungen oder um mich selbst.

Wir laufen.

Gerade als ich denke, ich habe recht, es ist die Kathedrale, schwenkt der Menschenstrom nach rechts. Und da sehe ich, was mir von Anfang an hätte klar sein müssen. Wir marschieren in Richtung Nekropole.

Der Stadt der Toten.

Ich weiß ziemlich viel über diesen Friedhof mitten in Glasgow. Nichts davon ist in irgendeiner Weise nützlich. Ich weiß zum Beispiel:

- dass über fünfzigtausend Menschen hier begraben sind,
- dass die meisten von ihnen Männer sind,
- dass die Toten in mehr als dreieinhalbtausend Gräbern und Mausoleen liegen.

Es war nicht Papa, der mir das erzählt hat. Das weiß ich von Miss Sperry. Miss Sperry war eine Hexe. Zumindest dachten wir das in der Grundschule alle. Das lag zum Teil daran, dass Miss Sperry sich immer ganz schwarz anzog, ihre Augen dick mit schwarzem Kajal umrandete und hüftlange schwarze Haare hatte, hauptsächlich aber daran, dass sie – ob Sommer oder Winter – immer Handschuhe trug: schwarze fingerlose Spitzenhandschuhe. Die Spitze war ganz zart und bedeckte ihre Handgelenke und ihre Handrücken wie winzige Spinnennetze. Sie war nicht nur unsere Lehrerin, sie war auch die selbst ernannte Hüterin der Nekropole und nahm jedes Jahr eine Gruppe von uns mit, um die Gräber zu erkunden. Sie erzählte viel von Pflanzen und Symbolen, und die meisten von uns hörten nicht zu, ich aber schon. Ich weiß zum Beispiel noch, dass die Pappel das Symbol für Totenklage ist und dass die Kränze, die in viele der Grabsteine gemeißelt sind, den »Sieg über den Tod« darstellen sollen.

Als Kind schien mir das mit dem »Sieg über den Tod« nicht sehr glaubhaft, als ich all diese Gräber sah und daran dachte, wie viele Menschen dort begraben waren. Aber jetzt verstehe ich vielleicht, was Miss Sperry meinte.

Diese Gräber wimmeln von Leben.

49

Colin Dunlops Grab

Am Tor zur Nekropole steht ein Kirschbaum. Er blüht. Oder hat gerade geblüht. Er ist immer noch wunderschön, Papa, auch wenn der Wind die meisten seiner rosa Blütenblätter auf die Wege geweht hat. Im Dunkeln sehen sie weiß aus.

Und jetzt ist es dunkel.

Der Gräberhügel erhebt sich düster vor uns. Ich sehe abgestufte Reihen von Grabmalen, schwarze Umrisse von Obelisken und Standbildern, Silhouetten von Türmen, Kuppeln und Minaretten (die eher sudanesisch aussehen als schottisch), von Kreuzen und den gezackten Dächern von Mausoleen.

Bleibt jetzt dicht beisammen. Miss Sperrys Worte schallen durch die Jahre. *Hier kann man sich leicht verlaufen.*

Und man konnte sich wirklich leicht verlaufen, sogar mit einer Karte, und Miss Sperry gab uns immer Karten. Die Wege sind verwinkelt, scheinen im Kreis herumzuführen, und trotzdem kommst du nie da raus, wo du losgegangen bist. Sie schlängeln sich den Hügel hinauf und um ihn herum und überraschen dich mit ihren Kurven und Serpentinen. Ich weiß noch, wie jedes Mal, wenn ich mir einen Grabstein als Orientierungspunkt einprägte, dieser plötzlich hinter einer Biegung verschwand oder hinter irgendeinem Horizont versank. Und das war bei Tageslicht, denn natürlich kamen wir mit Miss Sperry nur tagsüber hierher. Miss Sperry liebte diesen Friedhof. Ich hingegen fand ihn trostlos und verlassen.

Jetzt ist er nicht verlassen. Die Dunkelheit ist voller Leben, voller Menschen. Sie haben Gräber zu Unterschlüpfen gemacht, Planen von den Spitzen der Grabmale gespannt, über Steinschwerter und die abgebrochenen Flügel von Engeln gehängt. Sie haben die Türen von Grabkammern eingeschlagen und auf den Dächern Stellung bezogen. Man sieht ein paar einsame Gestalten – mit den Rücken an die Rückseite einzelner Grabsteine gelehnt –, aber die meisten Menschen drängen sich in Gruppen zusammen. Sie bereiten sich auf die Nacht vor. Einige haben Decken, andere nicht. Wer weiß, wie lange diese Menschen schon in dieser Zeltstadt sind?

Das einzige Licht an diesem dunklen Ort kommt vom eigentümlichen Display einiger Solarhandys und ein paar spärlichen Feuern, die hier und da brennen und einen flackernden Schein auf die Gesichter werfen, die sich darum scharen, und die manchmal den Geruch nach Gekochtem in die Luft senden. Den Geruch nach Fleisch, obwohl ich nicht sagen könnte, welches Fleisch. In dem Moment bin ich froh bei dem Gedanken an das Hähnchen des Jungen, das in dem Stück Vorhang in meiner Jacke verstaut ist. Zumindest heute Abend müssen wir nicht um Essen kämpfen.

Wir folgen dem Menschenstrom aufwärts. Wir gehen immer weiter, weil an den unteren Hängen schon alle Plätze belegt sind. Und wir machen die Erfahrung, dass wir nicht stehen bleiben dürfen, vor allem nicht in der Nähe von Feuern. Jeder Feuerring hat offenbar eine Wache ernannt. Neuankömmlinge, die an Feuern haltmachen, werden angebrüllt. Manchmal auf Englisch, häufig auch nicht. Trotzdem ist das Nein unmissverständlich.

»Bleib dicht bei mir«, sage ich zu dem Jungen, obwohl ich noch immer seine Hand halte. Wir bewegen uns weiter aufwärts. Bald schon wird klar, warum die unteren Hänge belegt sind. Je höher du gehst, umso ungeschützter wird es, umso schärfer bläst der Wind. Aber wir haben schon öfter die Nacht im Freien verbracht und können das wieder. Als der Menschenstrom sich schließlich lichtet, ziehe ich den Jungen nach rechts. In dieser Richtung brennen keine Feuer, was vielleicht der Grund ist, dass die ewig hoffnungsvollen anderen sich nach links wenden.

Wir kommen an ein paar Gräbern vorbei, die nur einen Besetzer haben, aber ich will nicht teilen, will kein Risiko eingehen. Ich hätte lieber ein Grab nur für uns zwei.

Obwohl mich das an Meroe erinnert und an die Erfahrung, dass ein Grab für zwei nicht immer so bleibt.

Unsere Augen haben sich inzwischen an die Dunkelheit gewöhnt. Und natürlich ist es nicht völlig dunkel, denn hinter uns liegt, ausgebreitet wie ein anderes Land, das Zentrum von Glasgow. Dort sind Tausende oder vielleicht Abertausende Fenster erleuchtet. Sie strahlen mit dem Schein von Technologie, von Leben, die durch Elektrizität und Maschinen verbunden sind, an irgendwelche Netze angeschlossen, die mir schon so lange verwehrt sind. Und ich stelle mir vor, dass diese Menschen in ihren warmen Häusern, wo alles auf Knopfdruck funktioniert, wo Essen im Kühlschrank ist und Wasser aus dem Hahn kommt, mit ihren Freunden (Freunden!) nur einen Kilometer entfernt sind. Ein bisschen sehne ich zurück nach diesem leuchtenden Land, fühlt sich wie das Kind, das sich in Papas Geschichtenbüchern die Nase an der Scheibe platt drückt. Das ausgeschlossene Kind. Das Kind, das in der Winternacht auf die unerreichbare Wärme des flackernden Feuers schaut. Aber als ich noch einmal hinsehe, erkenne ich, dass dieses Feuer in Glasgow gar nicht so warm und orange flackernd brennt wie die Friedhofsfeuer, wie meine Zundernestfeuer. Glasgow leuchtet grell, elektrisch, neonfarben. Fremd. Ich weiß nicht, ob ich mich dort noch wohlfühlen würde.

Nicht, dass ich die Wahl hätte. Meine Wahl ist das Grab Colin Dunlops von Tolcross. Ich glaube, das ist ein gutes Grab. Es liegt auf einem dreieckigen Stück Land, in einer Wegkehre, Angriffe könnten also von beiden Seiten kommen (und ich muss mit Angriffen rechnen). Aber der rechts liegende Weg geht so steil bergab, dass der dahinterliegende Hang höher ist, als die meisten Menschen groß sind. Ein Angreifer müsste also klettern. Außerdem ist die Parzelle von acht oder mehr niedrigen Säulen umgrenzt, die wie natürliche Zinnen erscheinen. Hinter dieser Einfriedung befindet sich ein möglicher Schlafplatz, eine merkwürdige niedrige Steinplatte, auf dem die Namen anderer verstorbener Dunlops eingraviert sind, zu klein, um sie bei diesem Licht zu entziffern. Der Stein wird natürlich kalt sein, aber nicht feucht wie der Boden. Und er ist flach und gerade breit genug für zwei.

»Hier«, sage ich zu dem Jungen. »Hier machen wir halt.«

50

Turm

Wir setzen uns auf das Steingrab. Einen Moment lang überlege ich, ob wir auf Colin Dunlops Grab sitzen sollten. Aber Colin und seine Sippe sind tot. Wir sind am Leben. Das weiß ich, weil die Kälte des Steins wie Eis durch meine Hose dringt.

»Provianttuch«, sage ich.

Der Junge macht meine Jacke auf und holt das Provianttuch hervor. Das Tuch ist fettig, das Essen zerdrückt. Ich teile die Mahlzeit in zwei Portionen. Am liebsten würde ich eine davon sofort wieder zurücklegen und das Tuch zuknoten. Um sie aufzuheben, zu bewahren, etwas für den nächsten Morgen zu haben. Aber dafür ist es nicht genug. Ich gebe dem Jungen seine Hälfte. Beziehungsweise mehr als seine Hälfte, weil es fünf Karottenscheiben sind und ich ihm drei gebe. Die Karottenscheiben erinnern mich an Finola, das Armband-Mädchen. Finola isst jetzt sicher ihr Essen in der Wärme und relativen Sicherheit des Auffanglagers. Merkwürdig, darauf neidisch zu sein.

»Iss.«

Der Junge isst. Und ich auch. Es ist noch ein bisschen Fleischsaft von dem Hähnchen da, er schmeckt aber hauptsächlich nach Vorhangstaub. Trotzdem schmeckt er gut, Papa.

Wir schöpfen Wasser aus einer Pfütze am Sockel einer der Eingrenzungssäulen. Ich zuerst, für den Fall, dass das Wasser in Wirklichkeit Urin ist. Ist es aber nicht. Während ich trinke, überlege ich, ob ich heute Nacht auf Wasserflaschenjagd gehen soll. Oder Wasserflaschendiebstahl. Aber ich komme zu dem Schluss, dass es zu gefährlich ist. Nicht zuletzt, weil es bedeuten würde, den Jungen allein zu lassen.

Das mit der Jacke ist komplizierter. Wir haben nur eine. Es gibt drei Optionen:

- Ich kann sie haben.
- Der Junge kann sie haben.
- Wir breiten sie weit aus und versuchen, uns beide damit zuzudecken.

Wenn wir Letzteres tun, müssen der Junge und ich sehr dicht beieinanderliegen. Haut an Haut. Ich beschließe, dass es besser ist, wenn er die Jacke behält. Abgesehen davon wird es mich wach halten, wenn ich friere, und ich weiß nicht, ob es sicher wäre, wenn ich heute Nacht schliefe.

Ich hebe den Jungen auf die Steinplatte. »Schlaf. Morgen gehen wir weiter.«

Er legt sich hin, rollt sich aber nicht gleich zusammen wie sonst immer. Er legt sich auf den Rücken, auf den Bauch. Er wälzt sich hin und her. Ich denke, vielleicht liegt es daran, dass er kein Kissen hat, den rauen Stein direkt am Gesicht. Doch dann höre ich, wie er an den Zähnen saugt. Er hat seinen Stein nicht.

»Schschsch«, sage ich. »Schschsch. Ganz ruhig.«

Und schließlich beruhigt er sich.

Danach gehe ich um ihn herum, gehe um das Grab herum,

patrouilliere entlang meiner Grenze, als wäre ich ein Soldat und das meine Festung.

Festung.

Es wird dunkler.

Es wird kälter.

Die Lichter, die die Kathedrale anstrahlen, gehen aus. Die Lichter in den Fenstern der Stadt gehen auch langsam aus.

Ich reibe mir mit den Händen die Arme. Ich reibe mir die Beine. Ich lege die Hände in die Armbeugen, wie ich es in der Wüste gelernt habe. Die Armbeugen verlieren nicht so viel Wärme wie der Rest deines Körpers.

Ich konzentriere mich.

Ich denke an den blühenden Baum am Eingang zur Nekropole. Ich male seine rosa-weißen Blüten in meiner Fantasie nach. Ich frage mich, warum er blüht, obwohl doch kein Frühling ist. Ich sage laut:

»Die Welt ist schön, Papa.«

Ich werde müde. Ich sitze am Rand von Colins Grab. Es ist unbequem, aufrecht zu sitzen, ohne etwas zum Anlehnen zu haben. Ich lege mich einen Moment hin, neben dem gemeißelten Rand der Steinplatte. Es ist immer noch ziemlich laut auf dem Friedhof. Die Menschen laufen immer noch umher. Kommen wahrscheinlich immer noch an.

Ich darf nicht einschlafen.

Es ist merkwürdig, hier hinauf in den Himmel zu blicken. Der Himmel müsste schwarz sein, ist er aber nicht, er ist blau. Ein sehr dunkles Blau, aber trotzdem. Die Grabmale sind schwarz. Sie scheinen sich über mich zu beugen. Sie begrenzen meine Sicht. Eines sieht aus, als würde es jeden Moment auf mich kippen.

Es ist ein Turm.

Ein schwarzer Turm mit Zinnen. Er sieht aus wie ein riesiger Pfefferstreuer. Er sieht auch aus wie der schwarze Turm in der Mitte von Festung. Als hätte ich irgendwie alle Mauern, alle Gärten und Schlösser überwunden, die meine Schrecken verwahren, und wäre direkt in der Mitte angekommen, im Zentrum aller Dinge.

Und wie immer vor dem Schloss des Turmes in der Mitte von Festung höre ich so etwas wie ein leises Schreien.

Oder vielleicht ist es bloß ein Klimpern.

Das Klimpern von kleinen, silberglänzenden Münzen.

Und plötzlich sind neben dem Turm diese Frauen über mir. Zwei, fünf, zehn. Große Frauen mit dunkler Haut und orangefarbenen Tüchern: verblasstes Orange, Dunkelorange, Hellorange, einfarbig, gemustert. Alle diese Tücher sind am Rand mit Münzen besetzt. Und das silbrige Klimpern wird immer lauter, immer deutlicher, während die Hände – orangefarbene Hände mit silbernen Ringen – sich nach mir ausstrecken beziehungsweise nach dem Jungen. So viele klimpernde Handpaare, zwei, vier, sechs, die alle nach dem schlafenden Jungen greifen. Ihn hochziehen, ihn von mir wegziehen, hinein in die blau-schwarze Nacht.

Und dann schreit jemand.

Schreit richtig. Nicht leise.

Nur sind es nicht die Frauen, die schreien.

Ich bin es.

Das Schreien kommt aus meinem Mund. Denn irgendwie bin ich eingeschlafen und jetzt werde ich wach. Ich öffne langsam meine Augen. Und ich habe die Frauen nur geträumt und die orangefarbenen Tücher und die silberglänzenden Münzen und das Klimpern.

Aber die Abwesenheit des Jungen, die habe ich nicht bloß geträumt.

Auf der Steinplatte neben mir liegt niemand mehr.

Der Junge ist fort.

51

Geist

Ich setze mich hin.

Ich schreie nicht. Das Schreien war auch nur in dem Traum. Darüber bin ich froh. Schreien ist dumm.

Außerdem gibt es vielleicht eine harmlose Erklärung für die Abwesenheit des Jungen.

Die harmlose Erklärung ist bestimmt die, dass er aufgestanden ist, um zu pinkeln. Genau wie Muhammad in jener Nacht in der Wüste. Das ist nicht so unwahrscheinlich.

Nur, dass ich ihn nicht sehen kann.

Obwohl, wenn du pinkeln willst, würdest du dich doch hinter einem Grabstein verstecken, oder? Auch nachts. Er ist sicher nicht weit weg.

Ich stehe auf.

»Mo!«, rufe ich. »Mo« zu rufen, ist dumm. Er heißt nicht Mo. Aber was soll ich sonst rufen? Außerdem erkennt er bestimmt meine Stimme. Und kommt zu mir.

»Mo!«

Nichts.

»Mo!«

Nichts.

Wo soll ich nur suchen? Auf diesem von Menschen wimmelnden dunklen Friedhof?

Ich darf mich nicht hier wegrühren. Er wird hierher zurückkommen. Natürlich. Er weiß zumindest, wohin zurück er muss. Er weiß, wonach er sucht.

Nach mir.

Dem Pfefferstreuerturm.

Dem Grab Colin Dunlops von Tolcross.

Wenn er aufgepasst hat. Was er sicher nicht hat. Nicht darauf jedenfalls.

Aber er darf nicht entführt worden sein.

Nein. Das ist nur ein Albtraum. Wenn ihn jemand gegen seinen Willen mitgenommen hätte, dann hätte er geschrien. Ich hätte etwas gehört, etwas gefühlt.

Also ist er nicht weg.

Er kann nicht weg sein.

»MO!«

Und vielleicht schreie ich jetzt doch. Denn was, wenn er nicht entführt wurde? Was, wenn er freiwillig fort ist, weil die richtige hochgewachsene Frau mit dem richtigen orangefarbenen Tuch vorbeikam? Einfach die Hand ausgestreckt hat und er sie nahm? Wortlos. Leise. Davonging, ohne sich noch einmal umzuschauen?

Nein. Nicht nachts. Niemand kommt nachts, um jemanden zu suchen. Die Nacht ist nicht dazu da, um zu finden, sie ist dazu da, um zu verlieren.

»MO!«

Da bewegt sich etwas im Schatten. Jemand, etwas kommt aus der Dunkelheit auf mich zu. Etwas Kleines, weiß eingehüllt. Wie ein Geist. Ein Kind in der Größe des Jungen, aber von Kopf bis Fuß von Weiß umgeben, beziehungsweise Rosa-Weiß, als wären sämtliche Blüten des Kirschbaumes auf es herabgefallen. Und die Gestalt kommt immer näher, und ich rühre mich nicht, kann mich nicht rühren. Und Verlängerte Zeit vergeht und dann tritt der rosa-weiße Geist in einen Strahl Mondlicht.

Es ist der Junge.

»Wo bist du nur gewesen?«, brülle ich.

Die geisterhaften Blütenblätter sind Wollfäden. Eine merkwürdige rosa-weiße Decke. Sie sieht handgemacht aus. Sie sieht wie mit Liebe gemacht aus. Er ist komplett darin eingewickelt. Er lächelt.

»Und was hast du gemacht?«, schreie ich.

Der Junge öffnet die Augen und dann den Mund. Aus dem Mund nimmt er einen kleinen weißen Stein. Und grinst sein Splitterzahn-Grinsen.

»Du hast dich also auf die Suche nach einem Nuckelstein gemacht!«, schreie ich. »Und was ist mit der Decke?«

»Die habe ich ihm geschenkt.« Eine Frau tritt aus dem Dunkeln. Unglaublich, dass ich so sehr auf den Jungen fixiert war, dass ich nicht bemerkt habe, dass sie hinter ihm stand. Und natürlich rechne ich damit, dass sie ein orangefarbenes, mit silberglänzenden Münzen umsäumtes Tuch trägt. Trägt sie aber nicht.

Aber sie hat ein paar fingerlose schwarze Spitzenhandschuhe an, die ihre Handgelenke und Handrücken bedecken wie kleine Spinnennetze.

»Er war verloren gegangen«, sagt Miss Sperry. »Und ich habe ihn gefunden.«

52

Miss Sperry

Zumindest denke ich, es ist Miss Sperry. Aber mein einziger Anhaltspunkt sind die Handschuhe. Und viele Leute könnten Spitzenhandschuhe wie Spinnennetze haben. Haben sie aber nicht. Ich habe in meinem ganzen Leben nie solche Handschuhe gesehen, außer an Miss Sperrys Händen. Solche Handschuhe stammen nicht aus dem Davor. Sie stammen aus dem Davor vor dem Davor.

Aber völlig sicher bin ich mir nicht.

»Sind Sie das?«, frage ich. »Miss Sperry?«

Kurzes Abwarten. Dann macht die Frau einen Schritt auf mich zu. In ihren Spinnennetz-Händen hält sie einen schwarzen Plastiksack, aus dem noch mehr gestrickte Decken quellen, als wäre sie so etwas wie ein moderner Zeltstadt-Weihnachtsmann. Ihre Augen sind schwarz umrandet (obwohl das auch nur vom Licht beziehungsweise vom Fehlen desselben kommen könnte), und sie hat graue Haare. Lange Haare, die ihr in ungekämmten Strähnen bis zur Hüfte fallen. Miss Sperry hatte immer ordentliche Haare. Glatt gekämmte schwarze Haare. Aber seitdem ist Zeit vergangen. Viel Zeit.

»Wer bist du?«, fragt sie.

Auf diese Frage gibt es keine schnelle oder einfache Antwort. Mit dieser Frage können sie dich überrumpeln, wenn du die Verdienste-Seite in deinem Weltbürgerpass ausfüllen musst. Ich bin:

- Schottin
- Rückkehrerin
- ein Kind (offiziell als minderjährig bestätigt)
- eine Flüchtige in einem Fall unerlaubter Einwanderung

Auf diese Frage gibt es außerdem verschiedene Antworten, je nachdem, wer sie stellt. Jetzt stellt sie mir gerade eine Hexe auf einem mitternächtlichen Friedhof.

»Ich heiße Mhairi Anne Bain«, antworte ich. »Sie waren einmal meine Lehrerin, Miss Sperry, in der Grundschule.«

Die Frau schüttelt den Kopf. »Ich? Lehrerin? Nein. Das muss eine Verwechslung sein«, sagt sie. »Mein Name ist Corlinda. Corlinda Lee.«

Irgendetwas klingelt da bei mir. Ein leises Glöckchen aus der Vergangenheit. Aber ich kann den Namen nicht einordnen.

»Bist du auch verloren gegangen, Mhairi?«, fragt sie kurz darauf.

Noch eine Frage, auf die es keine einfache Antwort gibt. Schließlich kannst du auf so vielfältige Weise verloren gehen. Zum Beispiel:

- wenn du dein Nachtlager an einem Hügel oder in einem Schuppen oder in einer Grabkammer aufschlägst
- wenn du lügst oder stiehlst und nichts dabei fühlst
- wenn du jemanden mit einem Ziegel erschlägst und dabei hauptsächlich an den Ziegel denkst
- wenn du vergessen hast, wie man weint

Und wenn du träumst, dass dir irgendwer einen kleinen Jungen wegnimmt und du panischer aufwachst, als du es je in deinem Leben gewesen bist.

»Nein«, antworte ich. »Ich bin nicht verloren gegangen. Ich bin auf dem Weg zu meiner Großmutter. Auf der Insel Arran.«

Das klingt so wahrscheinlich, wie wenn ich gesagt hätte: Ich bin Rotkäppchen und unterwegs, um meine Großmutter im Wald zu besuchen.

Was wahrscheinlich der Grund dafür ist, dass sie antwortet: »Dann fahre ich euch. Morgen. Mit meinem Auto. Fragt einfach nach mir. Jeder weiß, wo ich wohne. Corlinda Lee. Die Zigeunerkönigin.«

Und dann ist sie weg. Aber erst, nachdem sie mir eine ihrer Strickdecken gegeben hat.

53

Corlinda Lee

Am nächsten Morgen fällt mir etwas ein.

Ich habe mich gar nicht bedankt. Corlinda Lee hat mir eine warme lila-weiße Decke geschenkt, und ich habe mich nicht bedankt.

Ich habe sie einfach genommen.

Zugegeben, sie hat nicht direkt auf ein Dankeschön gewartet. Sie hat sich einfach auf dem Absatz umgedreht und ist schnurstracks in die Nacht davonmarschiert. Oder, und das ist wahrscheinlicher, um die nächste Ecke oder Kurve, bis ihr Sack mit Decken leer war. Aber trotzdem.

Da frage ich mich: Ist ein verloren gegangener Mensch im Grunde jemand, der vergessen hat, wie man sich bedankt?

Denn ich bin dankbar. Und zwar nicht nur dankbar für die Wärme dieser Decke (und der Decke des Jungen), sondern dankbar dafür, dass sie überhaupt da ist. Immer noch da ist.

Jetzt.

Am Morgen.

Denn wenn die Decke nicht da wäre, würde ich das mit Corlinda Lee nicht glauben. Ich würde glauben, sie gehörte in eine von Papas Geschichten. Oder dass sie mir im Traum erschien.

Bloße Einbildung. Mindestens so sehr Fata Morgana wie die, die ich in der Wüste sah.

Deshalb sitze ich jetzt hier in der Morgendämmerung und bin nicht nur in die Decke gewickelt, ich befühle sie auch. Reibe die Wolle zwischen Mittelfinger und Daumen, versuche, ihre Weichheit festzuhalten, ihr Neusein, ihre Nagelneu-Beschaffenheit. Ihre Für-dich-bestimmt-, Für-mich-bestimmt-, Mir-geschenkt-Beschaffenheit. Mir. Geschenkt. Ungefragt.

Etwas schmerzt in meiner Brust wegen dieser Decke.

Aber ich werde Corlinda Lee heute trotzdem nicht suchen gehen. Ich werde nicht nach ihrer Adresse fragen, sie ausfindig machen, an ihre Tür klopfen und die Fahrt zur Insel Arran erwähnen. Ich habe gesehen, was mit dem Jungen passierte, als er auf eine Mutter hoffte und stattdessen nur eine verschrumpelte Brust fand. Außerdem weiß ich genau, wie lange die Autofahrt von Glasgow zur Fähre nach Arran dauert. Eine Stunde und sechzehn Minuten. Eine Stunde und dreizehn Minuten, wenn du Glück mit dem Verkehr hast. Jemandem eine so lange Autofahrt anzubieten, ist nicht dasselbe, wie eine Decke zu verschenken. Nur ein Verrückter würde zwei Fremde einfach mal so zur Insel Arran fahren.

Corlinda Lee.

Corlinda Lee.

Zigeunerkönigin.

Da fällt es mir plötzlich wieder ein. Ding, ding, ding, macht das kleine Glöckchen in meinem Kopf.

Corlinda Lee ist tot.

Das weiß ich, weil Miss Sperry uns ihr Grab gezeigt hat. *Die meisten Menschen, die hier in der Nekropole begraben sind*, sagte

Miss Sperry, *sind Männer. Robert, William, John, Alexander, Archibald, Charles, Thomas, George. Reiche Kaufleute, vornehme Herren des viktorianischen Zeitalters. Aber seht mal hier, Kinder,* sagte Miss Sperry, *schaut euch das Grab von Corlinda Lee an, der Zigeunerkönigin.* Und dann ließ sie uns die Inschrift nachsprechen, auswendig lernen, singen.

Ihre Liebe zu Kindern, die war groß,
und mildtätig war sie zu den Armen.
Wo auch immer sie ihr Zelt aufschlug,
wurde sie geliebt und respektiert.

Ja. Ich glaube, so stimmt es. Obwohl, es reimt sich nicht. Vielleicht habe ich doch nicht so gut aufgepasst damals. Vielleicht galt meine Aufmerksamkeit mehr den Münzen, die rundherum in Corlinda Lees Grab geschoben worden waren. Ihr Grabmal hatte nämlich mehrere Sockel, war abgestuft wie eine steinerne Hochzeitstorte, und die Leute schoben immer Münzen zwischen die einzelnen Schichten. Schmale, kleine Silbermünzen.

Klimpernde kleine Silbermünzen.

Die Zigeuner bringen sie als Erinnerung mit und um ihren Respekt zu erweisen, erklärte Miss Sperry. *Und um sich etwas zu wünschen. Hat hier vielleicht jemand einen Wunsch?*

Ich habe mir damals nie etwas gewünscht. Vielleicht war das nicht nötig. Vielleicht war damals auch ohne Wünsche alles gut genug.

Doch jetzt blicke ich zu dem Jungen, der immer noch auf Colin Dunlops Grab schläft. Der nicht zuletzt wegen der warmen rosa-weißen Decke noch schläft. Ich blicke auf seine sanften Brauen, sein golden schimmerndes Gesicht.

Und wünsche mir etwas.

Es ist kein guter Wunsch. Jedenfalls nicht für den Jungen. Er bezieht sich auf seine Mutter und darauf, ob er sie jemals wiederfindet. Es ist ein Wunsch, für den dich, wenn er in einem von Papas Geschichten vorkäme, der Blitz treffen würde.

54

Decken

Der Junge wacht auf.

»Zwei Tage«, sage ich. »Nur noch zwei Tage.« Das kommt hin, wenn er es schafft, fünf oder sechs Stunden am Tag zu laufen. Und wenn ich den richtigen Weg einschlage. »Wir müssen uns nur noch ein bisschen mehr Essen und eine Wasserflasche besorgen.«

Arran liegt westlich von Glasgow. Oder eher südwestlich. Nicht so einfach, wie nach Norden zu wandern, aber es ist ein Weg, den ich schon zig Mal zurückgelegt habe. Mit dem Auto (Papa hinterm Steuer) von Glasgow über Paisley zum Fährhafen in Ardrossan gefahren bin. Obwohl das die Straßenroute ist. Für jemanden, der zu Fuß geht, gibt es womöglich einen direkteren Weg, aber den kenne ich nicht.

Essen kann ich stehlen, und zwar:

- von den anderen Menschen auf dem Friedhof
- aus den Läden in der Stadt
- von der Frau mit der Mülltonne, in die sie Ausländer gern stecken möchte

Möglichkeit drei reizt mich am meisten. Ich stelle mir vor, wie ich zum Haus der Mülltonnenfrau zurückgehe und (unauffällig) eins ihrer Fenster einwerfe. Ich stelle mir vor, wie ich den Jungen hindurchhebe, damit er drinnen nach Essen suchen kann. Ich nehme an, die Mülltonnenfrau hat einen Kühlschrank. Ich gehe davon aus, dass er voll mit Essen ist. Oder voll genug jedenfalls. Vielleicht besitzt sie sogar eine Wasserflasche.

Leider wäre das unvernünftig. Hauptsächlich, weil ich keine Papiere mehr habe. Falls ich erwischt werde, schicken sie mich deshalb geradewegs zurück ins Auffanglager. Dasselbe gilt für die Läden.

Auf diesem Totenhügel jedoch wird mich kein Mensch anzeigen, weil ich etwas gestohlen habe. Niemand wird den Behörden so nahe kommen wollen. Das wäre zu gefährlich. Falls ich also hier erwischt werde, gibt es einen Kampf. Das ist alles. Und ich bin schnell mit dem Messer. Außerdem muss jeder, der unterwegs ist, lernen, auf sein Essen aufzupassen. Wenn irgendwer auf diesem Friedhof nicht auf sein Essen aufpasst, wird ihm mein Diebstahl eine Lehre sein. Ihn eine wesentliche Fähigkeit zum Überleben lehren. Später wird er mir dankbar sein.

Der Junge steht auf. Das Anziehen besteht daraus, dass er mir meine Jacke zurückgibt und ich ihm die rosa-weiße Decke so umbinde, dass er möglichst warm gehalten wird und möglichst viel Bewegungsfreiheit hat. Muma würde diese Aufmachung nicht gefallen. Muma hat es gern ordentlich.

Wir trinken beide ein bisschen aus einer Pfütze und beginnen unseren Abstieg. Im Morgenlicht sieht die Nekropole anders aus. Weniger beängstigend, sondern eher verwahrlost. Planen und Mülltüten, die zum Schutz gespannt waren, haben sich über Nacht gelöst. An der Schulter eines Engels flattert ein Stück Plastik. Marmorengel mit Plastikflügeln. Daraus hätte

Papa was gemacht. Die Feuer sind heruntergebrannt, und die meisten Leute sind schon auf den Beinen, schlurfen schlammbeschmutzt und übermüdet zwischen den Gräbern umher. Jemand hat einen roten Schal um den Hals einer sitzenden Marmorfigur gebunden. Im Davor hätte das vielleicht ein Scherz sein können, jetzt ist es ein Zeichen. *Du findest uns bei dem roten Schal.* Wie lange wird es wohl dauern, bis jemand ihn stiehlt? Ich würde es selbst tun, wenn wir nicht die Decken hätten.

Während wir uns den Hügel hinunterschlängeln, halte ich die Augen nach Einzelpersonen auf, die ihren Grabstein einen Moment allein gelassen haben. Die Leute müssen schließlich Wasser holen oder mal pinkeln. Ich halte nach irgendwelchen zurückgelassenen Taschen, Koffern oder Kleiderrollen Ausschau. Aber sie sind clever, diese Leute. Sie nehmen mit, was ihnen gehört. Es ist sowieso nicht viel, was sie zu tragen haben.

Ich achte mehr auf die Gruppen. Nicht die größeren, die gestern Abend Feuer (und Wachen) hatten, sondern die kleineren, die sich nicht so gut eingerichtet haben. Menschen, die vielleicht gerade erst angekommen sind. In solchen Gruppen kann man sich leicht sicher fühlen, unachtsam werden.

Ich zwinge mich, langsam zu gehen, versuche, mich dem Rhythmus dieser Gräber-und-Plastik-Stadt anzupassen. Und während ich langsamer werde (und so tue, als würde ich mit dem Jungen sprechen), entdecke ich etwas ziemlich Ungewöhnliches. Und gleichzeitig Vertrautes. In jeder Gruppe, an der wir vorbeikommen, trägt jemand eine Decke. Eine gestrickte Decke aus aneinandergenähten Quadraten. Sie haben sie um ihre Schultern gelegt, sie wie Kapuzen über die Köpfe gezogen, sie an die Brüste gedrückt. Einige der Decken sind rosa und weiß, aber es gibt noch viele andere Farbkombinationen: Blau und Blau, Blau und Schwarz, Grün und Pink, Rot und leuchtend Gelb. Manche der Decken sehen ganz neu aus, andere sind schlabbrig und verdreckt. Sie sehen aus wie vor Monaten, vor Jahren gestrickt. Obwohl das wahrscheinlich nicht stimmen kann. Ich glaube nicht, dass Sachen in dem Lager so lange halten wie vielleicht in einem Haus. Aber selbst die schmutzigen heben sich vom Graubraun des Hügels ab wie bunte Farbtupfer, wie die Teile eines großen Flickenteppichs, als wäre der Friedhof dunkler Boden und die vielen Decken die Blumen darauf. Kleine Sprengsel Farbe und Hoffnung.

Miss Sperry.

Und ich bin wahrscheinlich übermüdet, halluziniere bestimmt, aber plötzlich erscheinen mir all diese Decken, all diese Zeichen von Miss Sperrys Fürsorge wie Glücksbringer. Wollene Zauber, um ihre Besitzer zu beschützen. Magie, die bewirkt, dass ich die verzauberten Türschwellen dieser Menschen nicht übertreten kann, nicht übertreten darf. Oder es ist noch viel einfacher, Papa. Vielleicht liegt es daran, dass Miss Sperry die Welt an diesem Morgen einfach ein bisschen schöner gemacht hat. Und ich sie so lassen möchte.

Auf jeden Fall stecke ich meine diebischen Hände tief in die Taschen.

55

Ei

Wir kommen an dem blühenden Baum vorbei. In der Gegenrichtung hat sich schon eine Schlange von Menschen gebildet, die in die Nekropole hereinströmen. Ich frage mich, ob sie wohl die ganze Nacht gelaufen sind. Oder ob sie einfach auf dem Gehweg geschlafen haben? Und falls ja, ob sie letzte Nacht statt mit Decken mit Kleiderbügeln und Blechdosen aus Fenstern in oberen Stockwerken bedacht wurden.

Wir gehen zum Tor hinaus. Von hier aus weiß ich, wo die große Straßenkreuzung liegt. Dort ist Paisley ausgeschildert. Ich hoffe, wir kommen unterwegs an ein paar Lebensmittelläden vorbei. Wenn ich ohne den Jungen reingehe, werde ich vielleicht nicht erwischt. Ich biege links ab. Oder zumindest versuche ich, links abzubiegen, aber plötzlich zerrt jemand heftig an meiner rechten Hand.

»Was?«

Der Junge zeigt mit dem Finger auf etwas.

Aber ich sehe nichts. Nur die Straße, ein paar Autos. Und die Menschenschlange.

Er zerrt wieder, und als ich zurückzerre, lässt er meine Hand einfach los und rennt über die Straße.

Und ich halte nach einer großen Frau Ausschau, die ihre Haare unter einem orangefarbenen Tuch zusammengedreht hat. Natürlich mache ich das. Aber das ist es gar nicht. Es ist ein Auto. Ein Auto, das bis unters Dach mit rosa und weißen Wollknäueln gefüllt ist. Als ich die Straße überquert habe, pocht der Junge schon ans Fenster auf der Fahrerseite.

Miss Sperry, die, so flach es auf einem Autositz eben geht, eingemummelt mitten in der Wolle liegt, wacht auf. Sie kurbelt ihr Fenster herunter.

»Guten Morgen«, sagt sie und setzt sich aufrecht hin.

Der Junge grinst.

»Na, dann steigt mal ein«, sagt Miss Sperry.

Das ist aber nicht möglich. Miss Sperrys gesamtes Leben scheint sich in diesem Auto zu befinden. Wenn man Unmengen von Wollknäueln, ein paar Stricknadeln und einen Gaskocher ein Leben nennen kann. Der Junge packt jedenfalls trotzdem den hinteren Türgriff des Wagens.

»Im Kofferraum ist jede Menge Platz«, sagt Miss Sperry, steigt aus und hilft ihm, etwas Raum auf dem Rücksitz zu schaffen. Sie stapelt ihm Wolle in die Arme, als wäre er Kandidat in einer Fernsehshow aus dem Davor. »Das drückt sich alles zusammen, du wirst sehen. Mach mal den Kofferraum auf, Mhairi.«

Mhairi.

Es ist merkwürdig, etwas freiwillig zu tun, wozu ich aufgefordert werde. In letzter Zeit bin ich Aufforderungen immer nur gefolgt, wenn mein Gegenüber eine Waffe hatte. Vielleicht hat Miss Sperry auch eine Waffe. Diese ganz gefährliche. Hoffnung.

Jede Menge Platz ist eine Übertreibung. Der Kofferraum ist vollgestopft mit Decken (in verschiedenen Stadien der Fertigstellung) und Pappkartons. In den Kartons befinden sich bunt zusammengewürfelt: Besteck, ein Wasserkessel, Bücher (Bücher!), Unterwäsche und noch mehr Wolle – lila, rote und braune Knäuel.

»Stopf alles hinein«, sagt sie zu dem Jungen, der fröhlich anfängt, einen Armvoll nach dem anderen abzuladen.

Nachdem sie den Rücksitz leer geräumt haben, machen sie mit dem Fußraum vor dem Vordersitz weiter. Und ich stehe bloß da. Helfe nicht. Beteilige mich nicht. Sehe dieser eifrigen Betriebsamkeit nur zu.

Und dem Lächeln des Jungen.

»Damit musst du vorsichtig sein!«, ruft Miss Sperry ihm zu. Er hat ein paar Stricknadeln gefunden und sammelt sie, ein wenig zu hastig, gegeneinanderklappernd ein. »Stricknadeln kann man nie genug haben«, erklärt Miss Sperry. Und: »Früher war ich miserabel im Stricken, aber inzwischen hab ich wohl den Bogen raus.«

Sie befördern ihre letzte Ladung nach hinten zum Kofferraum und stopfen sie hinein. »Jetzt knall die Klappe zu«, sagt Miss Sperry. »Einfach zuknallen.«

Ich knalle die Heckklappe zu. Der Wollvorrat verschwindet.

»Seht ihr?«, sagt sie und dann: »Himmel, ich hab ja das Frühstück vergessen. Du musst noch mal aufmachen.«

Für Frühstück würde ich alles noch mal aufmachen. Ich habe bloß keins gesehen.

Wenig hoffnungsvoll öffne ich den wundersamen Kofferraum wieder.

Miss Sperry kramt in dem Karton mit dem Wasserkessel.

»Na bitte«, sagt sie und holt aus dem metallenen Inneren ihren Schatz hervor.

Eier.

Es ist über ein halbes Jahr her, dass ich zuletzt Eier gesehen habe.

»Hier«, sagt Miss Sperry und verteilt sie.

Eins für mich.

Eins für den Jungen.

Eins für sie selbst.

Drei ganze Eier.

»Ich hab sie gestern Abend mitgekocht, als ich meinen Tee heiß gemacht habe. Spart Gas. Obwohl Eiertee nicht direkt zu meinen Lieblingsgetränken gehört.«

Drei Eier für drei Leute, von denen sie wusste, dass sie heute beim Frühstück sein würden. Miss Sperry ist eindeutig eine Hexe. Außerdem ist sie Miss Sperry. Da bin ich mir jetzt ganz sicher.

»Also dann. Rein mit euch.«

Wir steigen ein, der Junge hinten.

»Willkommen in meinem bescheidenen Heim«, sagt sie und fängt an zu lachen. Ihr Lachen ist kein Hahahahahaha. Es ist eher ein schrilles Schnauben. Es klingt wie »Hympff«.

Sie schaut in den Rückspiegel. Der Junge starrt sein Ei nur an.

»Na los, schäl es«, sagt sie. »Bist du nicht hungrig?« Sie schlägt ihr Ei gegen den Türrahmen.

Der Junge schlägt sein Ei gegen den Türrahmen.

Ich tue dasselbe, doch obwohl ich es fest gegen die Autotür krachen lasse, geht es nicht kaputt. Es war nicht fest genug. Ich schlage es noch einmal dagegen. Und die harte Schale zerbricht.

Ich schäle das erste Stückchen ab. Nicht mal die innere Haut ist beschädigt, aber der Eierduft steigt mir schon in die Nase. Ich halte mir das Ei automatisch vors Gesicht, um ihn noch tiefer einzuatmen.

Ich inhaliere einen Augenblick Ei, dann schäle ich weiter. Jetzt geht die Haut kaputt, und ich löse ein bisschen davon ab und stecke sie in den Mund. Sie schmeckt wie Papier. Eierpapier, bloß schwer zu kauen.

Miss Sperry hat ihr Ei schon halb aufgegessen. Sie isst nicht gierig, nur emotionslos. Als wäre Eieressen etwas ganz Alltägliches.

Ich habe jetzt die ganze Schale entfernt und halte das Ei in der Hand. Es passt genau in meine Handfläche.

Ich lecke daran.

Auch der Junge leckt hinter mir an seinem geschälten Ei.

Ein winziges Stückchen Weiß bleibt an meinem abgesplitterten Zahn hängen, und ich schlucke, um es zu schmecken. Dann beiße ich entschlossen zu, beiße den oberen Teil dieses Eis ab. Schmecke das köstliche glatte Weiß und das gröbere, trockene goldene Eigelb.

Noch nie in meinem Leben, Papa, habe ich ein Ei so geschmeckt.

Ich esse es ganz auf. Jedes kleine bisschen. Ich esse es mit der Überzeugung von jemandem, der halbwegs davon ausgehen kann, an diesem Tag noch eine weitere Mahlzeit zu bekommen.

Miss Sperry wirft ihre Eierschale aus dem Autofenster.

Miss Sperry! Meine Lehrerin!

»Alles biologisch abbaubar«, sagt sie und lässt den Motor an.

Der Junge wirft seine Eierschale hinaus.

Ich bin drauf und dran, dasselbe zu tun, aber ich kann nicht. Nicht etwa, weil Miss Sperrys Verhalten mich schockiert (was es tut), sondern weil ich etwas von diesem Ei festhalten muss. Also stecke ich die Schale in meine Hosentasche.

Für alle Fälle.

56

Üppig feuchter Regenwald

Miss Sperry fährt.

Folgendes macht Miss Sperry nicht: Sie stellt keine Fragen. Sie fragt zum Beispiel nicht:

- woher wir kommen
- was unterwegs passiert ist
- wo unsere Eltern sind
- warum ich den Jungen dabeihabe

Sie fragt den Jungen noch nicht einmal, wie er heißt. Das ist sehr erholsam. Was sie macht, ist reden. Das ist erstaunlicherweise auch erholsam. Hauptsächlich spricht sie über die Vergangenheit. Nicht über Dinge, die etwas mit der Nekropolis zu tun haben (obwohl sie das natürlich auch tut), sondern über Dinge, die Unermessliche Zeit betreffen. Sie sagt so etwas wie:

»Das war natürlich, als Schottland noch am Äquator lag, im Karbon, vor über dreihundert Millionen Jahren. Stellt euch das nur vor! Schottland umgeben von Korallenriffen und tropischem Meer. Schottland bewachsen mit üppig feuchtem Regenwald. Da gab es Bäume, die in wenigen Jahren über fünfzehn Meter hoch wurden. Und dann dehnte die Erdkugel sich aus.

Plattentektonik. Die Erdkruste riss auf. Und Schottland verschob sich. Wanderte nach Norden.«

Ich habe keine Ahnung, ob das wahr ist, aber Miss Sperry war Lehrerin, also müsste sie es wissen. Außerdem klingt es wahr. Ich meine, nicht nur im vernünftig-wissenschaftlichen Sinn, wie Muma es mochte. Sondern im Die-Geschichte-kann-Papa-nicht-erfunden-haben-Sinn. Im Klang der Worte selbst: im Reißen der Erdkruste. *Reißen*. Im Dehnen der Welt, sodass Schottland (das sichere, feuchte, kühle Schottland) einst am Äquator lag, einst an dem Platz war, wo jetzt nur noch Sand und Staub sind. Und ich lausche, wie man einer Geschichte lauscht, lasse all die Worte um mich herumwirbeln und sehe, wie sie glitzernd das Licht einfangen. Sehe, dass ich, wäre das mit dem Reißen nicht gewesen, am Äquator hätte auf die Welt kommen können. Dass es jetzt mein Land sein könnte, das nur noch Sand und Staub ist.

Und das Land des Jungen kühl und feucht.

Die Worte wirbeln und glitzern weiter, während Miss Sperry ihre fünfzehn Meter hohen Bäume fällt und in ein Torfmoor verwandelt, während sie geschmolzenes Gestein presst und Magma zu Basalt kristallisieren lässt, zur felsigen Landschaft ihrer geliebten Nekropolis. Und all das Zusammenpressen und Kristallisieren, sagt Miss Sperry, fand vor zehn Millionen Jahren statt. Vor der letzten Eiszeit. Und doch, denke ich, waren der Junge und ich letzte Nacht dort – indem wir auf einem Fels der Unermesslichen Zeit lagen. Als gehörten wir zu einem größeren Ganzen. Wären Teil von etwas, was größer ist als wir selbst.

Und vielleicht kommt dieses verträumte, tranceartige Gefühl tatsächlich von Miss Sperrys Stimme, von deren stetigem, gleichförmigem Tonfall. Oder vielleicht liegt es an dem Auto selbst. Der Wärme, die uns in seinem Inneren umschließt, dem leisen Brummen des Motors und der Tatsache, dass wir vorankommen, unglaublich schnell vorankommen, ohne uns das kleinste bisschen anzustrengen. Wir sitzen einfach nur in dieser Wärme, und die Welt da draußen kann uns einen Augenblick lang nichts anhaben. Obwohl es regnet.

Regnet!

Kein furchtbarer Gewitterregen, sondern normaler Regen. Ganz alltäglicher Regen, wie es ihn im Davor gab. Silberne Tropfen, die an den Scheiben herunterlaufen. Herunterlaufen und funkeln. Und die Scheibenwischer an Miss Sperrys Frontscheibe wischen, swusch, swusch, swusch, wie irgendein Kinderlied, während der Regen auf dem Fenster neben mir in silbern funkelnden Strömen herabfließt. Und wenn um uns herum andere Fahrzeuge spritzen und sprühen, kann uns hier in unserer feuchten, tropischen, magischen Wärme nichts davon treffen.

Und der Junge schläft. Schläft – ohne seinen Nuckelstein im Mund. Ist einfach eingeschlafen, in der sanften Wärme weggeschlummert. Und vielleicht bin auch ich im Halbschlaf. Vielleicht treibe und drifte ich wie Schottland, von Kräften jenseits meiner selbst gesteuert.

Und lasse es – nur einen kurzen Moment – einfach geschehen.

57

Ardrossan

In Ardrossan parkt Miss Sperry direkt vor dem Fährterminal und wird auf einmal konkret.

»Willst du deine Großmutter anrufen?«, fragt sie. »Ihr sagen, dass ihr hier seid?« Sie kramt zwischen den schwarzen Schichten ihrer Kleider und befördert ein Handy zutage. »Bitte schön.« Es ist ein altes Solarhandy, aber eins der verlässlichen, das sich nach ein paar Sekunden in der Sonne auf dem Armaturenbrett sofort einschaltet. »Tut mir leid«, fügt sie hinzu. »Ich hätte früher fragen sollen, oder? Zu viel geredet.«

Sie reicht mir das Handy.

»Nein«, sage ich.

»Nein?«, fragt Miss Sperry.

Nein. Nein. Tausendmal nein. Seit elf Monaten gehe ich schon sämtlichen Gelegenheiten, mit Großmutter zu telefonieren, aus dem Weg.

»Aber wie soll sie denn wissen, dass sie euch abholen soll?«

Da hat sie recht. Und es musste so weit kommen. Es musste immer so weit kommen. Großmutter und Die Frage. Die Unmögliche Frage. Aber das ist keine Frage, die man am Telefon beantworten kann.

»Ich muss doch zuerst sehen, wann die Fähre geht«, antworte ich. »Oder?«

»Ach ja, ich Dummerchen.« Es folgt weiteres Kramen, dann befördert Miss Sperry eine bestickte Geldbörse aus rosa Seide zum Vorschein, die irgendwie chinesisch aussieht. Sie schaut hinein. »Das müsste für zwei Tickets reichen. Einfache Fahrt, jedenfalls.« Sie hält mir eine Handvoll Münzen hin. Ich zögere.

Eine Decke.

Ein Ei.

Eine Autofahrt.

Und jetzt Geld.

Geld!

Miss Sperry macht mich nervös. Im Davor schenkten die Menschen dir etwas und verlangten nichts dafür. Menschen, die dich liebten – wie Papa. Deine Familie natürlich. Deine Freunde. Oft auch andere Leute. Lehrer. Nachbarn. Und manchmal sogar irgendwelche Leute. Aber jetzt nicht mehr. Jetzt musst du immer einen Preis dafür zahlen. Was ist wohl Miss Sperrys Preis?

»Nimm schon«, sagt Miss Sperry. »Ich hab nicht den ganzen Tag Zeit. Ich muss wieder weiterstricken.«

Vielleicht bin ich auch nur verwirrt, weil alles so einfach scheint und ich gelernt habe, dass heutzutage nichts einfach ist. Nichts. Und wenn du anfängst zu glauben, es wäre einfach, wenn du annimmst, die Leute schenken dir etwas, ohne eine Gegenleistung zu verlangen …

»Miss Sperry …«, sage ich.

»Corlinda«, korrigiert sie.

Vielleicht ist das die Erklärung. Vielleicht verschenken heutzutage nur Verrückte etwas.

»Corlinda«, wiederhole ich, und dann fehlen mir einfach die Worte.

»Ja?«, fragt sie.

»Ich weiß nicht, wie ich Ihnen danken soll.«

»Jetzt schwirr schon ab«, antwortet sie. Und dann fängt sie an zu lachen.

Hympff, hympff, hympff, hympff, hympff.

58

Terminal

Ich steige aus dem Auto in den Regen, ziehe meine Kapuze auf.

Miss Sperry beugt sich zur offenen Tür: »Ich warte hier mit dem Jungen, wenn du einverstanden bist.«

Was auch immer Miss Sperry ist, dumm ist sie jedenfalls nicht. Der Regen hier draußen ist weder silbern noch funkelnd. Es ist dieser Bindfadenregen, der dich in kürzester Zeit völlig durchnässt.

Ich steuere auf die lange niedrige Baracke zu, die als Fährterminal dient. Sie ist voll, überfüllt sogar, und eine Menschentraube versucht gerade, sich durch die gläserne Eingangstür zu drängen. Ziemlich geordnet allerdings; vielleicht, weil zu jeder Seite des Eingangs ein Soldat steht. Ein Soldat in blauer Uniform mit einem Revolver oder eher einer Pistole. Eine Pistole in einem Lederholster.

Ich halte den Kopf gesenkt, mache mich unsichtbar, werde ein Teil der Menge, während ich durch die Tür gehe und so tue, als hätte ich es nur so eilig, um schnell aus dem Regen zu kommen. Mein gesenkter Kopf befindet sich genau auf Brusthöhe des links stehenden Soldaten. Also kann ich das Abzeichen sehen, das er trägt. Es ist das weiße Kreuz auf blauem Grund, das schottische

Andreaskreuz. Aber nicht nur das. Auf diesem Abzeichen ist unten etwas aufgestickt, eine gezackte Linie, die mit Schwarz ausgefüllt ist wie eine kleine Bergkette. Ich kenne diesen Umriss, und ich kenne diese Berge. Es ist die Silhouette des Sleeping Warrior, die Seitenansicht der Berge im Norden Arrans, in der die Einheimischen einen schlafenden Krieger mit verschränkten Armen vor der Brust sehen. Aber was soll dieser aufgestickte Sleeping Warrior unter dem schottischen Andreaskreuz? Am liebsten würde ich den Soldaten an die Schulter tippen und fragen. Aber natürlich gehe ich einfach mit gesenktem Kopf weiter.

Im Inneren des Terminals wird aus der Menschenmenge eine lange, geschlängelte Warteschlange. Ich stelle mich ans Ende. Die Leute schütteln sich die Nässe von den Jacken und schieben die Kapuzen zurück, sodass man ihre Gesichter sehen kann.

Ich versuche, diese Gesichter nicht anzustarren, aber ich kann nicht anders. Sie haben etwas Seltsames an sich. Aber ich weiß nicht recht, was. Nicht sofort jedenfalls. Dann wird mir klar, dass es ihre Hautfarbe ist. Fast alle diese Gesichter sind weiß.

Keltisch weiß.

So war es natürlich schon immer rund um die Insel, aber ich begreife, dass meine Umgebung sich verändert hat. Und das Fehlen schwarzer Gesichter kommt mir merkwürdig vor. Der Junge, denke ich, wird hier auffallen.

Ich mustere sorgfältig das weitere Umfeld. Ich registriere die Positionen der anderen Soldaten im Terminal. Es sind sechs: zwei von ihnen neben der Glasscheibe des Fahrkartenschalters und vier neben dem Ausgang, der hinaus zur Anlegestelle führt. Die Warteschlange stockt derweil. Der Mann hinter mir ist genervt.

»Ach, kommt schon«, grummelt er. »Wenn das in dem Tempo weitergeht, nehmen wir ja alle noch die Nadel, bevor wir hier Fahrkarten kriegen!«

Ich drehe mich verhalten zu ihm um. Er ist auch weiß, aber er hat die wettergegerbte, weiße Haut eines Mannes, der auf der Insel im Freien arbeitet. Er sieht mich an, also muss ich ihm zunicken. Dann sehe ich, was er in der Hand hält. Seine Papiere.

Und plötzlich ergibt alles einen Sinn. Die vielen Menschen, die lange Warteschlange, die Verzögerung. Die Leute müssen ihre Papiere vorzeigen.

Seit wann braucht man Papiere, um von einem Teil Schottlands in den anderen zu gelangen?

»Ich verstehe das nicht«, höre ich mich sagen.

»Du verstehst das nicht!«, ruft der grummelnde Mann da. »Niemand von uns versteht das!« Er schwenkt die Papiere in seiner Hand. »Ich meine, Unabhängigkeit schön und gut, Arran den Inselbewohnern, der Sleeping Warrior erhebt sich und das alles, aber …«

»Unabhängigkeit? Welche Unabhängigkeit?«

»Mensch«, antwortet er. »Wo bist du denn gewesen? Das Inselgebiet. Unabhängigkeit vom Festland. Beziehungsweise«, er zeigt aus dem Terminalfenster, »davon.«

Ich folge mit dem Blick seinem Finger durch die Scheibe und quer über den Hafen hinter der Anlegestelle bis zu einem kargen, wieder nutzbar gemachten Stück Land westlich der Stadt. Einem Platz ehemals voller Strandhafer und Schlick. Jetzt ist dort eine Zeltstadt, ein Ameisenhaufen aus Menschen und bunten Plastikplanen. Die Plastikplanen flattern. Flapp, flapp, flapp. Im Wind.

»Aber die Mehrfachfahrkarten abschaffen«, fährt der grummelnde Mann fort, »und uns alle jedes Mal anstehen lassen. Ich meine, im Ernst, was denken die sich im Inter-Generationen-Rat eigentlich?«

Ich frage nicht »welcher Inter-Generationen-Rat?«, denn das verrät mich ganz sicher. Dann weiß er genau, dass ich trotz meines keltischen Gesichts nicht auf seine Seite der Grenze gehöre. Dass ich eine von ihnen bin. Von den Menschen ohne Papiere. Ich und der Junge. Dass wir in diese Zeltstadt gehören. Zu den Unerlaubten.

»Dann hole ich lieber mal meine Papiere«, sage ich rasch. »Hab sie im Auto vergessen.«

»Ich kann dir aber nicht den Platz frei halten, sorry«, sagt der Grummelmann und klingt dabei kein bisschen, als täte es ihm leid.

»Macht nichts«, antworte ich. »Ich hab's nicht eilig.«

Als ich aus dem Terminal komme, hat es aufgehört zu regnen. Ich lasse trotzdem die Kapuze auf, bis ich am Auto bin.

»Alles erledigt«, sage ich, nachdem ich die Tür geöffnet habe. »Aber ich glaube, du hast recht, Corlinda. Ich muss jetzt doch telefonieren.«

59

Die Frage

Ich sage Miss Sperry, dass der Handyempfang am Terminalgebäude sicher besser sei. Ich gehe bis an das Ende, das am weitesten von der Tür, am weitesten von den vielen Menschen, am weitesten von den Soldaten entfernt ist.

Wähle Großmutters Nummer.

Es ist eine Handynummer, deshalb könnte Großmutter irgendwo auf der Insel sein, wenn sie rangeht. Aber während ich wähle, stelle ich sie mir in ihrer Küche vor. Ich weiß nicht, warum, denn Großmutter ist keine gewöhnliche Großmutter, keine Rot-weiß-karierte-Tischdecken-Großmutter wie aus dem Bilderbuch. Nicht rund, rotwangig und lächelnd. Nein. Großmutter ist hager, stark und rau. Muma nannte sie gelegentlich barsch, aber das kommt wahrscheinlich nur daher, dass Großmutter eine sehr bestimmte, entschiedene Person ist. Eine Person, die die Dinge beim Namen nennt und gern das Sagen hat. In dieser Hinsicht ähnelt ihr Muma mehr als ihr eigener Sohn. Deshalb war Papa auch immer irgendwie ein Rätsel für sie. Falls Großmutter in der Küche ist, dann backt sie keinen Kuchen. Dann wirft sie gerade Holzscheite in den Ofen. Scheite, die sie selbst mit der Axt gehackt hat.

Wenn Großmutter Fragen stellt, tut sie das genauso, wie sie Holz hackt. Das ist der Grund für mein elf Monate langes Schweigen. Das und Die Frage. Deren Antwort in Festung eingeschlossen ist. Wenn ich also anrufen muss (und das muss ich), dann nur auf eine Art. In Jetzt-Zeit.

In Jetzt-Zeit klingelt das Telefon. Es klingelt vier Mal, dann hebt sie ab.

»Hallo?«, sagt Großmutter. Ihre Stimme klingt deutlich, aufmerksam, ein bisschen misstrauisch (sie kennt ja die Nummer nicht) und ein bisschen erwartungsvoll. »Wer ist da?«, fragt sie noch, als ich nicht sofort antworte.

»Ich bin's«, sage ich. »Mhairi.«

Tiefes Luftholen. »Oh mein Gott«, sagt Großmutter, obwohl sie noch nie an Gott geglaubt hat. »Wo bist du, Mhairi?«

»Ardrossan«, antworte ich. »Am Fährhafen.«

»Oh mein Gott«, sagt sie noch einmal. Und dann stellt sie Die Frage.

Ich zögere keine Sekunde.

»Nein. Papa ist nicht bei mir«, sage ich.

Meine Stimme ist sehr fest, denn in Jetzt-Zeit kannst du nicht für die Vergangenheit verantwortlich gemacht werden, weil es keine Vergangenheit gibt. Die Vergangenheit liegt hinter dir und dort ist nichts als Dunkel. »Und Muma auch nicht«, füge ich hinzu. »Aber das macht nichts, ich erkläre dir später alles.« In Jetzt-Zeit gibt es kein Später. Also ist das eine Lüge.

Aber das weiß Großmutter nicht, also fragt sie nur: »Hast du Geld?«

Wegen *später* spricht sie direkt weiter, aber auch wegen der Worte: *Das macht nichts.* Ich muss über Worte nachdenken. Denn vielleicht müssen Worte für unsere Zeit neu überdacht werden, genau wie Geschichten.

»Du könntest es zur Überfahrt um 11:05 Uhr schaffen«, fährt Großmutter fort. »Ich hole dich ab.«

»Nein«, antworte ich. »Ich habe kein Geld. Mein letztes Geld wurde – gestohlen.«

»Oh.« Es folgt eine Pause, in der ich sie nachdenken höre.

»Ich schicke Peter«, sagt sie dann. »Es ist Dienstag. Da ist er sicher an seinem Boot draußen. Er soll dich direkt nach Corrie bringen.«

»Peter?«

»Ja«, antwortet sie. »Erinnerst du dich an Peter?«

60

Kuss

Ich gehe zurück zum Auto. Ich erzähle Miss Sperry, dass meine Großmutter überglücklich war, von mir zu hören, und dass sie uns an der Fähre in Brodick abholt. Dann gebe ich ihr das »Wechselgeld« für die Fahrkarten zurück und sage ihr, wenn wir die Überfahrt um 11:05 Uhr nicht verpassen wollten, müssten wir jetzt schnell los.

Der Junge steigt aus dem Auto. Miss Sperry steigt aus dem Auto. Der Junge zerrt an den beiden Decken, die um ihn geknotet sind, dann dreht und windet er sich ein bisschen und zieht sie sich über den Kopf. Mit andächtiger Miene reicht er sie Miss Sperry. Als dächte er an all die Menschen in der Nekropole, die diese Decken dringender bräuchten als er. Denn er ist jetzt sicher.

Fast.

»Ach«, sagt Miss Sperry. »Danke schön. Das ist sehr aufmerksam von dir.« Dann hockt sie sich hin, sodass sie auf Augenhöhe mit ihm ist. »Aber«, fügt sie hinzu und fasst ihm an den nackten Arm. »Ich glaube, eine solltest du für die Überfahrt lieber behalten. Auf See ist es meistens viel windiger, als man denkt.« Sie löst meine lila-weiße Decke von seiner rosa-weißen, die sie ihm zuerst geschenkt hatte. »Hier«, sagt sie und überreicht sie ihm ordentlich zusammengefaltet. »Für alle Fälle.«

Und dann, als wäre es das Normalste der Welt, beugt sie sich vor, schließt den Jungen in die Arme und gibt ihm einen Kuss auf den Kopf.

Und er lässt sie. Küsst sie sogar zurück. Genau wie ich es immer gemacht habe, wenn Papa mir einen Kuss auf den Kopf gab.

Bei Miss Sperry scheinen die schwierigsten Dinge plötzlich ganz einfach.

61

Peter

Natürlich erinnere ich mich an Peter.

Er war oft am Sandstone Quay, dem kleinen Hafen ungefähr hundert Meter von Großmutters Haus in Corrie entfernt. Dort lagen immer nur vier oder fünf Boote und eins davon gehörte Peters Vater. Peter und ich hatten als Kinder nicht besonders viel miteinander zu tun, obwohl wir Nachbarn waren, zum einen, weil er ein paar Jahre älter war als ich, zum anderen, weil er ein Junge war und ich ein Mädchen. Außerdem war ich mehr der geistige Typ und er der praktische. Das erste Mal, dass ich mich erinnere, ihn gesehen zu haben, war, als ich auf einem der Hafenpoller saß (die die Form von Schafen haben) und ein Buch las, während er mit seinem Vater auf dem Boot arbeitete. Wahrscheinlich den Motor auseinandernahm. Oder Leinen aufrollte oder Wasser aus dem Kielraum pumpte. Und dabei pfiff. Peters Vater spielte abends auf der Fiddle, und die Musik musste ihm im Blut liegen, wie sie seinem Vater im Blut lag. Schottische Tänze und Lieder, einschließlich jenem über Nebel, Rückkehr und Heimat, das mein Vater mir zwischen seinen geliebten Hügeln immer vorsang. Der Gedanke an diese Melodie schnürt mir die Kehle zu, obwohl ich mich nicht mehr erinnere, wie das Lied hieß.

Peter ist jetzt offenbar alt genug, um sein eigenes Boot zu haben, denn Großmutter schickt Peter, um uns abzuholen. Oder vielmehr, um mich abzuholen. Allerdings nicht von dem Jachthafen neben dem Fährhafen. Großmutter sagt, der liegt zu nah an dem Lager. Und es gäbe immer wieder Leute aus dem Lager, die versuchten, auf Boote hinüber zur Insel zu kommen. Ich habe die Anweisung, an den Landungssteg zu gehen.

»Den Landungssteg in Saltcoats. Wo wir immer angelegt haben, wenn wir am South Beach picknicken wollten. Ja? Das ist sicherer. Peter wird dich dort abholen. Und dich direkt hierher zum Hafen nach Corrie bringen. Verstehst du?«

Ob ich verstehe? Als wäre ich sieben. Als hätte ich nicht gerade zehntausend Kilometer aus Khartum zurückgelegt.

Ja, ich verstehe.

Wir verabschieden uns auf dem Parkplatz von Miss Sperry und sie fährt davon. Sie winkt nicht und sie blickt auch nicht zurück. Ich glaube, Miss Sperry hat auf Jetzt-Zeit geschaltet.

Der Fußmarsch bis zum Landungssteg dauert ungefähr eine Dreiviertelstunde. Bevor wir gehen, mache ich zweierlei:

1. Ich gebe einen Teil von Miss Sperrys »Fahrkartengeld« aus. Nicht alles. Ich gehe zu dem Kiosk am Terminal und kaufe zwei Schinkensandwiches (mit Gurke), zwei Tüten Chips und eine Flasche Wasser.
2. Ich wickle dem Jungen die Decke um den Kopf, sodass es schwierig ist, sein Gesicht zu sehen.

»Jetzt lauf«, sage ich.

62

Vertrauen

Ich esse meine Chips. Der Junge isst seine Chips. Mit Käse-Zwiebel-Geschmack. Ich mag keine Käse-Zwiebel-Chips, aber das war alles, was sie an dem Kiosk hatten. Wenn du fast ein Jahr lang keine Chips mehr hattest, schmecken sie außerdem immer gut, egal welche Sorte. Die hier schmecken salzig und wunderbar. Was auch wunderbar ist, ist, dass wir nichts davon aufheben müssen. Wir essen einfach. Wir stopfen das ganze Essen in uns hinein. Obwohl wir Frühstück hatten. Obwohl wir Eier zum Frühstück hatten. Wir teilen uns das Wasser aus der Flasche. Denn bald schon – wird es mehr geben. Wir sind unbekümmert, großzügig, verschwenderisch. Mir wird ganz schwindelig.

Deshalb bin ich froh, dass wir vor Peter am Landungssteg ankommen. Froh, dass wir auf der Steinmauer sitzen und auf ihn warten müssen. Ich bin mittlerweile gut im Warten. Wir essen noch mehr. Wir essen die Schinkensandwiches. Die saure Gurke prickelt auf meiner Zunge.

Schließlich nähert sich ein Boot übers Wasser. Ich lausche dem Geräusch des Motors, das die Distanz zwischen mir und der Insel schließt. Das Boot ist klein und blau mit einem einfachen hölzernen Ruderhaus. Der Junge am Steuer ist genau genommen ein junger Mann – breitschultrig und gut aussehend. Er lenkt sein Boot gekonnt längsseits an den Landungssteg und wirft mir die Leine zu. Ich binde sie nicht fest, sondern schlinge sie nur durch das Geländer an der Treppe und reiche sie ihm zurück.

Als er sich vergewissert hat, dass das Boot gut gesichert ist, wendet er seine Aufmerksamkeit mir zu. »Mensch, hast du dich verändert, Mhairi«, sagt er. »Ich hätte dich nicht wiedererkannt.«

Er hat sich auch verändert. Als Kind sah er nicht so gut aus, er war klein und stämmig. »Ist lange her«, antworte ich.

»Tut mir leid«, sagt er und dann: »Tut mir leid. Ich weiß nicht, was ich da sage.«

Die Wahrheit wahrscheinlich.

»Willkommen, hätte ich sagen sollen«, sagt er. »Willkommen, Mhairi.« Und er lächelt und streckt mir die Hand hin, um mir an Bord zu helfen.

»Der Junge zuerst«, sage ich.

»Der Junge?«

Erst da bemerke ich, dass der Junge mir nicht die Stufen hinunter gefolgt ist. Er steht immer noch oben auf dem Steg, eingehüllt in seine rosa-weiße Decke.

»Komm schon!«, rufe ich. Aber er kommt nicht. Vielleicht wegen Peters Gesicht.

»Aileen – deine Großmutter«, sagt Peter, »hat keinen Jungen erwähnt.«

»Nicht?«, frage ich.

»Nein«, antwortet Peter.

»Wahrscheinlich der Schock«, sage ich und gehe wieder die Treppe hinauf. »Ich trage dich«, sage ich zu dem Jungen. »Einverstanden?« Ich ziehe ihm die Decke noch ein wenig tiefer ins Gesicht. Seine Augen sind nicht tief wie ein Brunnen. Seine Augen blicken mich voller Panik an.

»Welcher Schock?«, fragt Peter.

Ich versuche, den Jungen hochzuheben, aber er ist steif wie ein Brett. »Keine Angst«, flüstere ich ihm zu. »Keine Angst. Alles ist gut. Was ist denn los?« Wir müssen in das Boot steigen, und zwar so locker, so unbefangen und so schnell wie möglich.

»Na ja«, rufe ich zu Peter hinunter. »Es kommt ja nicht jeden Tag vor, dass man einen neuen Enkelsohn bekommt.«

»Oh«, sagt er. »Wow. Na dann. Ist wirklich lange her!« Und als er sieht, wie ich mich mit dem stocksteifen Jungen abmühe, fügt er hinzu: »Warte. Lass mich dir helfen.«

Schon ist er aus dem Boot und springt die Stufen hinauf wie ein fröhlicher Labrador. Und kurz darauf hält er den Jungen im Arm. Und die Decke fliegt von dessen Gesicht.

»Oh Gott«, sagt Peter.

»Adoptivbruder«, erkläre ich. »Wie man sieht. Adoptierter Enkelsohn. Aus dem Sudan. Deshalb hat Papa vorher nichts erwähnt, weißt du.«

Der Junge sieht Peter an. Peter sieht den Jungen an.

»Mhairi«, sagt Peter. »Im Ernst jetzt, das ist aber schon … erlaubt, oder?«

»Was meinst du mit erlaubt? Er hat Papiere«, antworte ich. »Wenn es das ist, was du meinst.« Dann gehe ich auf Risiko. »Willst du sie sehen?«, frage ich herausfordernd.

»Ach – nein. Nein. Tut mir leid.« Peter setzt sich in Bewegung und geht die Stufen hinunter. »War nur so ne Frage. Du kannst heutzutage nicht vorsichtig genug sein. Du weißt ja, wie es ist.«

Dann wendet er sich an den Jungen: »Alles in Ordnung, Kleiner? Warum zitterst du so? Warst du noch nie auf einem Boot?«

Und wie der Junge jetzt zittert. Sein ganzer Körper bebt.

»Wir haben Schlimmes durchgemacht. Er vertraut niemandem«, improvisiere ich. »Männern. Er vertraut keinen Männern.«

»Also, mir kannst du vertrauen, Kleiner. Bei mir bist du gut aufgehoben. Absolut sicher. Solange du nicht unerlaubt bist. Einen Unerlaubten auf die Insel mitnehmen, dafür können sie dich auf den Blutstein bringen.« Er lacht.

Hahahaha.

Er setzt den Jungen ins Boot und ich klettere schnell hinterher. Ich frage nicht nach dem Blutstein.

»Allerdings«, fährt er fort, »ist deine Großmutter gerade Vorsitzende des Inter-Gens, da gäbe es bestimmt mildernde Umstände.«

Er löst die Leinen, startet den Außenbordmotor und manövriert das Boot schnell und gekonnt vom Landungssteg weg. Trotzdem gibt es einen kleinen Ruck, als es gegen sein eigenes Kielwasser schlägt, und da fängt der Junge an zu schreien.

SCHREIEN.

63

Alles verschlingendes Meer

Das Schreien ist viel lauter als in meinem Traum. Und es dauert viel länger. Es dauert den ganzen Weg über das Wasser bis zur Insel.

»Mensch, das ist ja nicht normal«, sagt Peter. »Zieh ihm die Decke über den Kopf!«

Ich ziehe ihm die Decke über den Kopf. Nicht wegen des Lärms, sondern weil ich plötzlich hundertprozentig sicher weiß, was im Turm seiner Festung ist. Es ist ein kleines Boot, ein übervoll besetztes Boot. Ein Boot mit viel zu vielen Menschen an Bord. Ein Boot, das ein Stück Meer überquert, irgendein Stück Meer, von einem vertrauten, erschreckenden Ort zu einem unbekannten und ebenso erschreckenden. Und auf diesem Boot sind Menschen, die er liebt. Seine Muma, nehme ich an. Sein Papa. Und sie schaffen es nicht. Natürlich, sie schaffen es nicht. Deshalb fehlten sie auf dem Familienbild, das er im Auffanglager in Skitby gezeichnet hat, deshalb war er allein mit dem alten Mann unterwegs. Vielleicht fiel er sogar selbst aus dem Boot. Nur ging er nicht unter, weil seine Muma und sein Papa vielleicht dafür gesorgt hatten, dass er die einzige Schwimmweste bekam. Weil sie wollten, dass er überlebt. Da war seine Muma sich sicher:

Du musst überleben! Das hatte sie ihm bestimmt gesagt.

Vergiss nicht, die Welt ist schön. Das waren bestimmt die letzten Worte seines Papas, als er ein letztes Mal unter die Wasseroberfläche sank. Während der Junge zusah, wie er unterging.

So viele Menschen im Wasser, so viel Panik und Strampeln und Um-sich-Schlagen, dass er seine Mutter vielleicht gar nicht untergehen sah. Womöglich war der Rumpf des gekenterten Bootes zwischen ihm und dem orangefarbenen Tuch. Versperrte ihm die Sicht, genau wie der Jeep mir an jenem Tag die Sicht versperrte. Der umgedrehte Rumpf verhinderte, dass der Junge sah, wie seine Mutter den Kampf schließlich verlor, in den Fluten versank und nicht mehr wieder hochkam. Vielleicht erlaubte ihm das, noch zu hoffen. Denn sie hätte doch auch überlebt haben können, oder nicht? Deshalb kann er sich nicht halten, wenn er ein orangefarbenes Tuch in der Menge sieht. Denn so ist das mit der Hoffnung. Sie verhindert, dass dein Herz weiß, was dein Verstand weiß. Wir verstehen das, stimmt's, Papa?

»Was in aller Welt ist los mit ihm?«, fragt Peter.

»Das alles verschlingende Meer«, antworte ich und höre das Aneinanderschlagen kohlebemalter Steine. »Das strudelnde, wirbelnde, reißende, alles verschlingende Meer.«

»Das was?«, fragt Peter.

Das ist der Grund, warum ich den Jungen komplett in seine Decke hülle, nicht, damit er aufhört zu schreien (denn nichts auf der Welt könnte das bewirken), sondern damit er nicht länger auf das Meer schauen muss.

64

Großmutter

Großmutter steht an der Hafenmauer in Corrie. Sie steht kerzengerade und erhobenen Hauptes wie eine Bilderbuchkönigin, die das Meer nach ankommenden Schiffen absucht, Ausschau hält, ob sie weiße Segel, für Leben oder schwarze, für den Tod, gesetzt haben.

Peter bringt das Boot ein. Großmutter sieht mich, sieht Peter, sieht den Jungen. Der Junge hat aufgehört zu schreien. Er hat sich heiser geschrien. Die Decke ist von ihm heruntergefallen, er starrt stur geradeaus. Er wirkt wie blind, betäubt, erschöpft, in Trance.

Peter wirft Großmutter die Leinen zu, die sie fachmännisch um den Schafboller knotet. Sie tut das, ohne den Blick auch nur einmal von dem Jungen abzuwenden.

Ich stehe auf, um sie zu begrüßen.

Sie schaut an mir vorbei. »Wer«, fragt sie, den Blick immer noch auf den Jungen gerichtet, »ist das?«

Und vielleicht liegt es am Tonfall ihrer Stimme oder an dem Umstand, dass sie direkt durch mich hindurchsieht, oder einfach daran, dass ich so lange und so weit unterwegs war und sehr müde bin, dass ich sage: »Das, Großmutter, ist ein Mensch.«

»Peter?«, sagt Großmutter.

»Sie sagte, du wüsstest Bescheid«, antwortet Peter. »Sie sagte, der Junge hätte Papiere. Sie sagte, es wäre alles erlaubt.«

Großmutter sieht mich an. »Du kleine Lügnerin.«

65

Willkommen

Großmutter marschiert mit uns den Weg zu ihrem Haus hinauf. Wir vorneweg, sie hinterher. Sie hat keine Waffe, aber sie könnte ebenso gut eine haben.

Die Küche ist noch genauso blau, wie ich sie in Erinnerung habe, nur kleiner. Sie setzt sich an den Küchentisch, auf dem ein altmodischer Laptop steht, und gibt Peter ein Zeichen, sich auch zu setzen. Der Junge und ich stehen, wie vor Gericht.

»Sie hat gesagt, es wäre erlaubt«, sagt Peter noch einmal. »Sie hat gesagt, er hätte Papiere.«

»Und, hat er Papiere?«, fragt Großmutter.

»Nein«, antworte ich.

»Oh mein Gott«, sagt Peter.

Großmutter sieht Peter an. »Ich übernehme die volle Verantwortung für die Sache, das sollst du wissen, Peter. Verstehst du?«

»Ja«, sagt Peter. »Danke.«

Großmutter richtet den Blick auf den Jungen. »Ich nehme an, er hat einen Namen?«, fragt sie.

Ich sage nichts.

Der Junge sagt nichts.

Ich bin nicht mal sicher, ob der Junge überhaupt im Zimmer

ist. Sein Blick ist abwesend. Sein Gesichtsausdruck wie gelähmt. Ich glaube, er ist innerlich noch immer auf dem Boot draußen.

»Wie heißt du?«, fragt Großmutter ihn.

Keine Antwort.

»Woher kommst du?«

Keine Antwort.

»Ursprünglich?«, fragt sie.

Keine Antwort.

»Spricht er überhaupt Englisch?«, wendet Großmutter sich an mich.

»Weiß ich nicht.«

»Du weißt es nicht!«

»Er ist stumm«, sage ich. Obwohl ich das nicht gern sage. Nicht vor ihm. Es scheint mir grob. Unhöflich. Unnötig. »Aber er versteht Englisch«, füge ich hinzu. »Er versteht alles.«

»Ach wirklich«, sagt Großmutter und presst sich die Zeigefinger fest an die Schläfen, als hätte sie an der Stelle Kopfschmerzen. »Mhairi, du hast keine Vorstellung, wie ernst das Ganze ist.«

Da irrt sie sich jedoch. Ich weiß genau, wie ernst das Ganze ist. Ich dachte, ich würde heimkehren. War überzeugt, dass dies mein endgültiges Ziel wäre, dass ich an einen Ort käme, wo man mich versteht. Wo nicht ich, sondern irgendwer anders die Schlüssel zu Festung haben würde. Wo alles herausgelassen würde und ich trotzdem in Sicherheit wäre. Wo der Junge in Sicherheit wäre. Wo es eine andere, tiefere Wahrheit gäbe. Papas Wahrheit. Papas Schönheit sogar. Die überall um mich herum strahlt. Wie dumm von mir.

»Komm«, sage ich zu dem Jungen. »Wir sind hier nicht willkommen. Wir müssen wieder gehen.« Ich nehme seine Hand und wir gehen los, den Flur entlang Richtung Haustür.

»Oh nein, das werdet ihr nicht tun«, sagt Großmutter. Sie drängelt sich an uns vorbei und versperrt den Ausgang. »Er muss gemeldet werden. Registriert. Sofort. Und du übrigens auch. Einen Unerlaubten nicht sofort registrieren zu lassen, gilt als Beihilfe.«

An der Haustür sind zwei Schlösser. Großmutter dreht in beiden den Schlüssel herum. Und steckt die Schlüssel in ihre rechte Hosentasche.

Überleben, fällt mir da wieder ein, ist ein längeres Unterfangen.

»Dann solltest du ihn unter deinem Namen anmelden«, sage ich. »Unter Papas Namen. Bain.«

»Mach es nicht noch schlimmer«, erwidert Großmutter.

»Ich mache nichts noch schlimmer«, antworte ich. »Das ist sein Name. Mohammed Bain.«

Da meldet sich Peter zu Wort. »Genau das hat sie mir gesagt«, bestätigt er. »Sie sagte, ihre Familie hätte ihn adoptiert. Im Sudan.«

»Mhairi«, sagt Großmutter, »sieh mich an.«

Ich sehe sie an.

»Deine Zukunft«, erklärt sie, »von Peters, ganz zu schweigen hängt vielleicht von der wahrheitsgemäßen Antwort auf diese Frage ab. Hat dein Vater diesen Jungen wirklich adoptiert?«

»Ja«, antworte ich.

»Wie kommt es dann, dass er keine Papiere hat?«

»Die wurden gestohlen.« Ich halte dem Blick meiner Großmutter stand. Sie hat kein Messer, sie hat keine Waffe, sie ist keine Imgrim. »Zusammen mit dem Geld. Sie haben meine und seine Papiere mitgenommen. Weil ich die von uns beiden bei mir hatte.«

»Ach«, sagt Peter. »Dann ist es doch in Ordnung, oder? Dann können wir beweisen, dass er kein Unerlaubter ist. Ich meine, dann gibt es doch sicher einen Eintrag. An dem Hafen, an dem er zuerst eingereist ist. In England, wenn nicht in Schottland. Dann wird doch alles gut, oder?«

»Nicht unbedingt«, entgegnet Großmutter. »Seit wir unabhängig sind, berechtigt Adoption nicht automatisch zum ständigen Aufenthalt. Es hängt also nicht nur von den Papieren ab, sondern auch vom Zeitpunkt. Das Gesetz gilt jedoch nicht rückwirkend.« Sie sieht mich an. »Wenn die Adoptionsdokumente vor der Unabhängigkeit unterzeichnet wurden ...« Sie hält inne. »Ist es länger als zwei Jahre her, Mhairi?«

»Ja«, antworte ich sofort. »Ja.«

Peter strahlt voller Dankbarkeit.

»Gut«, sagt Großmutter. »Dann müssen wir vorerst nur ein Interim beantragen. Das ist eine einstweilige Aufenthaltsgenehmigung.«

Ein Interim beantragen, bedeutet offensichtlich Telefonate führen, Erklärungen abgeben, Onlineformulare ausfüllen. Die Sache ist eilig. Nicht sofortige Antragstellung steht unter Strafe.

»Peter, ich brauche deine ganzen persönlichen Angaben.«

»Kein Problem«, antwortet Peter.

»Das wird eine Weile dauern«, sagt Großmutter an mich gewandt. »Warum macht ihr nicht einen kleinen Ausflug ins Bad? Ihr beide seht aus, als könntet ihr ein bisschen Wasser und Seife gebrauchen.«

66

Bad

Es ist elf Monate her, dass ich gebadet habe.

»Komm«, sage ich zu dem Jungen. Er hat wahrscheinlich auch elf Monate nicht gebadet. Wenn wir durch ein Fenster verschwinden wollen, können wir das später noch tun.

Das Badezimmer ist rosa. Auf dem Handtuchhalter hängen Handtücher. Große weiße Handtücher, fast schon flauschig. Ich verriegele die Tür.

»Setz dich auf den Fußboden«, sage ich zu dem Jungen. »Und nicht gucken.«

Während das Badewasser läuft, ziehe ich mich aus und lasse meine Kleider auf den Boden fallen. Die Kleider riechen. Nach mir und Gräbern und Erde.

Der Junge sitzt mit dem Rücken zu mir. Ich steige ins Wasser. Es ist heiß. Nicht lauwarm – heiß. Ich lehne mich in die Wärme zurück. Mein Körper ist lang und dünn. Ich schließe die Augen, konzentriere mich nur auf die Wärme. Spüre das Wasser um mich herumschwappen.

Dann nehme ich die Seife.

Seife.

Ein weißes, rundes Stück Seife, das nach Rosenblüten duftet.

Ich wasche mich, noch immer mit geschlossenen Augen. Gleite mit der Hand über die ganze Landschaft meines Körpers. Wasche mich in den Spalten und Ritzen. An all den Stellen, die fast ein Jahr lang keine Seife gesehen haben.

Ich nehme Shampoo.

Das Shampoo riecht nach Fichtennadel.

Ich wasche mir die Haare. Ich versuche, alle Knoten herauszubekommen, wenn auch mit wenig Erfolg.

Dann lege ich mich hin und suhle mich im Wasser, obwohl das Wasser jetzt schmutzig ist.

Eine Ewigkeit später steige ich aus der Wanne und wickele mich in eins der weißen, weißen Handtücher. Das weiße, weiße Handtuch ist warm.

»Du bist dran«, sage ich zu dem Jungen. Ich lasse das Wasser aus der Wanne ablaufen und lasse neues ein. Ich prüfe die Temperatur, vergewissere mich, dass das Wasser nicht zu heiß ist.

Ich setze mich auf den Fußboden, wo der Junge gesessen hat, drehe mich mit dem Rücken zur Wanne. »Rein mit dir«, sage ich.

Ich höre, wie er sich auszieht. Spüre ein Tippen an der Schulter.

»Was ist?«

Er gibt mir das Stück Seife.

»Ich soll dich waschen?«

Er stellt sich vor mich, klein, nackt, ohne jede Scham. Er nickt.

»Gut.«

Ich helfe ihm in die Wanne. Wasche ihn im sauberen Wasser. Seife ihn ein. Er ist noch dünner als ich. Nichts als Haut und spitze Knochen. Nur sein Gesicht ist weich, Papa. Ich wasche ihn zwischen den Zehen und hinter den Ohren. Ich wasche nicht seine Geschlechtsteile. Das lasse ich ihn selbst machen.

Dann nehme ich Großmutters Rasierer.

»Soll ich dir den Kopf rasieren?«

Er nickt. Ich benutze Shampoo, weil das Shampoo gut riecht. Ich lasse den Rasierer über die Wölbung seines Schädels gleiten und passe auf, dass ich ihn nicht schneide.

Sein Kopf ist schön, Papa.

Die Welt ist schön.

67

Noch mal von vorn

Es klopft an der Tür.

»Ich bringe euch ein paar Kleider«, sagt Großmutter.

Bis ich die Tür aufgemacht habe, sind die Kleider da, aber Großmutter nicht mehr. Für mich liegen da eine schlichte blaue Bluse und eine graue Baumwollhose mit einem Ledergürtel, der nicht dazu passt. Für den Fall, dass die Hose mir zu weit ist wahrscheinlich. Für den Jungen ein definitiv zu weites gestreiftes T-Shirt. Darunter liegen zwei Paar Socken und eine Damenunterhose. Alles ist sauber, gebügelt und ordentlich zusammengelegt. Es riecht frisch gewaschen, so wie die Imgrim roch.

Wir ziehen die Sachen an. Ich muss den Gürtel enger stellen, aber nicht viel. Großmutter war schon immer sehr schlank. Ich vergesse nicht mein Messer, stecke es außer Sicht hinter den Hosenbund. Der Junge versinkt in dem T-Shirt, das an den Schultern viel zu weit ist und ihm bis unter die Knie hängt. Aber er freut sich. Zieht seine eigene Unterhose an, aber nicht seine dreckige Hose.

Wir verlassen das Badezimmer. Jetzt steht Großmutter auf dem Treppenabsatz.

»Mhairi«, sagt sie. »Es tut mir leid. Meinst du, wir könnten noch mal von vorn anfangen?« Und sie kommt zu mir und legt die Arme um mich. Ganz herum. Eine richtige Umarmung.

Ich stehe wie versteinert da.

»Es war nur«, fährt sie hinter meiner Schulter fort, »weil ich vorher nichts wusste. Von Mohammed. Das hat mich völlig durcheinandergebracht. Ich bin die Vorsitzende des Inter-Gens, ich muss alles richtig machen. Nach Vorschrift. Aber es war meine Schuld. Ich hätte das mit den Papieren überprüfen sollen, auch was dich betrifft. Aber wenn ich es gewusst hätte – na ja, es hätte Wochen dauern können. Ihr wärt im Lager gelandet. Ersatzpapiere – so wirklich gut organisiert ist das System noch nicht. Nicht mal für Menschen wie dich, die jedes Recht haben, hier zu sein. Trotzdem hätte ich Peter nicht einfach losschicken dürfen, nicht ohne die Sache zu prüfen, und …«

Und sie redet und redet, während ich immer noch wie versteinert dastehe.

Dann lässt sie mich los.

»Aber ehrlich gesagt«, sie hält inne, »hätte ich sowieso nicht länger warten können. Nein. Ich warte schon so lange. Ich musste dich sehen. Dich hier haben – hier vor mir. Damit ich es auch glaube. Verstehst du?«

»Ich verstehe«, antworte ich.

»Du verstehst es nicht«, erwidert sie. »Das kannst du nicht. Das kann ich nicht von dir erwarten.« Dann geht sie in die Hocke, sodass sie auf Augenhöhe mit dem Jungen ist.

»Hallo, Mohammed«, sagt sie. »Wollen wir Freunde sein?«

Er starrt sie an. Seine Augen sind wie Becher.

»Ihr wollt sicher etwas essen«, redet sie weiter. »Oder?«

Wir folgen ihr die Treppe hinunter. Peter ist fort. Der Laptop ist zugeklappt. Großmutter kocht Tee, öffnet den Brotkasten, nimmt einen Laib Brot heraus.

»Ich habe keinen Hunger«, sage ich. Das erste Mal seit einer Ewigkeit, dass ich nicht hungrig bin.

»Nicht?«

»Und was ist mit dir?«, fragt sie den Jungen.

Er nickt.

Also schneidet sie ihm ein dickes Stück frisches Weißbrot ab. Bestreicht es mit cremiger gelber Butter. Öffnet das Marmeladenglas, das ein Etikett trägt, auf dem in ihrer Handschrift »Erdbeere« steht. Der Junge isst. Und obwohl ich nicht wirklich Hunger habe, läuft mir das Wasser im Mund zusammen.

»Und jetzt«, sagt Großmutter, »musst du mir alles erzählen.«

Das ist unmöglich, also sage ich gar nichts.

»Bitte«, sagt Großmutter. »Fang mit deinem Vater an. Ich muss es wissen, Mhairi.«

»Wir … wurden getrennt«, antworte ich vorsichtig.

Ich nehme sie mit zu der staubigen Wüstenstraße vor Khartum. Ich erzähle ihr von den Kontrollpunkten und den Soldaten. Ich erzähle ihr nichts von dem nervösen Jungen, der den Patronengurt um den Nacken geschlungen hatte.

»Und dann«, sage ich, »ist Papa aus dem Wagen gestiegen. Mit geöffneten Händen.«

»Geöffnete Hände?«

»Ja, so.« Ich führe die Hände in ihre Richtung, als trüge ich ein Geschenk. »Und er sprach mit den Soldaten, verhandelte mit ihnen, und die Soldaten sagten okay, wir könnten gehen. Aber nur Mohammed und ich.«

»Was passierte dann?«

»Wir sind gegangen. Mohammed und ich.«

»Und dein Vater?«

»Muma und Papa sind mit den Soldaten gegangen. Aber es geht ihnen gut, Großmutter. Es ist nichts passiert.«

»Warum glaubst du das, Mhairi?«

»Weil ich dort war, Großmutter. Die Soldaten – das waren keine bösen Menschen. Nur Kinder. Eigentlich.«

Es folgt ein Moment Schweigen, dann sagt Großmutter: »Glaubst du nicht, Mhairi, wenn deine Muma und dein Papa noch leben würden, hätten sie inzwischen eine Möglichkeit gefunden, anzurufen? Mir Bescheid zu geben?«

»Ich habe auch nicht angerufen«, antworte ich.

Ein weiterer Moment Schweigen.

»Zumindest nicht, bis ich schon ganz in der Nähe war«, füge ich hinzu. »Es gibt viele Gründe, um nicht anzurufen. Und Papa wollte dir immer selbst von dem Jungen erzählen. Persönlich.«

»Ich würde dir ja gern glauben«, sagt Großmutter.

»Ich weiß«, antworte ich.

Ich würde mir auch gern glauben.

68

Findlinge

Ich gehe eine Runde durchs Haus. Das hat wahrscheinlich etwas damit zu tun, dass ich aufgeregt bin. Ein Versuch, mir die Anordnung der Räume wieder in Erinnerung zu rufen. Obwohl ich wahrscheinlich blind überall hinfinden könnte. Es hat auch etwas damit zu tun, dass ich Luft holen will, wegkommen von Großmutter.

Du musst mir alles erzählen.

Alles.

Alles.

Alles.

Vielleicht will ich auch wissen, was sich im Haus alles verändert hat. Und was nicht. Versuchen, meine Erinnerungen der Realität anzupassen. Das Gefühl im Haus ist noch dasselbe. Genau wie der Geruch. Es riecht nach erdigen Holzscheiten und getrocknetem Lavendel. Während ich von Zimmer zu Zimmer gehe, frage ich mich, ob ich in Wirklichkeit nach Spuren von Muma und Papa suche. Und vielleicht sogar von mir selbst.

Im Wohnzimmer entdecke ich ein Foto von uns dreien: Papa, Muma und mir. Wir stehen vor einem Findling. Das Foto ist nicht digital, es ist ein richtiges Papierbild, in einem Rahmen.

Der Findling ist einer der vier riesigen Granitblöcke, die an der Straße zwischen Großmutters Haus hier in Corrie und Sannox, dem nächsten Dorf, liegen.

Man nennt sie auch »erratische Blöcke« oder Irrblöcke, sagte Papa. *Erratisch kommt vom lateinischen »errare«, wandern. Dieser Stein gehört nicht zu den umliegenden Felsen. Er ist hierhergewandert. Von einem anderen Ort.*

Aber eigentlich stimmt das nicht ganz, das weiß ich, weil wir erratische Blöcke in der Schule durchgenommen haben. Sie wandern nicht, sie werden durch Eis dazu gezwungen, ihren Ursprungsort zu verlassen, durch Gletscher. Sie wollen gar nicht wandern, aber sie haben keine Wahl. Sie werden verschoben. Riesige Felsblöcke, doppelt so groß wie Papa, werden von Gletschern rausgeworfen wie Kieselsteine.

Was heißt das dann wohl erst für die richtigen Kiesel? Für die kleinen Nuckelsteine des Lebens?

Wenn diese riesigen Felsbrocken allerdings landen, wenn sie schließlich ankommen, wo auch immer sie ankommen sollen, dann bewegen sie sich gewöhnlich nicht mehr weg. Der Felsblock auf dem Foto hat sich seit zehntausend Jahren nicht mehr vom Fleck gerührt.

Darüber denke ich nach, ich denke auch, wie jung Papa auf dem Foto aussieht. Wie jung Muma aussieht. Wie jung ich aussehe. Das Foto stimmt nicht. Nicht mehr. Das Foto hat vielleicht einmal gestimmt, aber jetzt stimmt es nicht mehr. Das ist auch so eine Sache an der Wahrheit, dass sie so schlüpfrig ist und sich so schnell verändern kann.

Im oberen Stockwerk ist ein Spiegel. Deshalb weiß ich, dass ich nicht so aussehe wie das Mädchen auf dem Foto auf dem Kaminsims. Das Mädchen auf dem Bild hat ordentliche Haare, die zu Zöpfen zusammengebunden sind. Es lächelt. Es ist lange her, dass ich mein Spiegelbild in einem gläsernen Spiegel betrachtet habe. Ich habe in Flüsse geblickt. Und ich habe in die Spiegel in den Auffanglagern geblickt. Aber die Spiegel dort sind nur Rechtecke aus Metall, weil Spiegelglas jederzeit zerschlagen und als Waffe benutzt werden kann.

Der Spiegel steht in dem Gästezimmer, in dem ich heute Nacht schlafen soll. Es ist das Zimmer, in dem früher meine Eltern schliefen. Mein Zimmer, das kleine am Ende des Flures, hat Großmutter dem Jungen gegeben.

Der Spiegel ist altmodisch, ein geschliffenes gläsernes Oval, das auf einer alten Kommode steht. Dieser Spiegel, denke ich, kannte einmal meine Eltern. Hielt sie fest. Meine Muma, meinen Papa. Hielt ihre Gesichter fest. Und dann ließ dieser Spiegel sie los.

Ich sehe in diesen verräterischen Spiegel. Das Mädchen, das zurückblickt, ist kein Mädchen mehr, und es lächelt nicht. Das ist aber auch schon ungefähr alles, was ich über das Mädchen sagen kann.

In einem Fluss oder einem Stück Metall kannst du deine Konturen nicht sehen. Du bist immer in Bewegung, wellig, verschwommen. Dieser Spiegel ist sehr sauber, und das Bild, das er zurückwirft, sehr scharf.

Und trotzdem kann ich meine Konturen nicht erkennen. Als hätten sie sich aufgelöst.

Mensch, hast du dich verändert, Mhairi!

Ja.

Aber in was?

69

Schlafen

Es wird Nacht.

Wenigstens glaube ich das. Wegen des Lichts ist es nicht so leicht zu sagen. Nicht das Licht draußen, denn da ist keins, sondern das im Haus. Das Licht in der Küche und im Wohnzimmer, im Treppenhaus, in meinem Zimmer. Licht, das auf Knopfdruck angeht. Ich knipse mein Schlafzimmerlicht an und aus, verwandele Dunkel in Hell. Einfach so.

Großmutter bringt mit mir den Jungen in sein Zimmer. Sie hat das einzelne Bett bezogen.

»Hier schläfst du«, sagt sie.

»Als ich so alt war wie du, habe ich hier geschlafen«, sage ich. Ich sehe ihn an. »Ich bin nur den Flur entlang. In Ordnung?«

Er tapst den Flur entlang hinter mir her, als wollte er die Entfernung prüfen.

»Ja?«

Er nickt, geht zurück in sein Zimmer und macht die Tür hinter sich zu. Das überrascht mich.

Ich sage Großmutter, ich würde auch ins Bett gehen.

»Es ist noch früh«, antwortet Großmutter. Sie will noch ein bisschen reden. Noch ein paar Fragen stellen.

»Ich bin müde«, sage ich.

»Ist gut«, antwortet sie. »Schlaf schön.«

Großmutter hat mir ein Nachthemd hingelegt. Ich ziehe es nicht an. Ich ziehe nur meine Sachen aus und schlüpfe unter die saubere weiße Bettdecke. Die nach Imgrim riecht. Unter das saubere weiße Kopfkissen lege ich mein Messer.

Ich liege da.

Das Bett ist sehr weich. Die Federdecke schmiegt sich dicht und warm um mich. Sie bewegt sich, wenn ich mich bewege. Obwohl ich mich nicht viel bewege. Ich schaue hauptsächlich an die Decke. Vom Treppenhaus fällt Licht durch den Schlitz oberhalb der Tür und zeichnet dort Muster.

Ich schließe die Augen. Ich kann die Muster immer noch auf der Rückseite meiner Lider sehen. Ich drücke mir mit den Fingern auf die Augen. Wenn du das machst, entstehen noch mehr Muster. Ich weiß nicht, warum. Vielleicht hat es etwas damit zu tun, dass du das Blut im Augapfel bewegst. Das habe ich immer gemacht, als ich noch klein war. Als ich in dem anderen Zimmer schlief. Beziehungsweise wenn ich nicht schlief. Ich erzeugte Muster, wenn ich nicht schlafen konnte.

Ich kann nicht schlafen.

Ich liege wach und horche nach den Geräuschen des Jungen. Ich habe mich an sein Schniefen gewöhnt, an sein Nuckeln, daran, wie sein Atmen gleichmäßiger und langsamer wird, wenn er einschläft. Wahrscheinlich haben diese Geräusche mich beruhigt. Das war mir nicht klar.

Als Großmutter ins Bett geht, bin ich immer noch wach. Ich höre, wie sie die Klospülung betätigt, wie sie sich die Zähne putzt, wie sie das Licht im Treppenhaus ausknipst.

Das Bett ist viel zu weich. Ich weiß nicht, was ich mit diesem sehr weichen Bett anfangen soll.

Ich setze mich auf.

Ich lege mich wieder in das Bett.

Ich wälze mich hin.

Und her.

Es ist wirklich schon sehr dunkel, als der Knauf an meiner Tür sich dreht und ein Gespenst das Zimmer betritt, das eine rosa-weiße Decke umgeschlungen hat.

Das Gespenst legt sich auf den Vorleger auf dem harten Boden auf meiner Seite des Ehebettes. Es zieht die Decke fest um sich und steckt sich einen Stein in den Mund. Fängt an zu nuckeln. Und es dauert nicht lange, bis ich an seinem Atmen höre, dass es eingeschlafen ist.

Da steige ich aus dem Bett und lege mich neben es auf den Boden. Wenn ich meine lila-weiße Decke noch hätte, würde ich sie jetzt benutzen. Habe ich aber nicht, also ziehe ich einfach das Federbett herunter und decke uns beide zu.

Dann schlafe ich ein.

70

Fragen

Großmutter stellt weiter Fragen. Viele, viele Fragen. Hauptsächlich über den Jungen. Ich halte die Antworten so einfach wie möglich, damit ich nicht vergesse, was ich gesagt habe. Ich sage ihr, der Junge sei der Sohn des Fahrers meiner Eltern. Ich sage ihr, sein Vater sei an einem Kontrollpunkt von einem Mann mit Patronengurt erschossen worden. Ich sage ihr, der Junge sei Zeuge dieses Mordes geworden und deshalb stumm. Großmutter findet das offenbar sehr einleuchtend. Ich füge hinzu, dass die Mutter des Jungen schon vorher tot war, keine Ahnung, warum ich das erzähle, und dass er sonst keine Familie hatte und Papa sich deshalb verantwortlich fühlte. Ich sage Großmutter, Papa hätte alle Formalitäten erledigt und die ganze Zeit vorgehabt, ihr von dem Jungen zu erzählen, aber dann sei das Leben dazwischengekommen. Von dem anderen Muhammad und den Sandflöhen erzähle ich ihr logischerweise nichts. Für die Sandflöhe ist kein Platz in dieser neuen Version der Geschichte. Aber ich denke an die Sandflöhe. Ich denke an ihre Mäuler und die eitrigen Stellen, die sie verursachen, und an das Jucken. Wenn ich mit den Einzelheiten der Geschichte durcheinandergerate, was manchmal passiert, juckt es mich am Kopf.

»Nicht kratzen«, sagt Großmutter. »Warum kratzt du dich? Hast du etwa Läuse?«

Sie untersucht meine Haare. Ich habe keine Läuse.

Peter stellt keine Fragen. Was das betrifft, ist er wie Miss Sperry. Ich gehe zu Peter, um mich ein bisschen zu erholen. Ihn zu finden, ist leicht. Er ist fast immer am Hafen. Ich sitze auf dem Schafpoller und sehe ihm zu, wie er seine Arbeit verrichtet. Ich höre zu, wie er pfeift. Er pfeift viele Lieder, aber nicht das, das mir immer die Kehle zuschnürt. Er sieht zielstrebig aus, er sieht aus, als wüsste er, was er tut. Er sieht auch sehr kräftig aus. Ich meine nicht fett. Überhaupt nicht. Aber auf keinen Fall dünn. Heutzutage sind alle dünn. Aber nicht Peter. Peter scheint auf eine Art kräftig zu sein, wie andere es nicht sind. Wie ich es nicht bin. Ich mit meinen verschwommenen Konturen und meinem juckenden Kopf.

Es scheint Peter nicht zu stören, dass ich dasitze und ihm zuschaue. Ab und zu tue ich aber so, als würde ich eigentlich auf den Jungen aufpassen. Bei Ebbe gibt es am Hafen einen kleinen Steinstrand. Da kann der Junge stundenlang sitzen und Steinhügel bauen.

Manchmal sitze ich bloß schweigend da, aber manchmal bin auch ich diejenige, die Fragen stellt.

»Kannst du mir etwas über den Inter-Gen sagen?«, frage ich.

Das macht Peter. Inter-Gen steht für Inter-Generationen-Rat. Das ist das höchste Gremium der Insel. Der Rat hat sechs Mitglieder. Jeder repräsentiert eine Dekade der Altersgruppen zwischen vierzehn und vierundsiebzig. Um als Vertreter gewählt zu werden, muss man in der entsprechenden Altersspanne liegen.

Großmutter ist neunundsechzig und vertritt die Vierundsechzig- bis Vierundsiebzigjährigen. Weil sechs eine gerade Zahl ist, erklärt Peter, muss einer die entscheidende Stimme haben. Momentan haben die Vierundsechzig- bis Vierundsiebzigjährigen die entscheidende Stimme. Und das heißt Großmutter.

»Was sie gerade zur ungefähr mächtigsten Frau auf der Insel macht«, sagt Peter.

»Was ist der Blutstein?«, frage ich.

»Gerechtigkeit an Ort und Stelle«, antwortet Peter.

Ich muss verwirrt aussehen, denn er fährt fort: »Auf den stellen sie die Angeklagten, im Gericht in Lamlash.«

»Eine Anklagebank, meinst du also?«

»Ja. Blutstein ist eigentlich nur so ein Name, den die Einheimischen sich ausgedacht haben. Obwohl es wirklich ein Stein ist. Ein Kalksteinblock aus den Bergen von Arran.«

»Und wozu der Teil mit dem Blut?«

Peter hält einen Moment mit seiner Arbeit inne. »Im Gericht haben sie eine Pistole. Oder einen Revolver. Eine Waffe jedenfalls. Sie liegt vor dem Rat auf dem Tisch. Und rotiert. Jede Viertelstunde schiebt ein Gerichtsangestellter sie ein Stück weiter. Wenn ein Angeklagter eines der Blut-Vergehen schuldig gesprochen wird, kann er erschossen werden.«

»Was – gleich auf der Stelle?«

»Ja. Von dem Ratsmitglied, vor dem der Revolver gerade liegt.«

»Nein«, sage ich. »Das ist doch Wahnsinn. Das ist verrückt. Du machst Witze.«

»Du bist lange fort gewesen, Mhairi. Es hat sich viel verändert. Du hast die Lager doch gesehen. Die Insel muss sich schützen. Oder, wie Aileen es ausdrückt: *Es muss nicht nur Gerechtigkeit herrschen, man muss auch sehen, dass Gerechtigkeit herrscht.* Mit diesem Spruch ist sie in den Wahlkampf gezogen. Damit hat sie den Sitz für Dekade 6 im Rat gewonnen.«

Da macht etwas in meinem Kopf klick. Ziemlich laut.

»Also, hat Großmutter«, frage ich, »hat sie es schon mal getan? Hat sie abgedrückt?«

»Nein«, antwortet Peter. »Das hat noch niemand. Es ist so was wie die letzte Option. Eine Abschreckung eigentlich. Bis jetzt scheint es aber ziemlich gut zu funktionieren. Darum ging es deiner Großmutter im Grunde. Sie sagte, alles sei inzwischen so fern, so wenig real. Selbst auf der Insel. Und dass wir uns alle an den Gedanken gewöhnt hätten, die Nadel zu nehmen, und dass alles so steril hinter verschlossenen Türen abliefe, dass wir, beziehungsweise die Straftäter, an die Konsequenzen erinnert werden müssten. *Tod, greifbar nah.* So drückte sie es aus, glaube ich. Etwas, was ganz und gar nicht versteckt abläuft.« Er hält kurz inne. »Na ja, die Leute schienen jedenfalls ihrer Meinung zu sein. Sie ist nicht umsonst Ratsvorsitzende geworden. Deshalb bin ich mir auch sicher, sie würde diesen Revolver benutzen, wenn nötig.«

Ja. Da bin ich mir auch sicher.

Großmutter und ich. Die geborenen Mörder.

»Und was fällt unter den Begriff Blut-Vergehen?«, frage ich.

»Na ja, das Übliche. Mord und so. Aber auch Vergehen, die die Sicherheit des Staates untergraben.«

»Welcher Staat?«

»Die Insel natürlich. Arran. So was wie Unerlaubte einschleusen.« Er schweigt einen Moment, lehnt sich an den Außenborder. »Was glaubst du, warum sie sich wegen des Jungen so aufgeregt hat?«

»Angenommen also, ich hätte wirklich einen Unerlaubten mit hergebracht ...« Ich verstumme.

Er hält sich zwei Finger an die Stirn. »Bumm! Und tschüss, Peter!«

»Nein! Es war doch gar nicht deine Schuld!«

»Keine Sorge«, antwortet Peter. »Bumm, bumm, Mhairi zuerst.«

71

Wenn

Eine Gerichtsangestellte kommt zu uns.

Sie kennt Großmutter und Großmutter kennt sie. Sie heißt Esther und ist Anfang zwanzig, hat blaue Augen und lächelt.

»Tut mir leid, dass ich das tun muss, Ratsvorsitzende«, sagt sie zu Großmutter.

»Aber im Gegenteil, Esther«, antwortet Großmutter. »Wir haben nicht ohne Grund bestimmte Verfahren hier auf der Insel. Bitte, mach weiter.«

Esther trägt keine Uniform, aber sie hat eine große Aktentasche mit dem Sleeping-Warrior-Logo darauf. Nur, dass sich die Berge dieses Mal nicht vor dem schottischen Andreaskreuz erheben, sondern vor einem blauen Hintergrund gezeichnet sind, als wäre die Insel das einzige Stück festes Land und Schottland hätte sich einfach in Himmel verwandelt.

In Esthers Sleeping-Warrior-Tasche befinden sich mehrere technische Geräte. Sie benutzt sie, um zuerst den Jungen und dann mich zu scannen. Zuerst macht sie digitale Aufnahmen unserer Gesichter, von vorn und im Profil.

»Welches ist deine Schokoladenseite?«, fragt sie, bevor sie das Profilbild aufnimmt. »Schauspieler haben immer eine Schokoladenseite. Das habe ich in *Hollywood Online* gelesen.« Das ruft mir in Erinnerung, wie weit weg ich selbst inzwischen von der virtuellen Welt bin. Und ich denke wieder an den Revolver im Gericht von Lamlash. Und dass ich keine Waffe brauche, um zu wissen, wie nah der Tod sein kann.

Ich sage Esther, dass ich keine Schokoladenseite habe, der Junge jedoch präsentiert würdevoll seine linke Gesichtshälfte. Das ist der erste Witz, den er macht, seit wir uns kennen. Er ist lustiger – und irgendwie trauriger – als Muhammads Eselwitze.

Als Nächstes scannt Esther unsere Iris, dann nimmt sie elektronische Fingerabdrücke.

»Das beschleunigt das Identifizierungsverfahren«, sagt sie.

»Wie lange«, frage ich ziemlich beiläufig, »wird es denn dauern, bis wir unsere Ersatzpapiere bekommen?«

»Ach«, antwortet sie, »hängt ganz davon ab, wann ihr bei wem ganz oben auf der Liste steht.« Dann sieht sie Großmutter an und fügt hinzu: »Aber ich versuche natürlich, es als so eilig wie möglich einzustufen. Unter diesen Umständen.«

Anschließend stellt sie einige Fragen.

»Unangenehm, ich weiß«, sagt sie. »Aber ich muss. Nur fürs Protokoll, obwohl es sicher sowieso schon in den Interim-Anträgen steht. Bist du einverstanden, wenn ich mit dir anfange, Ratsvorsitzende?«

»Natürlich«, sagt Großmutter.

Esther stellt Großmutter ein paar Fragen und Großmutter antwortet. Ihrem Gespräch entnehme ich, dass es nichts macht, dass nur zwei meiner Großeltern auf Arran geboren sind, weil die anderen beiden auf dem schottischen Festland geboren sind, und die Aufenthaltsgesetze von Arran das erlauben.

»Jetzt müsste ich, wenn du nichts dagegen hast, dem Adoptivkind einige Fragen stellen«, sagt Esther.

»Das geht nicht«, erklärt Großmutter.

»Ach, stimmt«, sagt Esther. »Er ist ja stumm. Das hab ich irgendwo gelesen. Tut mir leid.« Sie startet die Aufnahme am Nanonet noch einmal neu. »Vielleicht tust du mir dann den Gefallen, Mhairi?«

Ich tue ihr den Gefallen. Ich spinne meine Geschichte. Unsere Geschichte. Sie stimmt nicht in allen Einzelheiten. Das Gesicht des Jungen könnte uns verraten, aber dafür ist er zu klug. Je öfter man außerdem etwas wiederholt, finde ich, umso mehr Wahrheit scheint es zu enthalten.

Schließlich klappt Esther das Gerät zu.

»Fertig«, sagt sie. »Ihr müsst natürlich beide noch zur offiziellen Unterschrift zum Gericht kommen, aber«, sie nickt Großmutter zu, »was die Formalitäten betrifft, muss ich hier ja sicher nichts erklären. Ansonsten brauchen wir nur auf die Bestätigung von der zentralen Datenbank zu warten. Aber im Grunde, wenn alles passt – Bingo.«

Wenn.

Ein so kleines Wort.

Wenn.

72
Worte

Es gibt zwei Arten von Worten, finde ich. Verschwimmende und eindeutige. Die meisten, die nicht verschwimmen, haben mit Leid zu tun.

So wie:

Hunger

Durst

Kälte

Da gibt es kein Herumreden. Das alles ist real. Fragt mich. Fragt den Jungen. Fragt jeden, der je auf Wanderschaft war.

Und dann gibt es Worte, die angeblich genauso real und eindeutig sind.

Wie:

Wahrheit

Gerechtigkeit

Vertrauen

Aber diese Worte verschwimmen. Verändern sich. Je nachdem, wer gerade das Sagen hat, wer ein Urteil fällt, was derjenige zu gewinnen oder zu verlieren hat. Deshalb denke ich, diese Worte sind alle nur erfunden, Papa. Sie sind Fiktion, genau wie die Grenzen in Afrika. Denn meine Wahrheit, Papa, ist sicher nicht dieselbe Wahrheit wie die der Imgrims, und wer weiß schon, ob die Imgrims sich irren oder ich? Was wohl bedeutet, dass ich Falsch oder Richtig zu meiner Liste verschwimmender Worte hinzufügen muss. Und Schönheit wahrscheinlich auch. Ich will Schönheit nicht auf die Verschwimmend-Liste setzen, weil du sie so real für mich gemacht hast. Aber der Schädel des Jungen und ein Stück von Großmutters Seife? Wird dadurch die Welt wirklich schön, Papa? Ist es das, was du meintest?

Und dann ist da noch dieses Wort: *wenn*. Das ist ein sehr, sehr kleines Wort, Papa. *Wenn alles passt – Bingo!*

Klein und doch so groß. Ein Wort, das den Jungen und mich am Ende auf den Blutstein bringen könnte. Blutstein klingt nicht sehr wahrscheinlich. Blutstein scheint mir auch ziemlich erfunden, Papa. Vielleicht existiert also auch der nicht.

Aber ich glaube schon.

73

Krank

Ich werde krank. Zuerst denke ich, ich träume nur. Aber das tue ich nicht. Ich liege in dem Bett, in dem meine Eltern früher schliefen, und es ist klatschnass. Von meinem Schweiß, meinem Fieber. In der ganzen Zeit, in der ich unterwegs war, war ich nie krank. Nicht mal in der Wüste, nachdem wir das schmutzige Wasser getrunken hatten, das das blinde Mädchen uns gab. Muhammad wurde krank, er übergab sich und hatte Durchfall. Tagelang. Aber mein Magen blieb standhaft. Und die Sandflöhe, die Sandflöhe fraßen Muhammads Füße, aber nicht meine. Und meine Geschlechtsteile fraßen sie auch nicht, im Gegensatz zu seinen. Und jetzt liege ich hier in meinem eigenen Schweiß, an diesem Ort, an dem es regelmäßige Mahlzeiten, Wasser im Überfluss und frisch gewaschene Bettwäsche gibt, und bin unfähig, mich zu bewegen.

»Wahrscheinlich gibt dein Körper einfach nach«, sagt Großmutter, »jetzt, wo er kann.« Ich höre die Worte irgendwo im Äther über mir. »Du bleibst jetzt hier liegen.«

Ich bleibe liegen. Mein Körper ist so schwer, als wäre er mit der Matratze verschweißt. Ich habe Kopfschmerzen und alle meine Glieder tun weh. Die Zeit vergeht. Ich weiß nicht, wie viel

Zeit oder welche Sorte Zeit. Ich liege im Bett und ich liege nicht im Bett. Ich höre Leute ins Zimmer kommen und wieder hinausgehen, aber ich sehe sie nicht. Vielleicht, weil ich schlafe oder nicht ganz bei Bewusstsein bin. Ich höre auch Stimmen. Beziehungsweise eine Stimme.

Großmutters Stimme.

Sie dringt aus dem Wohnzimmer unter mir durch die Dielen herauf. Großmutter spricht mit dem Jungen.

Sag mal Mohammed.

Sag: »Ich heiße Mohammed.« Mo-ham-med. Kannst du das sagen, Mohammed?

Sag mal »Großmutter«. Großmutter. Kannst du Großmutter sagen, Mohammed?

Wenn ich dir etwas gebe, Mohammed, dann musst du Danke sagen. Danke. Kannst du Danke sagen? Danke für mein Getränk. Das ist ein Getränk, Mohammed.

Becher.

Wasser.

Sandwich.

Kannst du Sandwich sagen?

Sie macht immer weiter. Es geht immer weiter. Immer rundherum in meinem Kopf. Wenn ich aufstehen könnte, würde ich runtergehen und ihr sagen, sie solle den Mund halten.

Kannst du den Mund halten, Großmutter? Kannst du *den Mund halten* sagen? Kannst du *den Mund halten* buchstabieren? Kannst du bitte einfach DEN MUND HALTEN? Kannst du ihn in Ruhe lassen?

Doch die Worte dringen immer weiter durch die Ritzen in den Dielen.

Und dann träume ich wirklich. Ich träume vom Blutstein. Ich träume, dass da eine Kuhle ist in diesem Kalksteinblock. Eine Kuhle von all den Füßen all der Menschen, die an dieser Stelle standen, um sich zu verteidigen. Aber in meinem Gerichtssaal sind keine Menschen, da sind nur Worte. Worte, die durch die Ritzen in den Wänden dringen, Worte, die von der Decke fallen. Und diese Worte fallen allesamt hinunter auf den Blutstein. Worte wie:

Gerechtigkeit
Wahrheit
richtig
falsch
unerlaubt
Sandwich
Wasser
Becher

Und während die Worte fallen, sind es nur Buchstaben, herabfallende schwarze Buchstaben, doch als sie auf den Stein treffen, sind sie plötzlich nicht mehr fest, nein, sie werden mit einem Mal flüssig, spritzen, hinterlassen rote Spritzer, rote Spritzer wie aus Blut.

Und nach einer Weile wurden so viele Worte auf diesem Stein ermordet, dass die Kuhle nur noch eine große Lache Blut ist.

74

Besser

Nach einiger Zeit geht es mir besser. Gut genug, um die Augen zu öffnen, nach unten zu gehen, Suppe zu essen.

»Mohammed«, sagt Großmutter, »hat die ganze Zeit, in der du gefiebert hast, auf dem Fußboden neben dir geschlafen. Jede Nacht. Ich hatte Angst, er könnte sich anstecken. Aber wie oft ich ihn auch zurück in sein Bett brachte, jedes Mal ist er wieder aufgestanden. Wusstest du das?«

»Nein«, antworte ich.

Obwohl ich es vielleicht doch wusste.

»Ach«, sagt sie noch, »als ich deine Bettwäsche gewechselt habe, fand ich das hier.«

Es ist mein Messer.

»Das ist kein besonders netter Gegenstand. Hast du was dagegen, wenn ich ihn wegwerfe?«

»Nein.«

Und ich habe wirklich nichts dagegen. In diesem Haus gibt es viele Messer und eine Axt.

75

Leuchram Burn

Sobald ich wieder kräftig genug bin, nehme ich den Jungen mit zum schwindelnden Pferd, das hinter Großmutters Haus hoch über den Leuchram Burn führt. Ich führe ihn durch das Tor in ihrem Garten, an dem Ruderboot auf dem Anhänger vorbei (das immer noch da ist, wenn auch inzwischen ganz verwittert), über das sumpfige Stück Wiese und hinauf zu der Stelle, wo der Waldpfad beginnt. Ich gehe mit ihm an der Reihe moosbedeckter Felssteine vorbei und beobachte, wie er die Hand ausstreckt, um das Moos zu berühren, genau wie ich es getan habe, als ich so alt war wie er. Das Moos ist weich und gibt ein bisschen nach wie dicht am Kopf liegende Locken. Ich führe ihn durch den Wald bis zu der Stelle, wo der Bach aus den Bergen herabstürzt, und lasse ihn dastehen und schauen. Ich sage nichts, versuche nicht, ihm irgendetwas beizubringen oder zu erklären. Ich lasse ihn einfach alles selbst wahrnehmen, so wie ich es getan habe.

Den Bach zu überqueren, helfe ich ihm allerdings, aber nur weil ich weiß, wo er ein flaches, stilles, ungefährliches Becken bildet. Dann gehen wir weiter bis zu dem umgestürzten Baum, der in schwindelerregender Höhe über dem rauschenden Wasser liegt. Und er setzt sich darauf. Einfach so. Auf dem schiefen

Baumstamm ist noch mehr Moos, und er betastet es, während er dasitzt und dem Geräusch des Wassers lauscht, das zwischen den Steinen niederprasselt.

Ich weiß nicht, wie lange er da sitzt. Nicht sehr lange, glaube ich, aber lange genug vielleicht, um sich eine Erinnerung zu schaffen.

Als wir damals in Khartum ankamen und ich noch klein war, redete ich ziemlich viel von zu Hause. Von Schottland und was ich alles vermisste.

Papa sagte: *Zu Hause ist nicht nur da, wo du geboren bist. Zu Hause ist da, wo du dir Erinnerungen schaffst. Mit der Zeit wirst du dir Erinnerungen schaffen. Hier im Sudan.*

Ich sagte: *Nein, werde ich nicht.*

Da antwortete Papa: *Wenn du von zu Hause erzählst, Mhairi, dann erzählst du fast immer von Arran, obwohl dein eigentliches Zuhause doch Glasgow ist. Was denkst du, woher das kommt?*

Ich wusste es nicht.

Das liegt daran, dass Arran mit dir spricht, Mhairi, sagte Papa, *und dass du deine Erinnerungen auswählst. Du schaffst sie und du entscheidest dich für sie. Vergiss nie die Macht deiner Entscheidungen, Mhairi.*

Deshalb habe ich den Jungen zum Leuchram Burn gebracht. Ich hoffe, er entscheidet sich, diesem schwindelerregend hohen Baum und diesem herabstürzenden Wasser einen Platz zwischen all dem Sand und Staub in seinen Erinnerungen zu geben.

76

Erdhügel und Seetang

Großmutter steht im Garten hinter dem Haus.

»Wo wart ihr?«, fragt sie.

»Oben am Burn«, antworte ich.

»Wenn es dir gut genug geht, um zum Burn hochzulaufen, dann geht es dir auch gut genug, um im Garten zu helfen. Glaubst du, das Essen auf dieser Insel gibt es umsonst?«

Im Davor wuchsen in Großmutters Garten überall Gras und Blumen. Jetzt nicht mehr. Der Garten wurde umgegraben und in ordentliche Streifen mit Pfählen und Stöcken und Plastikplanen und Netzen unterteilt. Großmutters Garten ist jetzt ein riesiges Gemüsebeet. Es ist noch früh im Jahr, aber Großmutter hat (in verschiedenen Wachstumsstadien) schon:

- Weißkohl
- Blumenkohl
- Zwiebeln
- Salat
- Spargel
- Rote Beete
- Rhabarber
- Himbeeren

Und Kartoffeln.

»Ihr könnt mir helfen, die Kartoffeln anzuhäufeln«, sagt sie. »Und dann könnt ihr ein bisschen Seetang holen.«

»Die Kartoffeln anhäufeln« heißt, Erde um die Stiele der Kartoffelpflanzen zu häufen. Das, erklärt Großmutter, verhindert, dass die Kartoffeln grün werden. Großmutter hat offenbar vieles gelernt, seit wir weggezogen sind.

Sie hockt sich hin, steckt die Hände in die Erde und zeigt dem Jungen genau, wie er einen ordentlichen Erdhügel macht. Der Junge ist aufmerksam, folgsam und flink.

»Ja«, lobt Großmutter ihn. »Gut gemacht. Sehr gut.«

Der Junge strahlt.

Strahlt.

Und macht sich an den nächsten Erdhügel.

»Du lernst schnell, Mohammed«, sagt Großmutter.

Und das Ganze erinnert mich an damals, als die Männer mir zeigten, wie man einen Lehmziegel macht, und mich danach auch lobten. Es ist lange her, denke ich, dass mich jemand gelobt hat.

»Du wirst deine Sache gut machen, wenn wir dich in die Schule schicken, Mohammed«, fügt Großmutter noch hinzu. »Komm schon, Mhairi, leg dich auch mal ein bisschen ins Zeug.«

Ich lege mich ins Zeug. Bald schon haben wir zwanzig oder dreißig Kartoffelhügel.

»Und jetzt der Seetang«, sagt Großmutter.

Den Seetang sollen wir am Strand holen.

»Kostenloser Dünger«, erklärt Großmutter. Das hat sie sicher genau recherchiert. Wenn Großmutter sich mit etwas beschäftigt, dann richtig.

Wir gehen zum Strand und holen den Seetang. In nassem Zustand ist dieser Seetang wie lange, rotbraune Nudeln. Ein bisschen glibberige Nudeln. Wenn er trocken ist, dann ist er spröde und zerbröselt mit dem Geruch nach Meer und Salz in der Hand. Großmutter zeigt uns, wie und wo wir ihn zwischen dem Gemüse verteilen und untergraben sollen.

»Gut, Mohammed«, sagt sie. »Gut gemacht.«

Und ich kann nicht eifersüchtig sein. Natürlich nicht. Denn Großmutter tut genau das, was ich getan habe. Sie hilft dem Jungen, Erinnerungen zu schaffen.

77

Süßigkeiten

Großmutter muss zum Gericht in Lamlash.

»Das hat nichts mit eurem Fall zu tun«, sagt sie. »Nur Routinesachen. Ihr kommt doch allein zurecht, oder?«

Als hätte ich nicht zehntausend Kilometer aus Khartum zurückgelegt.

Sie ist über sechs Stunden fort. Und hat Geschenke dabei, als sie zurückkommt. Zumindest für den Jungen. Sie bringt ihm eine neue Hose und zwei T-Shirts in der richtigen Größe mit. Ein einfarbig rotes und ein grün gestreiftes.

»Sag: ›Danke, Großmutter.‹«, sagt sie.

Der Junge sagt das nicht, aber er zieht das rote T-Shirt auf der Stelle an.

»Steht dir gut«, sagt sie und wendet sich mir zu. »Ich dachte, du willst dir sicher selbst etwas aussuchen.«

Das sollte eigentlich stimmen, aber in diesem Moment fühlt es sich nicht so an. Das merke ich daran, dass sich mein Magen zusammenzieht.

»Ach, und ich habe euch noch etwas mitgebracht.«

Es sind Süßigkeiten. »The Old-Fashioned Sweet Shop«, steht auf der Tüte.

In der Tüte sind:

- ein paar Pfefferminzpralinen
- ein paar Toffees
- ein paar in Papier gewickelte Karamellbonbons
- ein paar mit Kakao bestäubte Bonbons
- ein paar Honigwaffeln

Sie hält mir die Tüte hin.

»Nein danke«, sage ich.

»Was, nicht mal ein Karamellbonbon? Die hast du doch immer so geliebt. Oder Toffee – erinnerst du dich an das, was deine Mutter immer gemacht hat? Mit ihrer Ingenieursgenauigkeit?«

Ich erinnere mich. Natürlich erinnere ich mich. Das Abwiegen, das Abmessen, das Aufessen. Das Lutschen des süßen Zuckers. Alles aus dem Davor. Das Wasser läuft mir im Mund zusammen. Aber ich schüttele den Kopf. Noch eine Ablehnung, obwohl ich nicht weiß, von was oder wem.

Der Junge nimmt ein Karamellbonbon, eine Pfefferminzpraline, eine Honigwaffel.

»He, he«, sagt Großmutter. »Aufhören, junger Mann.«

Aber er hört nicht auf.

Und sie auch nicht.

Und sie lachen zusammen.

Den Jungen habe ich schon oft lachen hören, aber Großmutter nicht.

Hahahahahaha.

Während der Junge lacht und kaut, zeigt Großmutter auf seinen Mund und sagt: »Zu viele Karamellen, und du kriegst noch so einen, weißt du. Einen kaputten Zahn.« Sie hält kurz inne und sagt dann: »Zum Glück ist das da nur ein Milchzahn. Sonst müssten wir ihn in Ordnung bringen lassen. Verunstaltet dein Lächeln.«

Meinen kaputten Zahn erwähnt Großmutter nicht. Aber vielleicht liegt das daran, dass er sich hinter fest verschlossenen Lippen versteckt. Dieser für-immer-kaputte Erwachsenenzahn.

Als ich an diesem Abend ins Bett gehe, liege ich wach.

Ich bin immer noch wach, als Großmutter nach oben kommt. Eine Weile nachdem ihr Licht ausgeht, schleiche ich mich die Treppe hinunter und hole mir ein Karamellbonbon. Als wäre ich noch ein Kind.

Ich – ein Kind.

Ich klebe mir das Karamellbonbon unter den Gaumen und lutsche und lutsche, während ich im Bett liege und darauf warte, dass der Junge zu mir kommt.

Aber in dieser Nacht kommt er nicht.

78

Blick vom Berg

Während ich unterwegs war, wusste ich nicht immer, wo ich bin, aber ich wusste immer, wohin ich wollte. Jetzt, nachdem ich angekommen bin, ist es umgekehrt. Ich weiß, wo ich bin, aber nicht mehr, wohin ich gehe. In meinem Kopf ist alles verschwommen.

Ich beschließe, den Berg hinter Großmutters Haus hinaufzusteigen. Dort wurde im Davor immer alles klarer.

»Wir gehen zum Burn«, sage ich zu dem Jungen. »Machen am schwindelnden Pferd halt.«

Der Junge schüttelt den Kopf.

Er. Schüttelt. Den. Kopf.

»Er kann hier bei mir bleiben«, sagt Großmutter. »Mir helfen, das Feuerholz reinzutragen. Hast du Lust, Mohammed?«

Der Junge nickt.

Ich werfe ihm einen Blick zu.

Er wirft ihn zurück. Schleudert ihn mir entgegen.

Also gehe ich allein. Ich laufe schnell, mache nicht am schwindelnden Baum über dem herabstürzenden Bach halt. Nein, ich laufe direkt nach oben, kämpfe mich durchs Gestrüpp, das mit den Jahren immer dichter geworden ist, weil offenbar niemand den Weg gegangen ist, den ich jetzt gehe. Als ich oben ankomme, bin ich voller Kratzer und Schrammen.

Es ist ein klarer warmer Tag. Ich kann kilometerweit blicken. Über mir spannt sich die riesige Himmelskuppel, hinter mir liegen die Berge von Arran. Dazwischen eingebettet: ein paar Dörfer und ein paar sich schlängelnde Straßen. Keine Soldaten. Vor mir: das funkelnde Meer, der Firth of Clyde, der diesen sicheren, gut funktionierenden Ort vom Festland trennt.

Ich atme ein bisschen freier, aber nur einen Moment, denn dort auf dem Festland ist noch etwas.

Das Lager.

Der dunkle Fleck am gegenüberliegenden Ufer. Ein Haufen flatterndes Plastik und wuselnde Ameisen.

Nachdem ich auf der Insel angekommen war, habe ich dieses Lager vergessen. Aber es hat mich nicht vergessen. Das Lager hat nach mir Ausschau gehalten, auf der Lauer gelegen. Deshalb hat es mich wahrscheinlich hinauf auf den Berg gezogen. Weil ich wusste, dass es da sein würde. Dass ich es sehen würde, mich ihm stellen würde.

Und irgendetwas in mir schreit: *Moment mal! Das ist nicht fair! Was hat dieses Lager mit mir zu tun? Habe ich meine Zeit nicht abgeleistet? War ich nicht lange genug unterwegs?*

Also schließe ich die Augen und hoffe, wenn ich sie wieder aufmache, ist das Lager verschwunden.

Ist es aber nicht.

Obwohl es das sein müsste, denn es gründet sich auf Dingen, die nicht existieren.

Da wird mir wieder schwummrig, denn vielleicht sind es ja nicht nur Worte, die verschwimmen, sondern die Realität selbst? Ich schaue mich um, versuche, mich zu orientieren. Mich zu fangen. Nach etwas Verlässlichem zu suchen:

Himmel

Meer

Land

Felsen

Erde

Ja, was diese Dinge betrifft, sind wir uns einig, Papa. Reale Dinge, auf die man sich verlassen kann – Dinge, nach denen du wirklich die Hand ausstrecken und sie berühren kannst.

Doch was ist mit den nicht realen, den Fiktionen? Den Dingen, die wir uns ausdenken und ihnen Namen geben, als wären sie real und fest wie Felsen. So was wie:

Gesetze

Nationen

Länder

Und Grenzen.

Immer Grenzen.

Grenzen. Grenzen. Grenzen.

Dinge, die du nicht verstehen kannst, die du nicht anfassen kannst, so wie du einen Felsen anfasst.

Erdachte Dinge, umherirrende Dinge, Dinge, die wandern, sich verändern, nie gleich bleiben.

Das ist der Grund, warum dieses Lager, das aufgrund erfundener Dinge – den Nationen und den Grenzen – besteht, nicht existieren dürfte. Aber es existiert. Das Lager ist wirklich. Das weiß ich, denn wenn du nah genug bist, kannst du diese Plastikplanen und diese Ameisenmenschen berühren.

Vielleicht kannst du sogar ihr Leid berühren.

Deshalb nein, ich kann dieses Lager nicht länger verleugnen. Das Lager existiert, ob ich nun hinsehe oder nicht. In meinem Kopf ist plötzlich alles ganz klar. Ich werde ein Gespräch mit der Vorsitzenden des Inter-Generationen-Rates über dieses Lager führen.

79

Peter existiert

Peter existiert auch, da bin ich mir sicher. Er ist real, weil man ihn berühren könnte (obwohl ich das nie getan habe) und weil er einfach immer da ist. Da, morgens am Hafen, und sein Boot und seine Angelausrüstung vorbereitet oder die Kisten mit Sachen, die er in andere Teile der Insel liefert. Da, am Ende des Tages, und auslädt, auspackt, Leinen zusammenrollt. Pfeift. Er ist auch da, als ich vom Berggipfel zurückkomme.

»Hallo, Mhairi«, sagt Peter.

Das ist nichts Ungewöhnliches, was er da sagt. Aber Peter hat schon ein paar Mal etwas Ungewöhnliches gesagt, seit ich auf der Insel bin. Das hier sind einige der Sachen, die er gesagt hat:

Als wir uns das erste Mal trafen, nachdem ich krank war, zum Beispiel: *Schön, dass du wieder auf den Beinen bist, Mhairi. Ich hab mir schon Sorgen um dich gemacht.*

Obwohl es ihn doch sicher nicht wirklich interessiert, ob ich lebe oder sterbe.

Und: *Du musst auf dich aufpassen. Sieh zu, dass du ein bisschen Fleisch auf die Rippen kriegst!*

Als könnte man so einfach Fleisch auf die Rippen kriegen, wie man Butter aufs Brot streicht. Schmier, schmier, schmier.

Und: *Mhairi, warte mal kurz. Hat dir eigentlich schon mal jemand gesagt, was für schöne Augen du hast?*

Was vermuten lässt, dass Peter nicht in dieselben Spiegel schaut wie ich.

Und: *Als hätte Gott dir ein Stückchen Himmel geschenkt, einen Schnipsel strahlend blauen Himmel auf beiden Seiten deiner Nase.*

Normale Menschen sagen so was nicht. Besonders nicht Menschen wie Peter. So etwas sagen nur Menschen in Büchern. Meiner Erfahrung nach. Obwohl ich schon lange kein Buch mehr gelesen habe.

»Hallo, Peter«, antworte ich ihm heute. »Wusstest du, dass dein Name ›Fels‹ bedeutet?«

Diese Information höre ich plötzlich in Papas Stimme aus der Vergangenheit. Wahrscheinlich haben wir im Davor über Peter gesprochen. Vielleicht war es auch Großmutter, die darüber sprach und feststellte, was das doch für ein merkwürdiger Name für einen Jungen von der Insel sei, so gar nicht schottisch. Und Papa antwortete: *Er kommt aus dem Griechischen, petros – Stein.* Das ist vermutlich ein weiterer Grund, warum Peter existiert, warum er so lebendig wirkt.

»Du existierst«, füge ich hinzu. »Genau wie ein Fels.«

»Und du«, antwortet Peter, »existierst auch. Aber wahrscheinlich in einer anderen Dimension als der Rest von uns.«

Und dann lacht er, und zwar kein schreckliches Lachen.

»Trotzdem«, sagt er. »Schön, dich allein hier draußen zu sehen.«

»Allein?«

»Ohne deinen kleinen Schatten.«

»Welcher Schatten?«

»Mo natürlich.« Peter grinst. »Versteh mich nicht falsch, er ist ein toller Junge, aber das ist nicht normal.«

»Was ist nicht normal?«

»Wie er dir immer hinterherläuft. Aileen sagt, er hat sogar die ganze Zeit neben deinem Bett geschlafen, während du krank warst.«

»Er hat eben nicht viel«, erwidere ich ziemlich scharf.

»Das stimmt«, antwortet Peter. »Aber wahrscheinlich braucht er einen Freund in seinem Alter.« Dann zögert Peter kurz und fügt hinzu: »Genau wie du vielleicht.«

80

Das Gespräch

Das Gespräch mit Großmutter ist kein Erfolg. Es verläuft so:

Ich: Was tut ihr auf der Insel für die Menschen in dem Lager?

Sie: Das Lager in Ardrossan? Nichts.

Ich: Nichts?

Sie: Das Lager befindet sich auf schottischem Boden, nicht auf Arran. Für die Verwaltung des Lagers in Ardrossan ist Schottland verantwortlich.

Ich: Aber Großmutter, die Menschen in dem Lager, die wollen hierherkommen. Auf die Insel. Und wir haben mehr als genug von allem. Reichlich zum Teilen. Essen und Land. Ich meine, wir haben so viel zu essen, dass wir sogar Süßigkeiten haben. Ganz zu schweigen von Fisch. Und Gemüse. Ich habe Peter gesehen. Er fängt jeden Tag Fische. Und was das Land betrifft. Das habe ich heute vom Berg aus gesehen. Land, das sich in alle Richtungen erstreckt. Ungenutztes Land. Genug Land für alle in dem Lager.

Sie: Hahahaha. Wenn es doch nur so einfach wäre, Mhairi. Diese Menschen dort – wenn wir die alle hereinließen, glaubst du nicht, dass dann wieder tausend kämen, zehntausend, ehe du dich's versiehst? So schnell, wie du dieses Lager leeren würdest, würde es sich wieder füllen.

Ich: Dann würden wir sie wieder aufnehmen. Und wir würden mehr Land frei machen, und sie würden Kartoffeln anhäufeln und Seetang vom Strand holen, genau wie wir.

Sie: Ach, Mhairi, was hat dein Vater dir nur beigebracht? Diese Insel ist nicht unendlich. Du musst sie dir wie ein Floß vorstellen oder ein Rettungsboot, das neben einem Schiff treibt, das gerade untergeht. Das Rettungsboot kann nur eine bestimmte Anzahl Menschen aufnehmen. Wenn du das Boot überfrachtest, sinkt es, Mhairi. Und dann sterben alle.

Schweigen.

Ich: Es ist dir also egal? Das Leben der Leute in diesen Lagern?

Sie: Wer sagt, dass es mir egal ist? Das ist es natürlich nicht. Aber diese Menschen stehen für mich nicht an oberster Stelle. Ich werde dafür bezahlt, für die Menschen auf Arran zu sorgen. Sie kommen zuerst. Ich muss sicherstellen, dass jeder auf Arran ausreichend Wohnraum, genug zu essen, eine ordentliche medizinische Versorgung hat. Dass Recht und Ordnung herrscht. Das ist meine Aufgabe. Meine Pflicht. Unsere Einwohner zu beschützen. Arran funktioniert. Das musst du dir klarmachen. Funktioniert noch. Und viele andere Orte, Mhairi – nun ja, tun das einfach nicht mehr.

Wieder Schweigen.

Sie (noch einmal): Abgesehen davon, Mhairi, ist es ein Märchen, zu glauben, wir könnten uns um jeden auf der Welt kümmern, wie wir uns um unsere Angehörigen kümmern.

Ich: Ein Märchen?

Sie: Ja. Stell dir nur mal vor, du würdest für jeden von diesen namenlosen Fremden in diesem Lager dasselbe empfinden wie für deine Familie. Stell dir den Schmerz vor, den du spüren würdest, wenn einer von ihnen stirbt oder zwei oder hundert. Rechne es hoch – was, wenn du dich um jeden dieser Millionen von umherziehenden Subsahara-Afrikanern genauso sorgst wie um, nun ja, Mohammed hier? Oder deine Muma? Oder deinen Papa? Das wäre doch unmöglich. Du würdest es nicht aushalten vor Schmerz. Dafür sind menschliche Wesen nicht gemacht. Unsere Liebe verteilt sich in konzentrischen Kreisen und wird immer schwächer, je weiter du dich von deiner Familie, deinen Freunden, deinem Volk entfernst.

Wieder Schweigen, während ich versuche, das zu begreifen. Denn der Gedanke konzentrischer Liebe erinnert mich an die konzentrischen Gärten von Festung und an das, was in diesem Turm verschlossen, verschlossen, verschlossen ist. Außerdem bin ich ganz erschlagen von dem Wort »Liebe«, weil es so unheimlich lange her ist, dass ich es jemanden habe sagen hören, und ich deshalb nicht mehr sicher bin, was es bedeutet. Und überhaupt, ist Mohammed nicht einer dieser Subsahara-Afrikaner, um die ich mich nicht sorgen soll? Und ich bin noch weit von einer Antwort entfernt, als sie hinzufügt: »Oder sieh es mal so, Mhairi. Wie kämst du dir vor, wenn dein Vater endlich zur Insel zurückkehren würde und wir sagen müssten: ›Tut uns leid, die Insel ist jetzt voll mit den Menschen aus dem Lager, du kannst leider nicht herkommen.‹?«

Darauf habe ich allerdings eine Antwort.

»Das wäre kein Problem«, sage ich.

»Kein Problem?«, fragt Großmutter. »Warum sagst du so was, Mhairi?«

»Weil«, antworte ich, »Papa nicht zurückkommt.«

81

Das Kontrollhäuschen in der Wüste

Folgendes passierte. Soweit ich mich erinnern kann, jedenfalls. Meine Erinnerung will nicht bei jedem Detail verweilen.

Wie ich schon so oft erzählt habe, stieg Papa aus dem Wagen. Der Wagen war genau genommen ein Jeep, aber ein ziviler, kein Militärfahrzeug. Er stieg mit seinem Die-Welt-ist-schön-Gesicht und mit ausgestreckten Handflächen aus. Er hielt die flachen Hände hoch, als wollte er ein Geschenk überreichen oder als würde er gleich eins empfangen. Er wirkte sehr ruhig.

Die Soldaten waren nicht ruhig. Sie waren aufgeregt. Sie schrien. Vielleicht wegen dem, was gerade im Kontrollhäuschen passiert war. Vielleicht auch, weil wir anderen auch aussteigen sollten.

Muma wurde plötzlich ganz betriebsam. Sie holte ein paar Sachen zwischen ihren Kleidern hervor. Geld, einen Goldring mit Brillanten (wie ich später merkte), außerdem mein Flugticket und meine Papiere, die sie für mich bei sich getragen hatte.

»Was auch passiert, Mhairi«, flüsterte sie und übergab mir die Sachen unterhalb des Wagenfensterrahmens, »denk dran, du musst am Leben bleiben.«

Das war ihre letzte Anweisung an mich, bevor sie aus dem

Wagen stieg. Vielleicht wusste sie, dass alles vorbei war, aber ich glaube nicht. Ich glaube, sie tat das nur zur Sicherheit. Muma war ja so klug. Von Natur aus multitaskingfähig. Bedachte automatisch mehrere mögliche Szenarien. Kaum hatte ich die Päckchen zwischen meinen eigenen Kleidern verborgen, stand sie schon vor den Männern mit den Gewehren.

»Ich bin Wissenschaftlerin, Ingenieurin«, sagte Muma seelenruhig zwischen all dem Geschrei. »Ich habe sechs Jahre in Ihrem Land, für Ihr Land, gearbeitet. Wir haben die Genehmigung, auszureisen. Mein Mann, ich und meine Tochter, wir haben alle Papiere.«

»Und der Junge auch«, schob Papa noch nach. »Muhammad, der uns begleitet. Er hat auch Papiere.«

Ja. Papa nannte Muhammad. Plaudertasche-Sandfloh-Muhammad. Zählte ihn einfach so zu unserer Familie. Deshalb weiß ich auch, dass er keine Sekunde gezögert hätte, den stummen Mohammed zu adoptieren, wenn er ihm unterwegs begegnet wäre, so wie mir. Als ein anderer Mann umfiel und starb. Zwei verschiedene Jungen, einen kannte er, den anderen nicht. Was für Papa aber keine Rolle gespielt hätte. Für ihn wären es einfach nur Kinder gewesen. Menschen in Not. Und er hätte sich um sie gekümmert, wie er gewünscht – und erwartet – hätte, dass jeder andere Erwachsene sich um mich kümmert, wenn ich in Not gewesen wäre. Deshalb ist meine Adoptionsgeschichte gar nicht mal so unwahr. In der verschwimmenden Welt wird offenbar nur das für wahr gehalten, was irgendwo aufgeschrieben wurde. In Nanonets oder auf Papier. Aber ich glaube, Wahrheit kann genauso gut ausgesprochen, gefühlt und gelebt werden.

Muhammads Vater erwähnte Papa damals in der Wüste überhaupt nicht. Nein. Niemand sprach von ihm, wie er da ratatatat tot in dem Kontrollhäuschen lag.

Die Männer mit den Gewehren schrien sich gegenseitig an. Aber auf Arabisch.

»Was sagen sie?«, fragte ich Muhammad.

Muhammad antwortete nicht. Wahrscheinlich war er in Gedanken noch in dem Kontrollhäuschen.

Ich entriegelte leise die Hintertür auf der von Muma und Papa und den Männern abgewandten Seite des Wagens, hielt sie aber fest, sodass man nicht sah, dass sie offen war.

»Wenn ich ›renn‹ sage«, flüsterte ich Muhammad zu, »dann rennst du. Verstanden?« Hätte ich damals gewusst, was ich jetzt weiß, hätte ich noch »und schau nicht zurück« hinzugefügt.

»Das dauert mir jetzt lange genug«, sagte Muma. »Wer hat hier das Sagen? Ich möchte Ihren Vorgesetzten sprechen.«

Papa lachte immer über Mumas Forderung nach dem Vorgesetzten. »So überspringt man einfach den Mittelsmann«, erklärte Muma, »und gelangt direkt nach ganz oben.«

Nur an diesem Tag nicht. An diesem Tag gelangte sie direkt zu einer Kugel. Beziehungsweise einer ganzen Salve von Kugeln.

Ratatatatatat.

Und auf einmal lag Muma da – das Gesicht im Staub.

»Renn!«, rief ich Muhammad zu und schubste ihn aus dem Wagen und in die Wüste. Er rannte blitzschnell los und blickte, glaube ich, tatsächlich nicht zurück.

Ich blickte zurück.

Das war ein Fehler.

Muma konnte ich nicht mehr sehen, weil sie am Boden lag und der Jeep zwischen mir und ihr stand. Aber Papa – ich sah

Papa. Hörte den Lärm des Gewehres, das zweite Ratatatatat, und sah ihn zusammensacken. Aber er sackte nicht so zusammen, wie der Lärm es vermuten ließ. Zuckte nicht bei jeder Kugel, die ihn traf, wie man es in Filmen sieht. Nein, er sank zu Boden wie eine Blüte, langsam und ziemlich schön, wie vom Wind fortgeweht. Vielleicht stürzte er auch ganz schnell, so schnell die Schwerkraft und die Kugeln ihn packten, aber ich betrachtete ihn in Angehaltener Zeit, wollte nicht, dass er fiel, hielt ihn also fest, während er fiel und fiel und fiel. Aber nie umfiel.

Er traf nie auf den Boden.

Verschwand nie ganz hinter diesem Jeep im Staub. Ich habe es jedenfalls nicht gesehen. Daher verstehe ich auch den Jungen mit seinem orangefarbenen Tuch. Weiß, dass du Menschen, wenn du willst, allein mit der Kraft deiner Gedanken am Leben halten kannst. Dass du sie weiter aufrecht stehen lassen oder ihre Stimmen hören oder sie irgendwo in einer Menschenmenge sehen kannst, obwohl du ganz genau weißt, dass sie tot sind.

82

Was ich Großmutter sage

Nach dem Endlos-Fallen rannte ich auch. Ich war direkt hinter Muhammad.

Natürlich fragte ich mich, warum die Soldaten uns nicht verfolgten. Aber sie hatten den Wagen und Papas Geld und alles, was in den Koffern war, und dachten wahrscheinlich, wozu ins Schwitzen kommen und Munition verschwenden? Es war eigentlich viel zu heiß, um zu rennen, auch ohne hundert Patronen um den Hals. Außerdem konnten sie davon ausgehen, dass die Wüste uns früh genug töten würde.

Diesen Teil der Geschichte erzähle ich Großmutter aber nicht. Wie ich weggerannt bin und meine Eltern zurückgelassen habe. Nein. Davon sage ich kein Wort. Dieser Teil der Geschichte gefällt mir nicht. Also erzähle ich ihr nur, was vor dem Wegrennen passierte. Nur, dass ich es schneller und kürzer mache. Ich formuliere es so:

Also wegen Papa brauchst du dir, was das Lager betrifft, keine Sorgen zu machen, Großmutter. Papa kommt nämlich nicht zurück. Er ist nämlich tot. Tot. Tot. TOT!

Als ich das Wort »tot« laut ausspreche, machen alle Schlösser in Festung Wumm! Alle bis auf eins zumindest.

Er stieg aus dem Wagen und hatte die Hände folgsam vor sich gehalten, und sie haben ihn einfach erschossen. Bam Bam Bam Bam Bam BAM! Und Muma haben sie auch erschossen. Sie sogar zuerst. Und dann ihn. Bam bam bam. Sie kommt also auch nicht zurück. Sie kommt nicht zurück und er kommt nicht zurück. Nein. Nicht jetzt. Nicht irgendwann. Nie. Ihr könnt also so viele Menschen aus dem Lager aufnehmen, wie ihr wollt. Das macht überhaupt keinen Unterschied. Verstehst du?

Und Großmutter könnte sagen:

Oh nein, oh nein, oh nein.

Oder:

Der arme Papa.

Die arme Muma.

Du Ärmste.

Oder sogar:

Ach, ich Ärmste.

Das sagt sie aber nicht. Sie steht bloß auf, kommt quer durchs Zimmer und schlägt mich mitten ins Gesicht.

Batsch.

Schlägt mich so fest, dass ich hinfalle.

Bestraft mich, weil ich zurückgekehrt bin und Papa nicht. Was mir nichts ausmacht, denn genau danach ist mir eigentlich auch zumute.

83

Bienen

In dieser Nacht träume ich von Bienen. Die Bienen in dem Traum haben Köpfe, Brustkörbe, Flügel und Beine, aber keine Hinterleiber, deshalb drehen sie sich um sich selbst. Um ihre unteren Enden herum machen sie wunderschöne Farbspiralen bunt, wie Bonbons. Die Bienenspiralen sind nicht gestreift, sondern einfarbig: eine orange, eine gelb, eine hellgrün. Nie zuvor habe ich so schöne, fleißige, seltsame Wesen gesehen.

Ich finde es schade, aufzuwachen und festzustellen, dass sie fort sind.

Ich weiß nicht, warum ich diesen Traum hatte. Es hat, glaube ich, nichts mit meinem jetzigen Leben zu tun. Aber ich könnte versuchen, eine Verbindung zu sehen.

Ich könnte sagen:

- Diese Bienen sind ich und Großmutter und der Junge, und jeder von uns bildet seine eigene Schutzbarriere in seiner eigenen leuchtenden Farbe. Ich glaube, ich wäre orange, der Junge gelb und Großmutter grün.
- Oder ich könnte sagen:
- Diese Bienen sind schön, das ist genug. Ach Papa, was für eine schöne Welt!

Oder:

- Der Stachel aller drei Bienen dreht sich mit so einzigartiger Anmut. Und ich erinnere mich daran, was du über Glück und Schmerz gesagt hast, Papa, wie alles miteinander zusammenhängt und dass man das eine nicht ohne das andere haben kann. Dass man nur, wenn man jemanden liebt, um ihn weint, wenn er einem genommen wird.

So gesehen, könnte ich so tun, als bedeuteten die Bienen etwas. Ich könnte ihnen einen Sinn geben. Es gibt niemanden auf der Welt, der nicht auf der Suche nach Sinn ist. Manchmal jedoch, glaube ich, liegt kein Sinn in dem, was passiert. Es passiert einfach. Wie die Bienen. Wie das Erschossenwerden von Muma und Papa.

Vielleicht muss also in Wahrheit nicht alles einen Sinn haben und das ist in Ordnung.

Nur nicht für mich.

84

Schwirren

Nach dem Schlag nimmt Großmutter mich nicht in den Arm. Sie fragt nicht, ob wir noch mal von vorn anfangen wollen. Vielleicht wartet sie dieses Mal, dass ich auf sie zugehe. Vielleicht will sie eine Entschuldigung. Oder selbst einfach in den Arm genommen werden. Wie soll man nur wissen, was ein anderer Mensch will? Es ist doch schon schwer genug, zu wissen, was man selbst will. Etwas, was ich zurzeit wirklich nicht will, ist, dass mein Herz rast. Aber es rast, manchmal drei oder vier Mal am Tag. Es gibt viele Gründe, warum dein Herz rasen kann. Hier sind einige davon:

- wenn du plötzlich Schritte hinter dir hörst,
- wenn du im nächsten Moment aus einem Fenster oder einem fahrenden Fahrzeug springst,
- wenn du an ein Flussufer kletterst und plötzlich den Stiefeln eines Soldaten gegenüberstehst,
- wenn die Person vor dir ein Messer hat – oder ein Gewehr.

Warum du dieses Gefühl auch haben kannst, wenn du auf den Arm eines Menschen schaust, insbesondere auf Peters Arm beziehungsweise seine Arme, Plural, und seine Schultern, ist mir ein Rätsel. Obwohl, vielleicht ist es nicht genau dasselbe Gefühl wie das bei der Angst. Das Herzrasen, das durch Angst entsteht, beschleunigt deinen Atem und trocknet dir den Mund aus. Dieses neue Gefühl beschleunigt offenbar meinen Atem und lässt meinen Mund feucht werden.

Es begann, als Peter anfing, mich auf eine gewisse Art anzusehen. Es ist schwer, diesen Blick zu beschreiben, weil mir das vorher noch nie passiert ist. Es ist ein bisschen, als wären seine Augen Nadeln und würden mich überall piksen. Es ist kein unangenehmes Gefühl, bloß ein bisschen ungewohnt. Es verursacht etwas in meinem Nacken, sorgt dafür, dass meine Haut sich anfühlt, als würde gerade der Wind darüberwehen. Ich habe kein richtiges Wort für dieses Gefühl, aber weil es ein bisschen ist, wie wenn man rennt, nenne ich es Schwirren.

Ich habe das Gefühl, dass ich manchmal ziemlich schlau bin und manchmal ein bisschen schwer von Begriff. Vor allem das mit dem Schwirren habe ich erst langsam verstanden. Das ist mir erst richtig klar geworden, als ich gemerkt habe, dass es in zwei Richtungen funktioniert – wenn er mich ansieht, aber auch, wenn ich ihn ansehe.

Gerade in diesem Moment passiert es wieder. Als ich zuschaue, wie er in der Sonne arbeitet.

Weil es so warm ist, trägt er Shorts und ein T-Shirt. Das T-Shirt ist eigentlich eher ein Unterhemd, man kann seine Arme sehen und wo seine Schulterblätter anfangen. Er hat diese natürlichen starken Muskeln, die man von täglicher körperlicher Arbeit bekommt, und seine Haut ist von der Tätigkeit im Freien ganz gebräunt. Ich mag Peters Arme, ich mag seine breiten, gebräunten Inselschultern. Mir gefallen seine Gewissenhaftigkeit und die Art, wie er ruhig und leichtfüßig auf seinem Boot hantiert. Aber man sollte doch nicht annehmen, dass so etwas Schwirren bei einem Menschen verursacht.

Seinen Kopf mag ich auch, obwohl der ein bisschen zu groß für seinen Körper ist. Groß und massiv und rundherum mit struppigen strohblonden Haaren bedeckt. Die hat er zu lang wachsen lassen und muss sie sich aus den Augen schieben, während er arbeitet, mit seinem eigenen Schweiß hinters Ohr klatschen. Ich sitze auf dem Schafpoller, sodass ich seine Augen nicht sehen kann, doch ich weiß, welche Farbe sie haben. Sie sind grau, aber rund um die Pupille haben sie kleine gelbe Sprenkel.

In letzter Zeit hat Peter nichts Außergewöhnliches gesagt. Wahrscheinlich, weil ich nicht groß auf das reagiert habe, was er die letzten paar Male gesagt hat. Da hab ich einfach nur durch ihn hindurch- und an ihm vorbeigeguckt. Ich merke aber, dass ich jetzt in Alarmbereitschaft bin – nur für den Fall. Ich merke, dass ich auf so etwas horche. Warte. Das gehört wahrscheinlich auch zum Schwirren dazu.

Als Peter fertig ist, mit was auch immer er mit den letzten Kisten gemacht hat, dreht er sich zu mir um. Er weiß, dass ich ihn beobachtet habe.

»Willst du mit rauskommen?«, fragt er. »Mit dem Boot?«

Schwirr.

»Nein«, antworte ich.

»Warum nicht? Es würde dir gefallen. Wir könnten eine Spritztour zur Holy Isle machen.«

Schwirr, schwirr, schwirr.

»Mir würde das sicher gefallen«, antworte ich, »aber ihm nicht.« Ich zeige auf den Jungen, der auf dem Kieselstrand sitzt und Steinhügel baut. Er baut fast jeden Tag Steinhügel. Wenn das Meer die Hügel wegspült, dann fängt er wieder von vorn an. »Du kennst doch sein Problem mit dem Meer.«

»Ich habe auch nicht ihn gefragt«, antwortet Peter, »sondern dich.«

85

Holy Isle

Wir fahren mit dem Boot raus. Da sind der Himmel, das Meer, Peter und ich. Alles real. Das Boot ist blau und hat ein einfaches hölzernes Ruderhaus. Ich sitze auf dem weißen Lamellensitz an der Seite, während Peter steht und einhändig das Steuerrad führt. Man hört das Geräusch des Motors, das Schwappen der Wellen, den gelegentlichen Ruf einer Möwe.

Keiner von uns sagt etwas. Das brauchen wir nicht. Wir schauen uns nur ab und zu an, und es schwirrt ein bisschen. Peter steuert das Boot nach Süden, bis wir die Insel sehen. Wie ein riesiger smaragdgrüner Seehund, der sich im Wasser aalt, erhebt sie sich östlich von Lamlash aus dem Meer. Als wir uns nähern, huscht eine Wolke vor der Sonne weg, sodass diese seinen Rücken plötzlich in sanftes gelbes Licht taucht. Meine Gedanken schweifen fort, und ich höre Papas Stimme: *Inis Shroin.*

»*Inis Shroin*«, höre ich mich laut nachsprechen.

»Was?«

»Papa sagte, so wurde die Insel vor tausend Jahren genannt. Auf Gälisch. Inis Shroin. Insel des Wassergeistes.«

»Ha«, sagt Peter. »Vor ein paar Jahren wäre beinah die Insel der Verurteilten draus geworden.«

»Hm?«, antworte ich, höre aber nicht richtig zu.

»Es hatte alles mit den Unabhängigkeitsverhandlungen zu tun«, fährt Peter fort. »Im Inter-Gen stellten sie fest, dass wir nicht nur ein Gericht bräuchten, wenn wir unser eigenes Rechtssystem haben, sondern auch ein Gefängnis. Es war die Rede davon, die Insel zu beschlagnahmen.« Die Worte fliegen hoch über meinen Kopf. Ich sehe sie in der Luft schweben. »Um keins auf Arran bauen zu müssen. Wäre außerdem billiger und wirkungsvoller gewesen, so ein Inselgefängnis.«

Nach kurzem Innehalten fügt er hinzu: »Aber das war, bevor sie die Idee mit dem Blutstein und dem rotierenden Revolver hatten. Das war sogar noch billiger.«

»Ich mag nicht über den Blutstein reden, Peter.«

»Ist gut«, sagt Peter. »Ich auch nicht.«

Wir sind jetzt in den Untiefen vor der Insel. Nah genug, damit Peter den silbernen Anker werfen kann. Ich sehe zu, wie die rostigen Kettenglieder über die Bootsseite hinterherrasseln.

»Heute geht die Sonne hinter der Insel unter«, sagt Peter. »Ich beobachte den Himmel schon den ganzen Tag. Wenn es in dieser Jahreszeit so klar ist, bloß mit ein paar Schleierwölkchen – na ja, dann kriegen wir vielleicht einen von diesen wunderschönen Sonnenuntergängen. Ganz rot und golden.« Und dann setzt er sich auf die weiße Lamellenbank neben mich. Auf der Seite des Bootes, wo man sitzen muss, wenn man beobachten will, wie die Sonne hinter der Insel versinkt. Er lässt einen Abstand zwischen uns. Mindestens fünfzehn Zentimeter.

Es herrscht Schweigen. Aber ein angenehmes. Das Boot schaukelt sanft und realer Wind stellt die Härchen auf meinem Unterarm auf.

»Den ursprünglichen Namen der Insel kannte ich gar nicht«, sagt Peter nach einer Weile. »Passt aber irgendwie. Wo sie den Ort doch früher als Friedhof benutzt haben.«

»Hm?«, sage ich wieder.

»Die Bewohner von Arran haben früher ihre Toten auf der Holy Isle begraben, weil sie dachten, die Geister könnten nicht übers Wasser kommen. Das sollte verhindern, dass die Toten die Lebenden verfolgen.«

»Ich möchte nicht über die Toten reden, Peter.«

»Mhairi«, antwortet Peter da, »worüber möchtest du denn reden?«

Das ist keine leichte Frage. »Vielleicht will ich über gar nichts reden.«

»Okay.«

Es folgt eine Pause.

»Vielleicht will ich einfach nur singen.«

»Singen?«

»Oder zuhören, wie du singst.«

»Ich!«, ruft Peter.

»Dieses Lied, das du immer pfeifst. Oder gepfiffen hast. Als wir noch Kinder waren. Das übers Von-zu-Hause-Fortgehen. Über Nebel. Und Heimkehr.«

»Das von meinem Vater, meinst du? ›Where'er I roam‹?«

»Ja!« Wie konnte ich das nur vergessen? Das Lied seines Vaters. Und auch meines Vaters. Der abendliche Klang der Fiddle am offenen Fenster. Papas sanfte Stimme zwischen den heiligen Hügeln.

»Pfeifen ist nicht dasselbe wie Singen, Mhairi«, erwidert Peter. »Ich kann wirklich nicht singen.«

»Bitte, Peter.«

Also versucht er es. Summt. Gibt sich Mühe. Und dann erklingen auf einmal die Worte, und obwohl ich nicht weiß, ob es die richtigen sind oder die Reihenfolge stimmt, umfangen sie mich zärtlich. *Where'er I roam, may this be my coming home.* Und ich falle mit ein. Und es spielt keine Rolle, ob wir die richtige Melodie finden. Aber der Zauber der Musik, der zugleich der Zauber der Vergangenheit ist, und der Sehnsucht durchflutet uns.

Und als das Lied zu Ende ist – obwohl es das nie sein wird –, schaut Peter mir in die Augen. Und ich weiß nicht, was mein Blick ihm sagt, er schließt jedenfalls die Lücke zwischen uns. Reduziert diese fünfzehn Zentimeter auf null Zentimeter, schmiegt sein nacktes Bein an mein Bein, und obwohl ich eine lange Hose anhabe (wie in der Wüste), spüre ich sein Bein dort. Genau wie seinen Mund, der sich meinem nähert. Eigentlich gefällt mir sein Mund. Er hat einen ausgesprochen schönen Mund, schöner noch als seine Arme und Schultern. Doch als er auf mich zukommt, verwandelt er sich plötzlich in das schwarze Loch, das der Mund des Mannes in dem Grab in Meroe war und das nach Tabak und Wut roch.

Also schreie ich.

SCHREIE.

»He, he«, sagt Peter und zuckt zurück. Ziemlich heftig. »Was ist denn?«

Ich schreie immer noch weiter. Auch wenn der Lärm kaum auszuhalten ist.

»Hör auf!«, ruft Peter. »Um Himmels willen, Mhairi, AUFHÖREN! Was habt ihr bloß, Mohammed und du? Soll ich etwa jetzt *dir* eine Decke überwerfen?«

Und als das schreckliche Schreien nicht aufhört, zerrt er mich quer über das Boot, bis er eine große Plane findet, die er mir über den Kopf wirft.

»Bitte schön!«, brüllt er. »Besser jetzt?«

Und es ist tatsächlich besser. Ich bin dankbar für die Schwere und die Dunkelheit, in der nur ich bin.

Und verstumme.

86

Das Sündenregister

Als wir zum Hafen zurückkommen, steht Großmutter am Anleger. Sie sieht nicht zufrieden aus. Sie wirkt sogar noch aufgebrachter als an dem Tag, an dem der Junge und ich auf die Insel kamen. Sie nimmt die Leine, die Peter ihr zuwirft, und befestigt sie am Schafpoller. Die Plane ist mir vom Kopf gerutscht, wie damals die Decke vom Kopf des Jungen. Keine Ahnung, wie ich aussehe, aber Peter, der schweigend hierher zurückgesteuert ist, ist eindeutig verärgert. Sein Mund gleicht einer geraden Linie. In der ein bisschen Traurigkeit liegt. Glaube ich, obwohl ich die Gefühle anderer Menschen noch nie gut einschätzen konnte. Großmutter interessiert allerdings nicht, was unsere Gesichter ausdrücken.

»Ins Haus mit dir, Mhairi«, sagt sie. »Sofort!«

Anfangs denke ich, sie ist vielleicht böse auf mich, weil ich den Jungen allein gelassen habe, aber sie dirigiert mich, ohne diesen eines Blickes zu würdigen, schnurstracks an ihm und seinen (inzwischen etwas höher gewachsenen) Steinhügeln vorbei.

Auf dem Küchentisch liegt ihr Laptop und zeigt eine Nachricht von Esther, Gerichtsangestellte. Der Betreff lautet: *R1787W, Zwischenbericht, Einschleusen eines Unerlaubten – Vertraulich.*

»Lies«, sagt Großmutter.

Also lese ich.

Es ist eine Auflistung all dessen, was die Behörden über meinen Weg während des vergangenen Jahres wissen. R1787W wurde offensichtlich:

1. in Khartum registriert, zur Ausreise zugelassen;
2. beim Passieren der sudanesisch-ägyptischen Grenze nicht erfasst;
3. am Flughafen in Kairo wegen Verstoßes gegen Verordnung 634H festgesetzt;
4. nach London, England, deportiert;
5. im Auffanglager 6 in Heathrow untergebracht; als minderjährig bestätigt, jedoch wegen eines Aufstands mit anschließender Flucht nicht offiziell von den Behörden entlassen;
6. an der englisch-schottischen Grenze im Auffanglager Skitby festgehalten; verdächtigt, nicht minderjährig zu sein, zugleich offiziell beschuldigt, einen Unerlaubten – mit dem angeblichen Namen »Mo« – eingeschleust zu haben und mit besagtem Unerlaubten geflohen zu sein;
7. beim Grenzübertritt von Schottland zur Insel Arran nicht erfasst;
8. zwischenzeitlich auf Arran als Begleiterin von Mohammed Bain registriert. Suchanfragen betreffend Mohammed Bain liefern kein Ergebnis. Weder die lokalen Datenbanken einzelner Länder noch die Gesamtdatenbank Nördlicher Äquator führen ihn auf. Suche nach Finger- und Iris-Scans läuft noch.

Großmutter kann gut Fragen stellen. Folgendes könnte sie zu dieser Auflistung wissen wollen:

1. *Wie hast du es geschafft, dich an der sudanesischen Grenze unsichtbar zu machen, Mhairi?*
   Das war nicht leicht. Ich habe mit Mumas Brillantring bezahlt. Und mit praktisch dem ganzen restlichen Geld. Dieser Preis war noch niedrig. Denn die Schleuser wollten nicht nur Geld. Außerdem wollten sie kein Risiko eingehen. Der Laster setzte uns auf der sudanesischen Seite der Grenze ab, passierte leer und gefahrlos die Ausweiskontrolle, und las uns acht Kilometer weiter nördlich in Ägypten wieder auf. Diese ganze Strecke legten wir zu Fuß zurück. Liefen allein durch Nacht und Sand.
2. *Was heißt 634H, Mhairi?*
   Dieses Kürzel kriegst du, wenn an der Grenze keiner deine Papiere unterschreibt. Wenn dein sogenannter Global Passport keine offizielle Genehmigung zum Reisen enthält.
3. *Warum wurdest du in Heathrow nicht in die Obhut der Behörden entlassen, obwohl man dich als minderjährig anerkannt hat?*

Weil, Großmutter, es einen Aufstand in dem Lager gab und ich meine Chance nutzen musste. Es schaffte, mit dem Leben und einem Feuerstein zu entkommen. Ersteres dank meiner patronenlosen Pistole, Zweiteres dank eines Mannes namens Phil.

Doch Großmutter stellt keine einzige dieser Fragen. Sie interessiert sich nicht für den Weg, nur für das Ziel. Wo ich am Ende gelandet bin.

»Du hast alles nur erfunden«, sagt sie, »stimmt's?«

»Ja«, antworte ich. Und es ist eine richtige Erleichterung, dieses Wort: »Ja«.

»Niemand hat eure Papiere gestohlen«, fährt Großmutter fort. »Das war eine Lüge, genau wie alles andere. Die Adoption eingeschlossen. Dein Vater hat diesen Jungen nie adoptiert. Dein Vater ist Mohammed noch nicht mal begegnet. Falls er überhaupt Mohammed heißt. Du bist ihm begegnet. Aber er war nicht mit dir im Flugzeug nach Heathrow. Nein. Er ist gar nicht mit dir zusammen ins Land gekommen. Du kannst ihm nur begegnet sein, als du schon in England und unterwegs nach Norden warst. Du hast alles riskiert, Mhairi, für einen Jungen, den du erst seit ein paar Wochen kennst.«

Letzteres stimmt nicht, aber ich provoziere Großmutter nicht, weil sie nie so lange unterwegs gewesen ist. Nur wenn du so lange unterwegs gewesen bist, verstehst du langsam Zeit und wie sie sich verändert. Dass es nicht die Dauer der Zeit ist – die Minuten oder Stunden oder Jahre –, die du mit einem Menschen verbringst, auf die es ankommt. Dass Zeit sich mit allem (ob bedeutend oder weniger bedeutend), was du gemeinsam erlebst, ausdehnt. Erlebnisse, die selbst, wenn du sie beschreiben könntest, kein anderer je ganz verstehen würde. Nicht so, wie derjenige, der mit dir unterwegs ist, sie versteht, jedenfalls.

»Was passiert jetzt mit ihm?«, frage ich.

»Mit Mohammed?«, antwortet Großmutter. »Er wird natürlich abgeschoben.«

»Abgeschoben?«

»Das sagte ich.«

»Wohin?«

»Dahin, wo auch immer er herkam, Mhairi.«

»Nein. Unmöglich. Außerdem ist er allein. Er ist noch ein Kind!«

»Trotzdem hat er ein Herkunftsland.«

»Nein, hat er nicht. Zumindest hat er keine Verwandten, selbst wenn er ein Land hat. Er hat niemanden, zu dem er zurückkann.«

»Hat er dir das gesagt?«, fragt Großmutter.

»Nein. Aber sie sind tot. Seine Familie ist tot. Ich weiß es.«

»Das kannst du doch gar nicht wissen, Mhairi. Und in jedem Fall braucht es dich nicht mehr zu interessieren. Du solltest also lieber anfangen, ein bisschen an dich selbst zu denken. Und an Peter.« Sie schweigt einen Moment, bevor sie hinzufügt: »Jetzt geh mir aus den Augen, Mhairi – ich kann deinen Anblick nicht mehr ertragen.«

87

Noch ein Gespräch

Aber ich stehe noch immer in der Küche, als es an der Tür klopft.

Es ist Peter.

»Alles in Ordnung?«, fragt er. Und macht noch immer ein düsteres Gesicht, aber inzwischen auf eine andere Art düster. Er betritt den Raum – und die Unterhaltung –, als hätte er die erhobenen Stimmen gehört, als wäre er Großmutter ebenbürtig und hätte ein Recht, zu erfahren, was los ist. Vielleicht gefiel ihm aber auch nicht, wie Großmutter mich weggeführt hat, so ohne ein einziges Wort.

»Nein«, antwortet Großmutter. »Nichts ist in Ordnung. Du warst offenbar noch nicht zu Hause. Sonst hättest du eine Kopie hiervon gesehen. Schau.« Sie zeigt auf den Bildschirm ihres Laptops.

Während Peter das Schriftstück überfliegt, sagt sie zu mir: »Ich habe dir gesagt, du sollst die Küche verlassen, Mhairi.« Und fügt, als ich nicht gehe, hinzu: »Peter ist in diesem Fall auch ein Beschuldigter. Morgen erhaltet ihr beide Taserchips. Damit ihr nicht mehr miteinander sprecht, bis der Fall vor Gericht verhandelt wird. Also könnt ihr genauso gut jetzt schon damit anfangen. Raus mit dir, habe ich gesagt!«

»Ich gehe, nicht wegen der Taserchips, was auch immer das ist, sondern weil ich nicht sicher bin, ob ich Peters Blick ertragen kann, wenn er ihn vom Bildschirm hebt. Falls er aufschreit, kann ich es aber trotzdem hören, denn mein Zimmer liegt direkt über der Küche.

Ich gehe nach oben und höre nichts. Also lege ich mich auf den Fußboden und horche durch die Ritzen zwischen den Dielen.

Unten herrscht weiter Schweigen, dann hört man, wie jemand auf einen Stuhl sackt. Ich stelle mir Peter am Tisch vor, den strohblonden Kopf in die Hände gestützt.

»Ich bürge für dich, Peter«, höre ich Großmutters Stimme, »das hab ich dir von Anfang an gesagt. Nicht als Ratsvorsitzende natürlich. Unter diesen Umständen, wenn meine eigene Enkelin die Hauptangeklagte ist, kann ich dem Gremium nicht angehören. Aber ich weiß, wie der Rat arbeitet, und mit nur fünf Mitgliedern brauchen sie ohnehin keine Vorsitzende, da reicht es, wenn sie drei zu zwei abstimmen.«

»Eine Abstimmung«, antwortet Peter beängstigend leise, »worüber?«

»Über die Strafe.«

Ein Stuhl knarzt, als Peter hilflos darauf hin und her rutscht, vielleicht. Oder als Großmutter sich neben ihn setzt.

»Aber der Stein wird es nicht werden, Peter. Der Junge ist ja noch ein Kind und Mhairi ist auch noch eine Jugendliche. Gerade so. Also werden es Lebensjahre sein.«

»Ich bin kein Jugendlicher mehr«, sagt Peter. »Ich bin achtzehn.«

Jetzt wünschte ich, ich könnte sein Gesicht sehen. Denn was

nun folgt, ist nicht nur bleiernes Schweigen, sondern Totenstille.

»Stimmt«, sagt Großmutter dann. »Aber ich würde argumentieren, und ich bin mir ziemlich sicher, die anderen auch, dass du im Sinne der Anti-Schleuserei-Verordnung nur Beihilfe geleistet hast und kein Anstifter warst. In Anbetracht dieser mildernden Umstände würde das Gericht dir dann eine bestimmte Anzahl von Lebensjahren schenken, die es Mhairi zusätzlich abverlangt.«

»Meine Lebensjahre? Mhairi wegnehmen?«

»Ja«, sagt Großmutter.

»Nein«, sagt Peter.

»So läuft die Sache eben, Peter. Das ist nicht deine Schuld.«

»Es ist meine Schuld«, antwortet Peter. »Ich meine – ich hab's getan. Ich habe den Jungen einfach mitgenommen. Auf ihre Aussage hin. Habe nicht verlangt, seine Papiere zu sehen. Ich hätte darauf bestehen können, seine Papiere zu sehen! Warum hab ich das bloß nicht gemacht?«

Weil ich weit gereist bin, Peter, und du kaum je die Insel verlassen hast. Außerdem bin ich klüger als du. Ich kann gut Menschen beeinflussen und du nicht.

»Ich hätte dich auch anrufen und nachfragen können«, fährt Peter fort. »Warum hab ich das bloß nicht gemacht, Aileen? Es wäre ganz einfach gewesen!«

Weil du so wie Papa bist. Vertrauensvoll. Du suchst immer nach dem Guten und findest es auch.

»Sie hat dich genauso angelogen wie mich. Deshalb wird es sie die Jahre kosten.«

»Wie viele Jahre, Aileen?«

Großmutter zögert. »Eigentlich fünfzig, aber unter mildernden Umständen reduziert es sich wahrscheinlich auf ungefähr dreißig.«

»Dreißig Jahre?«, fragt Peter. Es folgt ein Moment Stille, während er sicher nachrechnet. Während er feststellt, dass ich vierundvierzig sein werde, wenn ich die Nadel nehmen muss. Dass ich jetzt noch knapp dreißig Jahre zu leben habe. »Das darf nicht passieren«, sagt Peter. »Das werde ich nicht zulassen.«

Zumindest glaube ich, dass er das sagt.

Das werde ich nicht zulassen.

Sagt Peter das wirklich? Sagt er das durch die Dielen über das Mädchen, das er kürzlich erst wiedergetroffen, das er jahrelang nicht gesehen hat? Das Mädchen, das laut losschrie, als er sich ihm näherte?

Zeit.

Zeit und Peter.

Peter, der nie gereist ist, Peter der Fels, weiß Peter über Zeit Bescheid?

»Das liegt nicht in deiner Hand«, sagt Großmutter.

»Was ist mit Mohammed?«, fragt Peter dann.

»Er wird abgeschoben.«

»Nein«, sagt Peter wieder. »Nein. Das überlebt sie nicht.«

88

Taserchip

Am nächsten Morgen kommt Gerichtsangestellte Esther mit einem Mann in weißem Kittel zurück.

»Es tut mir wirklich leid, Ratsvorsitzende«, sagt sie.

»Das braucht es nicht«, antwortet Großmutter.

»Das ist Dr. Connell«, sagt Esther noch. Der Mann ist klein und unscheinbar, hat aber unnatürlich große Hände mit langen dünnen Fingern. Darin hält er eine Metallkiste, in der sich, das sieht man, als er sie aufklappt, Tupfer, Spritzen und eine Reihe Mikrochips unterschiedlicher Größe befinden.

»Es tut nicht weh«, sagt er. »Du musst aber dein Oberteil ausziehen.«

Ich schaue zu Großmutter.

»Tu, was er sagt«, sagt sie.

Also ziehe ich mein T-Shirt aus und stehe halb nackt vor ihm.

Dr. Connell holt ein Schriftstück hervor. Verliest es. Es ist so was wie eine gesetzliche Erklärung, die ihn offenbar berechtigt, mir einen Mikrochip unter die Haut zu implantieren. Mir kommen zwei Gedanken gleichzeitig: dass er das genauso gut hätte vorlesen können, als ich noch angezogen war, und dass wir so etwas im Davor nur bei Hunden gemacht haben.

Er befestigt eine saubere Nadel an einer Spritze.

»Dreh dich um«, fordert er. Da frage ich mich, ob er auch Sterbebehandlungen macht. Ob er Nadeln in Menschen sticht, die vierundsiebzig sind. Menschen, deren Leben zu Ende sein soll. Menschen, die er umbringt. Menschen wie ich in dreißig Jahren.

»Nur ein Pikser«, sagt er. »Ein bisschen lokale Betäubung, das ist alles. Jetzt bitte still halten.«

Ich halte sehr still, weil er dicht neben meine obere Wirbelsäule zielt. Und ich ihn jetzt nicht mehr sehen kann. Auch nicht, was er da tut. Was der Sinn der Sache ist, wie Großmutter mir gestern Abend erklärte. Sie platzieren den Chip zwischen deinen Schulterblättern, genau an dem Punkt deines Rückens, an den du nicht rankommst. Damit du die Hilfe von jemand anderem bräuchtest, um ihn da herauszuschneiden. Der Chip protokolliert vierundzwanzig Stunden am Tag jede deiner Bewegungen und deine jeweilige Position. Jemandem dabei zu helfen, einen rechtmäßig implantierten Chip wieder zu entfernen, ist, sagt Großmutter, ein schweres Vergehen.

Die Nadel senkt sich in meine Haut, und ich spüre den Druck, mit dem mir das Betäubungsmittel in die Blutbahn gepresst wird. Ich frage mich, was sie wohl in die Spritzen in Sterbekliniken tun. Wie viel dicker die Nadel wohl sein wird und ob das Gift farblos ist. Sinnlose Gedanken. Der Doktor benutzt den Tupfer.

»Kannst du das noch spüren?«, fragt er.

»Ja.« Seltsamerweise ja. Ich, die ich so oft schon nichts gespürt habe, spüre jetzt die Berührung eines feuchten Wattebauschs.

»Und jetzt?« Er versucht es noch einmal.

»Nein.«

»Gut. Dann implantiere ich jetzt.«

Er nimmt ein Instrument aus einer durchsichtigen Verpackung. Erst denke ich, es ist ein Skalpell, aber es sieht eher aus wie eine winzige Schaufel mit flachem, seitenverkehrtem, V-förmigem Blatt. Er unternimmt keinen Versuch, mich vor dem abzuschirmen, was er da tut. Ich würde auch sowieso hinschauen. Es ist in meinem Interesse, dass die Klinge scharf ist. Sie müssen eine Klinge benutzen, sagt Großmutter, weil der Chip, den ich bekomme, nicht bloß so ein mikroskopisch kleiner ist, mit dem sie mich orten können und den man per Injektion einsetzen kann. Nein. Ich bekomme einen größeren Chip, einen, den man so programmieren kann, dass er Stromstöße aussendet. Jedes Mal, wenn ich mich Peter auf eine bestimmte Distanz nähere, wird diese Funktion aktiviert. Das Geniale an dem System ist anscheinend, dass Peter auch jedes Mal einen Stromstoß bekommt – auch wenn ich diejenige bin, die sich auf ihn zubewegt. Je weiter wir uns einander nähern, umso stärker der Stromstoß.

Dr. Connell setzt den Chip ein. Ich spüre keinen Schmerz, jedenfalls keinen körperlichen, ich spüre allerdings einen Druck, als er ihn unter meine Haut schiebt. Darüber bin ich froh. Ich habe das Gefühl, mein Körper wehrt sich, widerspricht statt meiner.

»So. Das wär's«, sagt der Doktor und klebt etwas über die Wunde. »Einwandfrei. Das sollte schnell verheilen. Es wäre aber ratsam, in den nächsten Tagen nicht zu baden, wenn möglich.« Er richtet seine Bemerkung nicht an mich, vielleicht, weil ich ihm noch immer den Rücken zukehre, sondern an Großmutter. Er sagt es, als wäre Baden eine unheimlich wichtige Erwägung, während dir jemand gerade einen Stromstöße aussendenden

Chip unter die Haut implantiert hat. Einen Chip, der mich, wie Großmutter sagt, nun mein Leben lang begleiten wird.

»Zieh dein T-Shirt an«, sagt Großmutter.

Esther reicht es mir. »Die Elektronik ist auf zwanzig Meter eingestellt«, sagt sie. »Ich würde die Entfernung abschreiten, wenn ich du wäre. Mich an die Distanz gewöhnen, die du zwischen euch einhalten musst. Peter wohnt ja ganz in der Nähe, und du willst doch sicher keinen Fehler machen. Wer einmal einen Fehler macht, dem passiert das normalerweise kein zweites Mal«, fügt sie noch hinzu. »Wenn du verstehst, was ich meine.«

Ich verstehe, was sie meint. Wenn ich Peter zu nahe komme, tut es weh.

»Da der Chip jegliche Kommunikation verhindern soll«, fährt Esther fort, »reagiert er natürlich auch auf jeden Versuch, ein Mobilgerät zu benutzen. Das solltest du deshalb auch lieber unterlassen. Davon abgesehen, steht es dir völlig frei, dich überall auf der Insel zu bewegen, bis dein Gerichtstermin festgelegt wurde und du in Lamlash erscheinen musst. Hast du noch irgendwelche Fragen?«

Nein. Habe ich nicht.

»Gut«, sagt Esther. »Als Nächstes Peter.«

Peters schöner gebräunter Rücken wird mit einem Messer aufgeschlitzt.

Es ist immer dasselbe, wenn Menschen mir zu nahe kommen. Es ergeht ihnen nicht gut. Es ergeht ihnen gar nicht gut.

89

Globus

Großmutter besitzt einen Globus. Er ist aus Blech und gehörte einmal ihrer eigenen Großmutter. Er ist schon so alt, dass die Arktis weiß markiert ist, um Eis zu symbolisieren, ebenso wie die Antarktis weiß markiert ist, um Eis zu symbolisieren. So alt, dass darauf der Zentraläquator nicht eingezeichnet ist, ganz zu schweigen vom Nördlichen Äquator. Ich habe keine Ahnung, warum Großmutter diesen Globus aufbewahrt hat. Vielleicht weil Papa damit spielte, als er noch klein war. Ich stelle mir vor, wie Papa diese wunderschöne Welt drehte und drehte.

Nachdem Esther und der Doktor fort sind, holt Großmutter ihn für den Jungen hervor. Der Globus ist ungefähr ein Drittel so groß wie er selbst und dreht sich noch immer auf seinem Fuß.

»Mohammed«, sagt Großmutter, »kannst du mir zeigen, wo du herkommst?«

Sie stellt ihm diese Frage, weil die Behörden offenbar kein Glück hatten. Keine ihrer Suchanfragen brachte irgendetwas über den Jungen zutage. Als würde er gar nicht existieren. Wäre einfach so durchs Netz des Lebens geschlüpft. Beziehungsweise durch das Netz der menschengemachten Gesetze und Vorschriften.

Er ist also doch ein Zauberer. Genau wie Miss Sperry eine Hexe ist. Menschen, die außerhalb von allem stehen.

»Hier sind wir«, sagt Großmutter und dreht den Globus mit den Fingerspitzen, bis sie zu dem rosa Dreieck kommt, das Großbritannien darstellt. Sie zeigt auf Schottland. Dort sind nur drei Städte eingezeichnet: Edinburgh, Glasgow und Wick. Die Insel Arran ist nicht eingezeichnet. Im Grunde ist sie nicht mal groß genug, um einen rosa Punkt zu verdienen. Die Insel Arran existiert auf dieser Karte nicht. Trotzdem senkt Großmutter ihren Zeigefinger. »Hier«, sagt sie, »da sind wir.«

Wir.

Dann fährt sie mit dem Finger nach Süden und Osten, stoppt im Sudan. »Da ist Mhairi aufgebrochen. In Khartum.« Khartum ist eingezeichnet. Es hat sogar einen kleinen Stern, weil es eine Hauptstadt ist wahrscheinlich. »Wo bist du aufgebrochen, Mohammed?«

Sie bewegt den Finger quer durch Afrika, zählt sämtliche Länder auf, während sie sie berührt: »Tschad? Niger? Mali? Marokko? Algerien? Libyen? Ägypten? Kannst du es mir zeigen?« Sie sieht ihn ungeduldig an, wartet auf eine Reaktion, versucht, ihm seine Geheimnisse zu entlocken.

Der Junge blickt stur geradeaus. Mit Augen wie Becher.

»Deine Familie«, drängt sie weiter, »woher kommt deine Familie, Mohammed?«

Ich registriere ein Zucken am Hals des Jungen. Kaum merklich, aber nicht zu übersehen. Die Anspannung. Sein Herzschlag.

»Könnte überall sein«, sage ich. »Überall und nirgends.« Und ich lege meine Hand dort auf den Globus, wo einmal das arktische Eis war, und fange an, ihn zu drehen. Spanne die Finger wie eine gigantische Spinne über die obere Hälfte der Welt und drehe und drehe.

»Hör auf«, sagt Großmutter.

Aber ich höre nicht auf. Ich drehe immer weiter, drehe und drehe und drehe, damit der Junge nicht antworten muss, damit er nicht festgenagelt wird, nicht bezwungen.

»Ich sagte, aufhören, Mhairi!«

Doch es ist der Junge, der das Ganze beendet. Der plötzlich seine kleine Hand ausstreckt und fest auf den Globus legt. Eigentlich müsste der Globus sich weiterdrehen, so viel Schwung habe ich aufgebaut. Aber das tut er nicht. Er bleibt ganz abrupt stehen.

Mit der Hand des Jungen im Meer.

Einen Moment lang blicken wir alle auf das Blau, dann hebt der Junge die Hand und macht daraus eine Faust mit gestrecktem Zeigefinger.

»Niemand lebt im Meer, Mohammed«, sagt Großmutter.

»Nein«, antworte ich. »Aber sterben kann man dort, oder?«

Der Junge hält einen Moment inne, fährt sich mit der Zunge über das spitze Ende seines abgebrochenen Zahns. Dann nickt er.

»Siehst du?«, sage ich zu Großmutter.

Doch es ist kein Triumph.

In dieser Nacht schläft der Junge auf dem Boden neben meinem Bett.

90

Die Entfernung

Ich schreite die Entfernung ab. Sie entspricht der Länge von Großmutters Garten. Zweimal die Länge reicht ungefähr bis zur Mitte des Hafens. Das heißt, ich kann nicht auf dem Schafpoller sitzen und Peter bei der Arbeit zuschauen. Ich kann mich nicht mal gefahrlos dem Ende des Gartens nähern, während Peter arbeitet. Aber ich will ihm zuschauen. Also gehe ich hinauf in mein Zimmer und öffne das Fenster.

Jetzt sehe ich ihn.

Aber nicht den Chip unter seiner Haut auf dem Rücken. Das liegt daran, dass es bewölkt ist und er einen leichten Pullover trägt. Deshalb kann ich weder seine nackten Arme noch seinen Rücken sehen. Und nicht die Stelle zwischen seinen Schulterblättern, wo, wäre er ein Engel, seine Flügel wachsen würden. Die Stelle, wo sie ihm einen Chip eingesetzt haben. *Nicht viele Menschen glauben an Engel*, sagte Papa, *ich aber schon.* Zauberer, Hexen, Engel. Papa glaubte an sie alle.

Ich betrachte den Engel am Hafen. Er erledigt wie immer gemächlich, aber entschlossen seine Arbeit. Mich überkommt ein merkwürdiges Gefühl. Nicht direkt Schwirren, eher der Drang, ihn zu berühren. Am liebsten wäre ich runter zum Hafen gelaufen, zu dem Boot hinausgewatet und hätte Peter den Pullover ausgezogen. Ich habe das Bedürfnis, seinen nackten Rücken zu betrachten, die Hand auszustrecken und seine Wunde zu berühren. Seine Wunden zu fühlen. Darüberzustreichen. Ich möchte seine Arme anfassen und sein Gesicht. Ich möchte mit ihm im Boot liegen, die Himmelskuppel über uns. Ich möchte sein Bein an meinem spüren.

Haut an Haut.

Ich möchte sogar seinen Mund berühren. Vielleicht seine Lippen auf meinen spüren. Sein schöner Mund soll mir so nah sein, dass ich ihn riechen kann, schmecken. Erfahren, wie Peters Atem beschaffen ist.

Es ist schon erstaunlich, was man sich alles wünscht, wenn man weiß, dass man es nicht haben kann.

91

Bewegungsfreiheit

Der Junge ist nicht gechippt. Ich weiß nicht, ob das daran liegt, dass er unter zehn ist, oder daran, dass er stumm ist (und es daher unwahrscheinlich ist, dass er die Rechtssache beeinflusst), oder daran, dass er den Behörden in Arran noch einen Gefallen täte, wenn er wegliefe. Aber er läuft nicht weg. Er bleibt sogar umso mehr im Haus, je mehr ich im Haus bleibe.

Er bringt seinen Strand einfach mit.

Füllt einen Blumentopf nach dem anderen mit angespülten Steinen und nimmt sie überall dorthin mit, wo ich bin. Sitzt auf dem Boden und stapelt sie. Und ich setze mich daneben und helfe ihm beim Bau seiner Pyramiden.

Manchmal schichtet er die Steine nach Größe auf. Manchmal ordnet er seine Bauwerke nach Farbe: ein Hügel blassgrauer, ein anderer rotbrauner Corrie-Sandstein. Manchmal wechselt er die Formen der Steine ab, eine Schicht runder balanciert auf einer Schicht flacher. Ich versuche, sein jeweiliges Prinzip zu erkennen, es nachzumachen, es zu würdigen.

Großmutter sagt, Steine aufeinanderzuschichten sei Unsinn. Großmutter sagt, Aufgaben ohne Zweck zu erledigen, sei Zeitverschwendung.

Das liegt aber daran, dass Großmutter Zeit nicht versteht.

Und dass sie nicht weiß, was Fremdbestimmung ist.

Wenn dein Leben hauptsächlich von Kräften außerhalb deiner selbst bestimmt wird, kümmerst du dich eben um die Dinge, um die du dich kümmern kannst.

Diese Erfahrung habe ich jedenfalls gemacht.

92

Etwas Größeres als wir selbst

»Zeit fürs Bett«, sagt Großmutter nach dem Abendessen zu dem Jungen. »Ab mit dir.«

In der ersten Zeit, nachdem wir auf Arran angekommen waren, brachte sie ihn immer nach oben. Las ihm manchmal etwas aus Papas alten Geschichtenbüchern vor. Das weiß ich, weil ich auf dem Treppenabsatz saß und zuhörte. Jetzt schickt sie ihn allein ins Bett. Keine Geschichten mehr. Kein glücklich bis ans Ende ihrer Tage.

Aber warum sollte mir das etwas ausmachen?

Als er seine Steine in dem Schuppen zerschlug, habe ich mich auch kaum mehr gekümmert.

»Dein eigenes Zimmer, denk dran«, sagt Großmutter noch zu seinem Rücken, als er geht. »Ich will dich nicht wieder auf Mhairis Fußboden finden. Verstanden?«

Der Junge dreht sich nicht um, aber ich bemerke ein kurzes Innehalten, ein Zusammenzucken, das mir sagt, dass er heute Nacht nicht in seinem Bett schlafen wird.

»Warum hast du was dagegen, dass er bei mir auf dem Boden schläft?«, frage ich, als er weg ist, »wo es dir nichts ausmacht, dass er abgeschoben wird?«

»Red keinen Unsinn«, antwortet Großmutter und steht auf und fängt an, mit Geschirr zu klappern.

Ich lasse das mit dem Unsinn so stehen. Antworte nur: »Sie können ihn sowieso nicht abschieben. Nicht, wenn sie nicht wissen, woher er kommt.«

»Das«, sagt Großmutter, »bedeutet nur, dass er umso länger im Auffanglager bleiben muss.«

»Im Lager?« Diese Information trifft mich unerwartet. »Wieso muss er denn ins Auffanglager? Wieso kann er nicht einfach hierbleiben?«

»Weil das nicht geht«, antwortet Großmutter. »Nach der Gerichtsverhandlung nicht mehr.«

»Warum?«

»Darum, Mhairi. Wegen der Vorschriften. Wegen der Gesetze dieses Landes. Und des schottischen Festlands. Illegale Einreise fällt unter Bundesgesetz. Er wird zurück nach Skitby geschickt, wo er zuerst als Unerlaubter festgesetzt wurde. Und das ist eine gute Nachricht. Wäre er älter, wäre er volljährig, würden sie ihn in Abschiebehaft nehmen.«

Ich stehe auch auf und klappere mit Geschirr. Nur damit meine Hände etwas zu tun haben. Damit sie aufhören, zu zittern.

»Als er das letzte Mal im Lager war«, sage ich, »ist er in Hungerstreik getreten. Das wird er wieder tun. Das weiß ich. Er wird nicht in dem Lager bleiben. Er wird sterben.«

»Es gibt keinen Grund, die Sache zu dramatisieren, Mhairi.« Sie reicht mir das Geschirrtuch. »Außerdem wird er zwangsernährt, wenn nötig.«

Zwangsernährt.

Ich trockne eine Gabel ab, ich trockne ein Messer ab.

»Und eine angemessene psychologische Betreuung bekommt er auch«, fügt Großmutter noch hinzu. »Eine Therapie, damit er wieder spricht.«

»Das hat letztes Mal auch nichts gebracht«, erwidere ich.

»Vielleicht hast du ihn ein bisschen zu früh da weggeholt«, antwortet Großmutter.

Ich taste unter dem Geschirrtuch nach der Messerklinge. Sie ist gezackt. »Als du dachtest, er wäre dein Enkel, hast du ihm Süßigkeiten geschenkt. Kleider. Hast ihm etwas beigebracht. Dir Gedanken gemacht, wie er wohl in der Schule zurechtkommen würde. Du hast sogar«, ich zögere, weil ich merke, dass ich gleich anfange zu schreien, »du hast sogar«, wiederhole ich, »dafür gesorgt, dass er dich mag. Und umgekehrt! Und jetzt willst du ihn nicht mal mehr ins Bett bringen!«

Großmutter wischt sich die Hände ab. »Was glaubst du wohl, warum das so ist, Mhairi?«

Ich weiß es nicht, also bleibe ich stumm.

»Um ihm dabei zu helfen, sich zu lösen«, sagt sie. »Sich von mir zu lösen. Genau wie ich mich auch von ihm lösen muss. Ich tue das, um uns beiden zu helfen. Um die Sache möglichst nicht noch schlimmer zu machen. Wenn sie ihn abholen.«

»Abholen?« Jetzt schreie ich. Brülle richtig. »Warum kämpfst du nicht? Papa hat immer gekämpft. Papa kämpfte für alles, woran er glaubte. Papa würde das niemals zulassen. Würde niemals bloß zusehen, wie ein Kind einfach abgeholt wird. Weggesteckt. Wie ein Stück Abfall in einem Auffanglager entsorgt. Einem Gefängnis. Denn das sind diese Lager. Ich weiß es, ich war dort. Es sind Gefängnisse!«

»Wie kannst du es wagen, hier deinen Vater ins Spiel zu bringen?«, sagt Großmutter. »Du weißt nichts, Mhairi. Gar nichts.«

Da reicht es mir. Ich pfeffere das Geschirrtuch hin. Zusammen mit dem Messer. Ich muss das Messer hinwerfen, denn ich traue mir nicht. Selbst wenn es meine eigene Großmutter ist. Ich traue mir einfach selbst nicht.

»Setz dich, Mhairi«, sagt sie und drückt mich auf einen Stuhl, als ich nicht reagiere. »Setz dich hin und hör mir ausnahmsweise mal zu.«

Großmutter setzt sich nicht. Sie steht mit verschränkten Armen und loderndem Blick vor mir.

»Ich bin neunundsechzig Jahre alt, Mhairi«, sagt sie. »In etwas weniger als fünf Jahren nehme ich die Nadel. Ich bin gesund. Ich habe eine Menge, wofür es sich zu leben lohnt. Wenn ich also zustimme, freiwillig die Nadel zu nehmen, muss ich auch an den Grund dafür glauben. Und ich glaube an den Grund. Und dieser Grund ist das Allgemeinwohl. Deshalb machen wir das – wir alle hier auf Arran. Deshalb geben wir dieses Versprechen. Wie alle anderen Menschen in allen anderen Ländern nördlich des Äquators, die das Lebenszeitabkommen unterschrieben haben. Wir sagen, diese Insel kann nur eine bestimme Zahl von Menschen versorgen. Also einigen wir uns darauf, dass es für uns alle hier besser ist, genug Essen zu haben, um ein glückliches, gesundes Leben zu führen, auch wenn unser Leben dann kürzer ist, als wir es uns vielleicht wünschen. Es geht dabei nicht nur um mich, verstehst du, Mhairi, es geht um uns alle. Um die Gemeinschaft. Darum, wie viel Gemüse wir auf dieser Insel anbauen können, wenn wir das Land bewirtschaften und uns alle anstrengen. Und der Boden trotzdem fruchtbar bleiben soll. Darum, wie viele Fische wir im Meer fangen können, sodass noch genug Fische für unsere Kinder und Kindeskinder übrig bleiben. Aber das erreicht man nicht ohne Opfer. Als Arran dem Abtrittsalter von vierundsiebzig zustimmte, sagten wir uns alle hier, dass wir an etwas Größeres als uns selbst glauben. Größer als unser jeweils individuelles Leben, größer als das Leben unserer Kinder oder, Mhairi, unserer Enkelkinder. Aber es ist ein empfindliches Gleichgewicht. Und wir müssen uns vor allem hüten, das, aus welchem Grund auch immer, das System ins Wanken bringen könnte. Auch vor Menschen.

Natürlich tut es mir auch leid um Mohammed. Und um jeden in dem Lager. Sogar um jeden am Zentraläquator, der gezwungen ist zu fliehen. Es ist nicht ihre Schuld, das weiß ich. Aber unsere ist es auch nicht. Und wir tun, was wir können, um so viele Menschen zu beschützen, wie diesem Land möglich ist. Aber es darf keine Ausnahmen geben. Nicht für Mohammed. Und nicht für dich, Mhairi. Denn das sind nicht nur irgendwelche Gesetze und Vorschriften. Nein. Das ist das Gefüge, das unsere Gemeinschaft zusammenhält. Das das Leben, für das wir uns entschieden haben und für das wir Opfer bringen, möglich macht.

Verstehst du jetzt?«

Vielleicht verstehe ich. Zumindest, bis ich die Treppe hinaufgehe.

93

Das Versprechen

Der Junge liegt in meinem Zimmer auf dem Boden. Aber nicht bequem, nicht auf seinem Kissen und in die Decke gekuschelt. Nein. Er liegt auf dem Bauch, hat Arme und Beine von sich gestreckt, den Kopf zur Seite gedreht und ein Ohr auf eine Ritze zwischen den Dielen gelegt. Er weint. Aber leise, als könnte er den Kopf nicht mehr heben. Als hätte, was auch immer er in der Küche gehört hat, ihn völlig niedergeschmettert.

Die Abschiebung. Weggeschickt zu werden, entsorgt zu werden. Wie ein Stück Abfall.

Müll.

Da entsorgen wir unseren Müll in diesem Land.

»Es tut mir leid«, sage ich. »Es tut mir so leid.«

Aber Mitleid beeindruckt ihn nicht. Und mich auch nicht. *Es tut mir leid* – was bringt das schon?

»Schau mich an.«

Er schaut mich aber nicht an. Liegt stattdessen nur von Leid erdrückt am Boden.

»Na gut, dann hör mir zu. Hör mir gut zu. Die Abschiebung. Dazu wird es nicht kommen. Das werde ich nicht zulassen.«

Das werde ich nicht zulassen.

Als wäre ich Peter. Als hätte ich irgendeinen Einfluss. Als glaubte ich, die Lage könnte sich ändern.

Der Junge hört nicht auf zu weinen, aber er dreht sich auf den Rücken, legt sich die Fäuste auf die Augen und reibt sie sich. Starrt wie blind an die Decke.

»Mo?«

Ich weiß nicht, warum ich ihn Mo nenne. Er heißt nicht Mo.

»Mo?«

Er schiebt die Oberlippe über seinen abgebrochenen Zahn, beißt sich darauf. Sieht mich immer noch nicht an.

»Du bleibst. Hier. Hier auf Arran. Niemand wird dich wegschicken.« Und natürlich will ich das auch. Will, dass mein Leuchram Burn sein Leuchram Burn ist.

Ist er aber nicht.

»Falls du bleiben willst, zumindest.« Ich zögere kurz. »Willst du denn bleiben?« Ich denke an seine goldene Heimat. Seine Familie. Seine Vergangenheit. All das, was er in diesem kleinen Körper in sich trägt. All das, was ihn anderswohin ziehen könnte.

»Ich meine, ich weiß, es ist nicht zu Hause. Das wird es nie sein. Ich weiß …«

Was weiß ich schon?

Nach all dieser Zeit – was weiß ich da schon?

Nicht mal seinen Namen.

»Aber wenn du bleiben willst – musst du es nur sagen.«

Als wäre es so einfach. Als wäre die Welt schön, Papa.

Aber die Welt ist doch schön.

Das muss sie sein. Und wenn sie es nicht ist – dann müssen wir sie so machen. Stimmt's Papa?

Deshalb sitze ich da und warte.

Und warte.

Was ist schon Zeit?

Schließlich, nach wie viel davon auch immer vergeht, setzt sich der Junge hin. Sieht mich an.

Und nickt.

»Gut«, sage ich. »Gut!« Als hätte ich irgendeine Schlacht gewonnen. Als wäre meine Euphorie gerechtfertigt. »Nur über meine Leiche wirst du abgeschoben!« Ich lächele und fasse an meinen abgebrochenen Zahn. »Du und ich zusammen. Versprochen.«

Seine Hand hebt sich langsam an seinen Mund, und er berührt seinen eigenen abgebrochenen Zahn. Aber er lächelt nicht.

Vielleicht glaubt er meinem Versprechen nicht. Vielleicht denkt er, es ist eine Lüge. *Alles nur erfunden*, wie Großmutter sagen würde.

Nichts weiter als irgendein Ehrenwort irgendeiner Königin aus irgendeinem Geschichtenbuch aus dem Davor.

94

Seite neun

Das Auffanglager in Skitby hat meinen Weltbürgerpass geschickt. Großmutter holt ihn am Gericht in Lamlash ab, bringt ihn mit nach Hause und schlägt Seite neun auf.

»Du musst anfangen, das auszufüllen«, sagt sie.

Das Gesetz erlaubt es Vierzehnjährigen offenbar, »vorläufige Verdienste« aufzuführen. Vorläufige Verdienste, sagt Großmutter, können bei der Entscheidung über meine abzugebenden Jahre mildernd gewertet werden. Was ich dort hinschreibe, sagt Großmutter, könnte meine Strafe deutlich reduzieren. Und zwar zusätzlich zu meinem gesetzlich vorgeschriebenen Nachlass von sieben Jahren, weil ich noch minderjährig bin.

Ich sitze in meinem Zimmer und schaue auf das leere Blatt Papier. Ziemlich lange. Lange genug für Peter, um sein Boot aus dem Hafen zu steuern, ein paar Besorgungen zu machen und das Boot wieder zurückzubringen. Während ich beobachte, wie er sein Boot festmacht und zum Ufer watet, frage ich mich, was wohl auf seinen Verdienste-Seiten steht. Wahrscheinlich so was wie:

- Peter kann ein Boot steuern.
- Peter kann einen Motor reparieren.

- Peter kann fischen.
- Peter betreibt einen Lieferdienst auf der Insel.

Alles nachprüfbar und nützlich für Großmutters Inselgemeinschaft. Auf dem Blatt Papier steht wahrscheinlich nicht:

- Peter hat breite, sonnengebräunte Schultern.
- Peter hat graue Augen mit gelben Sprenkeln, deren Blick Schwirren auslöst.
- Peter beobachtet den Himmel und wartet auf rot-goldene Sonnenuntergänge.
- Peter versteht Zeit.
- Peter ist ein bisschen wie Papa – gut und voller Vertrauen.

Ich bin weder Imgrim noch Richterin am Gericht von Lamlash, das werde ich nie sein. Wenn ich es aber wäre, würde ich die Sache wahrscheinlich anders angehen. Ich würde den Leuten Steine geben und sie bitten, alles mit einem Stück Kohle zu erklären. Ich würde sie unter einen Sternenschirm legen und sie fragen, ob sie immer noch genauso denken. Und wenn sie schließlich ein Urteil fällen, würde ich sie auffordern, tausend Kilometer zu laufen, bloß um sicherzugehen, dass sie nicht besser ihre Meinung ändern sollten. Ich würde Dinge wertschätzen, die nicht amtlich bestätigt und gestempelt sind. Ich würde sogar alles verbieten, was amtlich bestätigt werden kann, all das, was zu leicht erreicht und bewertet wird. Ich würde die Tinte und Stempel wegwerfen und Gesetze und Vorschriften abschaffen, und dann müsste ich hoffen – ja hoffen –, dass es mehr Menschen wie Papa und Peter und den Jungen auf der Welt gibt als Menschen wie

Mich.

Ja. Das wäre das Problem. Schon klar.

»Wie kommst du voran?«, fragt Großmutter, als sie ins Zimmer kommt.

»Ich denke nach«, antworte ich.

Nachdem sie wieder gegangen ist, denke ich über den Jungen nach. Was ich wohl auf seine Seiten schreiben würde. Über ihn könnte ich endlos viel aufschreiben. Keine Gesetze und Vorschriften, sondern reale Dinge. Folgendes könnte ich aufzählen:

- seine Intelligenz und Entschlossenheit. Wie er mich an dem Tag aufspürte, als ich ihn zurücklassen wollte.
- seine Fähigkeit, zu vergeben und zu vergessen. Dass er mir nicht ein einziges Mal einen Vorwurf machte. Nicht, als ich ihn zurückließ. Nicht als ich ihn anschrie und schlug. Auf den Kopf schlug.
- seine Ausdauer. Dass er sich weigerte, aufzugeben, jemals. Wie weit die Entfernung auch war, die zurückgelegt werden musste. Wie sehr seine Füße auch bluteten.
- seine Hoffnungen für die Zukunft, seine Träume – die Sterne und Blumen, die er mir auf den Steinen in dem Schuppen schenkte.
- seinen Einfallsreichtum, seinen Mut. Wie er hungerte und das Bild mit den abgebrochenen Zähnen malte, um uns im Auffanglager wieder zusammenzubringen.
- seine aufmerksame Art, seine Güte. Dass er Miss Sperry seine Decke zurückgab, für den Fall, dass jemand anderes sie dringender bräuchte als er.
- und seine ausgelassene Fröhlichkeit, sein Lachen in Flüssen. Sein Lachen sogar mit Großmutter. Sein wunderschönes, wunderbares Splitterzahn-Lächeln.

Es gibt so einiges, was ich in den Weltbürgerpass des Jungen schreiben würde. Wahrscheinlich würde es sämtliche Seiten füllen und ich müsste noch ein paar zusätzliche einkleben. Und ganz am Schluss würde ich Platz lassen und schreiben:

Das sind die Eigenschaften, die die Bürger unseres Landes brauchen. Findet ihr nicht auch?

»Immer noch nichts?«, fragt Großmutter, als es schon dämmert.

Immer noch nichts.

95

Verbrennen

In dieser Nacht träume ich von Peter.

Ich träume, ich wünschte mir so sehr, ihn zu sehen, dass mir der Taserchip egal ist. Der Gedanke, ihm so nahe zu kommen, dass ein elektrischer Schlag ausgelöst wird, erregt mich sogar. Ein Stromschlag in ihm. In mir. Spüren wir es nicht sowieso? Das Funkensprühen und das Prickeln? Welches Gefühl können die Behörden schon in uns hervorrufen, das wir nicht ohnehin schon haben?

Also gehe ich nach draußen. In meinem Traum ist es mitten am Tag. Peter ist in seinem Boot beschäftigt und bemerkt mich zuerst nicht. Das ist mir recht, ich will sehen, wie nahe ich ihm kommen kann, bevor ein Stromschlag ausgelöst wird. Bevor das Blut in unseren Adern zu kochen beginnt.

Ich öffne Großmutters Gartentor und gehe über die Straße Richtung Hafen. Spüre, wie die Spannung steigt. Aber das ist nur meine Aufregung, nicht der Taserchip. Habe ich womöglich die Entfernung falsch eingeschätzt? Vielleicht ist das Boot auch ein bisschen weiter draußen als sonst.

Dreißig Meter.

Zwanzig Meter.

Ich laufe weiter. Jetzt müssen es schon weniger als zwanzig Meter sein. Aber ich spüre immer noch nichts. Und er offensichtlich auch nicht, denn er geht weiter mit gesenktem Kopf seiner Beschäftigung im Ruderhaus nach. Ich komme am Schafpoller vorbei.

Fünfzehn Meter.

Weniger.

Das Boot liegt mitten im Hafen, ist aber am Poller festgemacht, sodass ich an der Leine ziehen kann, das Boot und Peter zu mir ziehen kann. Das mache ich.

Als das Boot jetzt ruckt, sieht er mich. Dreht sich um und lächelt.

Mit diesem schönen Mund.

Und ich ziehe ihn zu mir. Warte auf das Kochen und Funkensprühen. Vielleicht haben sie die Dinger falsch eingestellt? Zwei Meter und doch nicht zwanzig. Peter lächelt immer noch, steht auf dem auf mich zugleitenden Boot und lächelt, lächelt, lächelt.

Ist jetzt so nah, dass ich ihn berühren kann. Und ich berühre ihn. Strecke die Hand aus und

Wumm!

Peter explodiert. Peter ist ein Feuerball. Peter brennt und schmilzt. Das Gesicht fließt ihm vom Schädel.

Aber mir geht es gut. Mit mir passiert gar nichts.

Ich stehe nur da, unberührt wie der Schafpoller, das zerfranste Ende der Leine in der Hand, und sehe zu, wie er

Verbrennt.

96

Axt

Danach schlafe ich kaum noch.

Dass Peter in meinem Traum verbrennt, hat wahrscheinlich ebenso wenig zu bedeuten wie das mit den Bienen mit den Bonbonunterleibern. Mein Gefühl sagt mir aber etwas anderes. Mein Gefühl sagt mir, es hat etwas zu bedeuten, und zwar etwas, was mir nicht gefällt.

Ich versuche, meine Gedanken von all dem abzulenken, indem ich mich konzentriere.

Ich konzentriere mich auf das leise Nuckeln des Jungen auf dem Fußboden. Was mich aber bloß an etwas anderes erinnert, was mir Sorgen macht.

Das Versprechen.

Papa sagte immer: *Versprich nie etwas, was du nicht halten kannst, Mhairi.*

Ja, Papa.

Oder, wie Muma es formulierte: *In unserer Familie geben wir nicht so leicht auf, Mhairi. Wenn dir für ein Problem nicht gleich eine Lösung einfällt, dann denk ein bisschen schärfer darüber nach.*

Ja, Muma. Das weiß ich auch, aber es hilft nicht, weil ich schon nachgedacht habe und nicht weitergekommen bin.

Als die ersten Sonnenstrahlen durch die Vorhänge in mein Zimmer fallen und ich immer noch wach liege, beschließe ich aufzustehen. Ich ziehe mich an und gehe ganz leise, um Großmutter nicht zu wecken, nach unten, zur Hintertür hinaus und zu dem Tor, das durch die Wiesen zu dem Berg führt, wo der Leuchram Burn fließt. Neben diesem Tor steht der kleine Bretterverschlag, in dem Großmutter ihr Feuerholz lagert.

Und ihre Axt.

Ich nehme die Axt in die Hand. Sie ist ziemlich schwer, aber nicht besonders scharf. Das weiß ich, weil ich mit dem Finger über die breite Klinge fahre, die leicht verrostet ist, weil die Axt im Freien aufbewahrt wird. Aber um Holz damit zu hacken, ist sie genau richtig, und genau das habe ich vor.

Wenn du nachdenken willst, sagte Papa immer, *betätige dich körperlich. Wenn dein Bewusstsein mit etwas beschäftigt ist, erhält dein Unterbewusstsein ein bisschen mehr Raum. Das mache ich immer so*, fügte Papa hinzu, *wenn ich ein Problem habe, für das es anscheinend keine Lösung gibt.*

Ich rolle Großmutters Hackklotz aus dem Verschlag und stelle ihn auf das Stück ebenen Untergrund, auf das sie ihn immer stellt. Die richtige Stelle erkenne ich an der Beschaffenheit des Bodens und den verstreuten Holzspänen. Ich hole den ersten von den Klötzen, die gespalten werden müssen, unter der Plane hervor, unter der Großmutter sie aufbewahrt, damit sie trocken bleiben. Brennholz spalten ist eine der vielen Aufgaben rund ums Haus, die Großmutter mir nicht angetragen hat. Vielleicht hält sie mich mit einer Axt für eine Gefahr. Ich positioniere das Stück Holz mittig auf dem Hackklotz und hebe die Axt.

Sie ist so schwer, dass sich die Muskeln meines rechten

Oberarms fest anspannen müssen, um meine rechte Hand (die sich nah am Axtkopf befindet) still zu halten, damit ich zum Schwung ausholen, die Axt bis hinter den Kopf heben kann, um einen ordentlichen Hieb hinzubekommen. Kaum saust die Axt wieder nach vorn, setzt die Wirkung der Schwerkraft ein, sie fällt wie ein Stein nach unten und senkt sich mit einem dumpfen Schlag ins Holz. Aber der Hieb gelingt mir nicht richtig, und die Klinge bleibt stecken, sodass ich sie herausziehen und von vorn anfangen muss.

Und das mache ich.

Wieder und wieder hebe ich die Axt und lasse sie herabsausen. Verbessere meine Technik, ziele auf den Rand des Klotzes, folge den Linien bereits vorhandener Risse, werde immer genauer, schwinge die Axt höher, umschließe den Griff schneller mit den Händen, lasse sie mit der Schwerkraft nach unten fahren, sodass ich, als ich schließlich treffe, auch richtig treffe.

Und den Holzklotz spalte.

In unserer Familie geben wir nicht so leicht auf, Mhairi.

Er teilt sich in zwei Hälften.

Denk nach!

Und ich nehme die Hälften und schlage noch mal zu.

Versprich nie etwas, was du nicht halten kannst, Mhairi.

Und noch mal.

Ich bin im Takt, ein Fließband. Ich bin eine Maschine.

Denk nach. Denk nach. Denk nach!

Schweiß läuft mir übers Gesicht, aber ich höre nicht auf, um ihn wegzuwischen.

Denk nach! Schärfer!

Ich mache weiter, spalte die Holzklötze, zerschmettere sie,

einen nach dem anderen. Ich strenge mich so sehr an, dass ich Großmutter nicht aus dem Haus kommen höre und sie erst sehe, als sie schon direkt vor mir steht. Großmutter gehört nicht zu den Menschen, die sich durch ein bisschen Holzhacken von etwas abhalten lassen. Wenn Großmutter etwas sagen will, dann sagt sie es.

»Sie haben den Verhandlungstermin festgelegt«, sagt sie. »Am Donnerstag in drei Wochen.«

Die Axt ist in der Luft, nichts kann sie daran hindern, nach unten zu sausen.

Also saust sie nach unten.

Kracks!

»Zwei Tage nach deinem fünfzehnten Geburtstag«, sagt Großmutter noch, während sie zusieht, wie das Holz sich in zwei Teile spaltet. »Aber keine Sorge. Wie schon gesagt, das Gesetz gilt nicht rückwirkend, also ändert das nichts.«

Falsch. Falsch, was das betrifft und noch vieles andere.

Fünfzehn.

Dieser fünfzehnte Geburtstag ändert alles.

Ich lege die Waffe nieder. Ich reibe mir die Braue. Ich bin fertig mit nachdenken.

Jetzt weiß ich, was ich tun werde.

97

Mein Geburtstag

An diesem Geburtstag-der-alles-ändert backt Großmutter eine Torte. Tortenbacken interessiert Großmutter nicht besonders, also betrachte ich es als Friedensangebot. Dass ich mich in den letzten Wochen geweigert habe, diese leeren Seiten in meinem Weltbürgerpass auszufüllen, macht ihr Sorgen.

Es wird gegen dich verwendet, wenn du nichts schreibst, sagt Großmutter.

Meine Entscheidung hat jedoch zur Folge, dass es nicht nötig ist, etwas auf diesen Seiten einzutragen. Außerdem sehen die Seiten für mich ganz und gar nicht leer aus. Ich habe mir schließlich eingestanden, was ich schon die ganze Zeit wusste. Dass ich nie in der Lage sein werde, etwas auf diese Seiten zu schreiben. Meiner Meinung nach ist da kein Platz. Diese Seiten sind jetzt schon randvoll. Sie sind mit Eiter getränkt und wimmeln von Sandflöhen.

Wenn du dir nicht selbst hilfst, wie kannst du dann erwarten, dass ein anderer versucht, dir zu helfen?, fragt Großmutter.

Und sie versucht, mir zu helfen. Sie verfasst, überarbeitet und verfasst noch einmal eine Aussage an ihrem Laptop. Eine Aussage über mein Leben, seit ich den Sudan verlassen habe – was sie darüber weiß, zumindest. Über mein Alter und wie ich meine Eltern verloren habe und über die vielen Kilometer, die ich seitdem zurückgelegt habe. Darüber, warum ich so etwas für mich völlig Untypisches getan habe, wie mit einem Unerlaubten hierher zu kommen. Großmutter schreibt auch etwas über Peter. Für all das muss ich ihr dankbar sein. Genau wie für die Torte.

Es ist eine Vanilletorte mit einer Schicht Sahne und Marmelade, die sie letztes Jahr aus den Erdbeeren in ihrem Garten gekocht hat. Sie setzt die Torte auf ein Holzbrett und sucht im Küchenschrank nach ein paar Kerzen.

»Dachte ich's mir doch«, sagt sie und befördert eine kleine Plastikdose zutage.

Die Kerzen darin sind alle blau, in verschiedenen Schattierungen, und wurden alle schon einmal benutzt. Vielleicht sind es die, die sie im Davor für Papa genommen hat. Als Papa noch klein war. Großmutter hebt gern Sachen auf.

»Du kannst ihr beim Auspusten helfen, Mohammed«, sagt Großmutter, während sie die Kerzen im Kreis auf der Torte anordnet. »Nachdem wir ›Happy Birthday‹ gesungen haben.« Sie entzündet die unterschiedlich langen Wachsstümpfe. »Kennst du ›Happy Birthday‹, Mohammed? Kannst du das mit mir singen?«

Der Junge hört Großmutter nicht zu, er starrt nur auf die winzigen Flammen, als wären sie das Faszinierendste, was er je gesehen hat.

Großmutter räuspert sich und fängt an. »Happy ...«

»Warte«, sage ich da, »warte«, und ich sinke runter auf die Knie.

Meine Augen sind jetzt auf einer Höhe mit denen des Jungen

und mit den Kerzen. »Was ist mit dir?«, frage ich. »Wann hast du Geburtstag?«

Natürlich antwortet er nicht, aber er ist sowieso ganz in die Kerzen versunken. Ob sie dort, wo er herkommt, auch solche Geburtstagskerzenrituale haben, und ob er sich dabei eine Frau mit orangefarbenem Tuch vorstellt, die lächelnd die Streichhölzer in der Hand hält?

»Du musst auch Geburtstag gehabt haben«, sage ich, »seit du unterwegs bist. Ja? Geburtstag, aber keine Gelegenheit, ihn zu feiern, wahrscheinlich?«

Immer noch nichts. Keinerlei Reaktion. Also puste ich die Kerzen mit einem Atemzug aus, bloß um seine Aufmerksamkeit zu bekommen.

»He!«, beschwert sich Großmutter.

Aber es funktioniert. Er sieht mich an.

»Also wie alt bist du genau? Fünf? Sechs? Sieben?«

Ganz langsam hebt er die linke Hand und spreizt Finger und Daumen.

»Fünf also«, sagt Großmutter.

Aber er ist noch nicht fertig. Er fügt noch einen etwas unsicheren Daumen der anderen Hand hinzu.

»Sechs«, sage ich. »Sechs?«

Er nickt, oder vielleicht ist es auch ein Schulterzucken. Ich ziehe jedenfalls die fünfzehn Kerzen aus der Torte und ordne sie in Form einer Sechs neu an.

»Bitte schön. Jetzt ist es deine Torte. Deine und meine. Willst du die Kerzen selbst anzünden, jetzt, wo du schon so groß bist?«

Und das tut er. Und Großmutter schreitet nicht ein, versucht nicht, ihm zu helfen oder ihn anzuleiten. Lässt ihn einfach.

Dann fängt Großmutter mit voller melodiöser Stimme an zu singen, und der Junge und ich pusten (gleichzeitig), und wenn irgendwer in dem Moment ein Foto gemacht hätte, hätte man auf den Gedanken kommen können, wir wären alle eine glückliche Familie.

98

Die Fahrt nach Lamlash

Der Tag der Gerichtsverhandlung dämmert tiefblau. Ich dachte, ich würde Angst haben, aber das habe ich nicht. Ich entscheide mich dafür, hinten im Wagen zu sitzen, und der Junge setzt sich neben mich, sodass Großmutter vorn allein steuert und nur seinen Koffer als Gesellschaft hat.

Bis nach Lamlash braucht man neunzehn Minuten, und der Großteil der Strecke führt an der Küste entlang. Ich schaue aus dem Fenster auf das Sonnenlicht und das Meer. Eine leichte Brise befördert Tausende goldene Muscheln an die Wasseroberfläche. Ich denke über dieses Meer nach und wie es die Insel umschließt, die Welt umschließt, mit seinem Wellenschlag an Orte schwappt, die sonst getrennt wären. Ein riesiger, unendlicher, alles umfassender Ozean sonnenbeschienenes Blau. Ach Papa, wie schön die Welt heute Morgen ist!

Der Junge schaut nicht aus dem Fenster. Der Junge starrt auf die Hände in seinem Schoß. Ich habe ihm natürlich nicht gesagt, was ich vorhabe. Deshalb ist er vielleicht aufgeregt. Ehrlich gesagt, weiß ich, dass er aufgeregt ist. Denn als Großmutter gestern seinen kleinen Koffer mit Kleidern und Waschsachen packte, legte er noch ein paar Steine dazu. Nicht seinen Nuckelstein, sondern eine Auswahl aus grauen Kieseln und rotbraunen Corrie-Sandsteinen. Als ginge er davon aus, er würde heute Abend nicht zurückkehren. Nicht nach Corrie, nicht zum Hafen, nicht zu Großmutter. Als glaubte er, er und sein Koffer würden direkt vom Gericht ins Auffanglager nach Skitby geschickt. Denn das hat Großmutter ihm gesagt.

Hinter Brodick macht die Straße eine Kurve und verläuft ein paar Kilometer landeinwärts. Wodurch es noch spektakulärer wirkt, wenn du um die letzte Biegung fährst und sich die Bucht von Lamlash als blaue Lagune vor dir erstreckt und sich direkt gegenüber schimmernd die flache Anhöhe der Holy Isle erhebt. Beim Anblick der Holy Isle muss ich natürlich an Peter denken und wie wir uns neulich fast dort geküsst hätten. Uns aber nicht küssten. Und ich unter einer Plane landete.

Großmutter biegt am nördlichen Ende der Bucht scharf links ab, bleibt nicht auf der Ringstraße, sondern folgt der Küste ein paar Minuten ostwärts, bis sie das Gericht erreicht. Nichts an dem Gebäude weist darauf hin, dass es ein Gericht ist. Wenn du das nicht wüsstest, würdest du es für einen leicht überdimensionierten Bungalow halten, flach, grau, unscheinbar. Kein Ort, an dem es zu Gewalt kommen könnte. Großmutter parkt den Wagen.

Wir steigen aus und gehen zum Eingang. Mich überkommt plötzlich das Bedürfnis, die Hand des Jungen zu nehmen. Ich nehme sie aber nicht. Gerichtsangestellte Esther erwartet uns an der Treppe. Peter ist offensichtlich schon da.

»Nur, damit das klar ist«, sagt Ester. »Die Taserchips befinden sich beide im Schlafmodus. Sollte es jedoch irgendwelche Fluchtversuche geben …«

»Keine Sorge«, unterbricht Großmutter, »das wird es nicht.«

Und heute hat sie recht. Denn es gibt kein Entkommen. Nicht aus diesem Gebäude und nicht vor der Vergangenheit. Das habe ich beschlossen.

Weshalb ich heute auch mit nichts anderem bewaffnet hier bin als mit dem letzten Schlüssel zu Festung.

99

Peter, der Stein und der Revolver

Der Gerichtssaal selbst ist auch unscheinbar. Bloß ein rechteckiger Versammlungsraum mit einem glänzenden, ovalen Tisch auf einem Podium am einen Ende und Sitzplätzen für ungefähr fünfzig Personen am anderen. Bevor es als Gericht beschlagnahmt wurde, war es offensichtlich ein Standesamt, und so sieht es auch immer noch aus. Die Stühle golden gestrichen und mit roten Samtsitzen.

Auf diesen Plätzen sitzen ungefähr fünfzehn Menschen, die uns natürlich anstarren, als wir hereinkommen. Offizielle, Journalisten, Vertreter der Öffentlichkeit, die ich nicht kenne und die mir egal sind. Mein Blick richtet sich auf Peter, den Stein und den Revolver.

Der Stein liegt zwischen dem ovalen Tisch und den Zuschauerplätzen. Er sieht nicht so aus wie in meinem Traum, ist kein kleinerer ausgehöhlter Ein-Personen-Stein. Nein. Er ist riesig und flach und eben. Ein schwerer, grauer Kalksteinblock, ungefähr zehn Zentimeter hoch und mindestens zwei Meter breit. Direkt dahinter stehen drei Stühle. Auf einem davon sitzt Peter.

Peter starrt über den Stein hinweg stur geradeaus zu dem ovalen Tisch auf dem Podium, an dem, so nehme ich an, die Ratsmitglieder sitzen werden. Esther hat uns durch den Seiteneingang hereingeführt, deshalb sehe ich ihn zuerst von der Seite. Im Profil sieht er nicht so aus wie der Peter, den ich kenne. Das könnte aber auch daran liegen, dass er einen Anzug trägt, der ihm ein bisschen zu klein ist, und dass er die Haare gekämmt hat, die ihm nun ungewöhnlich glatt ums Gesicht fallen. Ich bin es gewohnt, ihn arbeiten zu sehen, deshalb ist auch seine Reglosigkeit seltsam. Statt breitschultrig und braun gebrannt und lebhaft, wirkt er jetzt ganz bleich und verkrampft. Anders als alle anderen im Raum dreht er sich nicht zu uns um, als wir hereinkommen.

Der Mann hinter ihm sieht uns allerdings an. Es ist Peters Vater. Zumindest sieht er so aus, wie ich Peters Vater in Erinnerung habe, nur älter und grauer. In meiner Erinnerung ist er ein freundlicher Mann mit einer Fiddle und einem Lächeln im Gesicht, aber jetzt ist sein Blick nicht freundlich. Er sieht mich kurz an und wendet den Blick dann ab, als ginge ein Rollladen herunter. Vielleicht ist das der Grund dafür, dass Peter nur geradeaus schaut, weil ihn der glühende Blick seines Vaters im Rücken festhält. Ich frage mich, wo Peters Mutter ist, denn die Plätze auf beiden Seiten seines Vaters sind leer. In dem Moment wird mir klar, dass ich Peter gar nicht nach seinem Leben nach meinem Fortgang von der Insel gefragt habe. Menschen, die nicht nur mit sich selbst beschäftigt sind, normale Menschen, erkundigen sich nach so etwas.

Esther signalisiert, dass der Junge und ich uns auf die beiden verbleibenden Stühle hinter dem Stein setzen sollen – der Junge zwischen Peter und mir. Das bedeutet, ich kann Peter nicht berühren und Peter nicht mich. Es bedeutet auch, dass jeder im

Gerichtssaal mitbekommt, wenn ich ihn ansehe oder wenn er mich ansieht. Und aus irgendeinem Grund will ich ihnen den Gefallen nicht tun, deshalb schaue ich auf meine Füße.

Was wiederum bedeutet, dass ich auf den Stein schaue.

Der wie der Ziegel in der Wüste aus der Nähe betrachtet ziemlich schön ist. Rau, zerfurcht, grobkörnig. Aber nicht rot. Noch nicht, jedenfalls. Nein, er ist grau, beziehungsweise grau gesprenkelt. Mit einem Stich Grün und hier und da mit weißen Linien durchzogen. Außerdem ist er porös, glaube ich. Genau wie der Ziegel. Poröse Gegenstände saugen Flüssigkeiten auf. Frisches, rotes Blut zum Beispiel. Das mit der Zeit zu einem braunen Fleck trocknet.

Peter starrt immer noch auf den ovalen Tisch. Was bedeutet, das wird mir jetzt klar, dass er eigentlich auf den Revolver starrt. Den Revolver, den sie während einer Verhandlung ungefähr jede Viertelstunde ein Stück weiterschieben, damit, sollte es dazu kommen, dass jemand erschossen wird, jedes Ratsmitglied die gleich hohe Wahrscheinlichkeit trifft, dass es abdrücken muss. Ich starre auch auf den Revolver. Es ist keine kleine, handliche Pistole wie meine patronenlose. Eine, die man leicht in die Tasche stecken kann. Nein. Dies ist ein riesiger, hässlicher Kunststoffrevolver, der in einem 3-D-Drucker hergestellt wurde. Er soll riesig sein, denn er soll gesehen werden.

Da fällt mir wieder ein, wie Peter Großmutters Inseljustiz beschrieb. Spürbare Konsequenzen, nichts hinter verschlossenen Türen.

Tod – greifbar nah.

100

Der Rat

»Bitte erheben Sie sich«, sagt Esther kurz darauf, und der Inter-Generationen-Rat kommt hereinmarschiert und nimmt seine Plätze am ovalen Tisch ein. Da Großmutter heute nicht teilnehmen kann, sind sie nur zu fünft und setzen sich von links nach rechts nach absteigendem Alter hin. Das weiß ich, weil die dreieckigen Schilder vor ihnen nicht ihre Namen tragen, sondern die Dekade, die sie jeweils vertreten. Ratsmitglieder 25–34, 35–44 und 55–64 sind alle Männer in dunklen Anzügen. 45–54 ist eine Frau in leuchtend roter Jacke und mit leuchtend rotem Lippenstift. Das sind die gewählten Mitglieder. Das letzte Mitglied, 15–24, wird, wie Peter mir erzählte, von Mal zu Mal zufällig bestimmt, um auch Streitfälle derjenigen, die noch in der Ausbildung sind, angemessen zu behandeln.

Heute ist das letzte Mitglied ein kleines, dünnes Mädchen, das an seinem Handgelenk nestelt.

Es ist Finola.

101

Schuldig oder nicht schuldig?

Mir bleibt keine Zeit, über das Warum und Weshalb von Finolas Entlassung aus dem Auffanglager in Skitby nachzudenken oder darüber, was das Wesen von zufällig ausmacht oder nicht, denn Rote-Jacke ruft den Gerichtssaal bereits zur Ordnung. Vor ihr liegt der Revolver, was sie offensichtlich dazu berechtigt, die Verhandlung zu eröffnen. Das tut sie, indem sie Mr Robert Binnie vorstellt. Mr Binnie ist ein hagerer mürrischer Mann, der über ein Nanonet mit drei Bildschirmen gebeugt an einem Tisch direkt vor dem Podium sitzt.

»Jeder juristischen Frage, bei der die Ratsmitglieder Beratung brauchen«, sagt Rote-Jacke, »wird sich unser Rechtsexperte Mr Robert Binnie annehmen. Obwohl ich in der heutigen Angelegenheit keine besonderen Schwierigkeiten erwarte.« Sie schaut auf ihren Terminplan. »Wir verhandeln die Sache: der Staat gegen Bain und McKensie und den dazugehörigen Abschiebebefehl. Würden Sie sich bitte erheben, Mr McKensie.«

Einen kurzen Moment habe ich keine Ahnung, wer Mr McKensie ist, und dann steht Peter auf.

»Treten Sie auf den Stein, wenn ich bitten darf, Mr McKenzie.«

Mr McKensie tritt auf den Stein. Das macht ihn natürlich größer, bestimmt acht bis zehn Zentimeter. Außerdem wirkt er sehr ungeschützt.

»Sind Sie Mr Peter Cleland McKensie aus Corrie Bay?«, fragt Rote-Jacke.

»Ja«, antwortet Peter kaum hörbar.

»Mr McKensie, Ihnen wird zur Last gelegt, am 4. Mai diesen Jahres unter Verstoß gegen das Zuwanderungsgesetz Schottlands und der föderierten Inseln Beihilfe zur Einschleusung eines Unerlaubten auf die Insel Arran geleistet zu haben. Bekennen Sie sich schuldig oder nicht schuldig?«

»Schuldig«, antwortet Peter.

»Danke, Sie dürfen sich setzen.«

Peter setzt sich und dann bin ich an der Reihe. Ich trete auf den Stein, auf dem sich in meinem Traum all die Worte in Blut verwandelten.

»Sind Sie Ms Mhairi Anne Bain aus Corrie Bay?«, fragt Rote-Jacke.

»Ja«, antworte ich und erlaube mir, in diesem merkwürdigen Augenblick, in dem ich meine Identität bestätige, doch darüber nachzudenken, was Zufälligkeit überhaupt ausmacht. Genauer gesagt, denke ich über die Zufälligkeit der Wahl einer roten Jacke nach, die diese Frau getroffen hat. Ich denke über die zufällige Auswahl einer zufälligen Person zwischen fünfzehn und vierundzwanzig für das Gericht in Lamlash nach, die sich zufällig als Finola erweist, deren Messer ich gestohlen habe. Finola, die allen Grund hat, mich zu hassen. Andererseits besteht das Leben wahrscheinlich aus einer Reihe solcher Zufälligkeiten. Momente wie der, der uns alle heute hierhergeführt hat. Das

Knacksen eines kleinen Zweiges an einem Berghang, das Geräusch, das mich dazu brachte, mich umzudrehen und einen sterbenden Mann zu erblicken, der ein Kind an der Hand hielt.

»Mhairi Anne Bain, Ihnen wird zur Last gelegt, am 4. Mai diesen Jahres unter Verstoß gegen das Zuwanderungsgesetz Schottlands und der föderierten Inseln vorsätzlich einen Unerlaubten auf die Insel Arran geschleust zu haben. Bekennen Sie sich schuldig oder nicht schuldig?«

»Schuldig«, antworte ich. Natürlich schuldig. Wenn es ein Verbrechen ist, ein Kind nicht im Stich zu lassen. Schuldig auch des anderen Verbrechens, bei dem es andersherum war. Des Verbrechens, das hinter der letzten Tür im Turm von Festung eingeschlossen ist.

»Du kannst wegtreten«, sagt Rote-Jacke.

Ich trete weg und nehme wieder meinen Sitzplatz ein.

Wie schnell das alles geht. Wie einfach anscheinend.

»Bevor das Urteil gefällt wird«, spricht Rote-Jacke weiter, »wird der Rat sich kurz Zeit nehmen, um die schriftlichen Eingaben zur Strafmilderung zu überdenken.«

Die Ratsmitglieder beraten sich, schieben offizielle Schriftstücke hin und her, konsultieren Dokumente auf ihren Nanobildschirmen. Sie lesen, wahrscheinlich das, was Großmutter zu meinen Gunsten geschrieben hat. Und zu Peters. Sie besprechen sich so lange, dass Esther den Revolver von Rote-Jacke zu Dunkler-Anzug 35–44 schiebt. Deshalb ist es Dunkler-Anzug, der mich schließlich auffordert, erneut aufzustehen, und sagt: »Der Rat stellt fest, dass Sie sich entschieden haben, keine vorläufigen Verdienste in Ihrem Weltbürgerpass aufzuführen. Ist das korrekt, Ms Bain?«

»Ja«, antworte ich. »Das ist korrekt.«

»Was ist der Grund, wenn ich fragen darf, Ms Bain? Bevor Sie antworten, weise ich Sie darauf hin, dass das Gericht in Erwägung zieht, Mr McKensies Strafjahre Ihnen zuzuschlagen.«

»Ich habe keine vorläufigen Verdienste eingetragen«, antworte ich, »weil ich nicht damit rechne, diesen Gerichtssaal lebend zu verlassen.«

Da wachen sämtliche Zuschauer, die auf ihren roten Samtsitzen halb eingeschlafen waren, plötzlich auf. Und schnappen nach Luft.

»Würden Sie uns das freundlicherweise erklären?«, sagt Dunkler-Anzug.

Also erkläre ich es.

»Ich bin fünfzehn Jahre alt«, sage ich. »Das heißt volljährig und im Zustimmungsalter, um Lebensjahre zu schenken. Sobald das Gericht die Anzahl an Jahren, die es für mein Vergehen für angemessen hält, von meinen Lebensjahren abgezogen hat, beabsichtige ich, alle verbleibenden meinem kleinen Bruder hier zu schenken.« Und ich zeige auf den Jungen.

Aufgeregtes Getuschel. Man merkt, wer die Journalisten im Zuschauerraum sind. Diese Männer und Frauen, die wahrscheinlich nur zum Gericht gekommen sind, weil es die Enkeltochter der Ratsvorsitzenden ist, die angeklagt ist, schalten nun auf höchste Alarmbereitschaft. Ich stelle mir vor, wie sie ihre Schlagzeilen formulieren: *Das erste Blut auf dem Stein! Gerechtigkeit an Ort und Stelle! Tod – zum Greifen nah!* Es folgen hektische Ausrufe, lautes Gemurmel, allgemeiner Tumult. Doch für mich sind das alles nur Hintergrundgeräusche der beiden einzigen Stimmen, auf die es wirklich ankommt.

Die eine Stimme ist Großmutters. Großmutter ist aufgesprungen, sie konnte nicht anders, obwohl sie geschworen hatte, sich nicht in das heutige Verfahren einzumischen. »Das ist nicht zulässig!«, verkündet sie lautstark im Saal und versucht, irgendwie Herrin der Lage zu werden. »Eine verurteilte Schleuserin, die Lebensjahre an den Unerlaubten verschenkt, den sie illegal ins Land gebracht hat? Lächerlich!«

Die zweite Stimme gehört Peter und ist sehr leise. Sie schafft es kaum, über den Kopf des Jungen hinweg zu mir zu dringen.

»Nein«, sagt Peter. »Bitte, Mhairi. Nicht.«

102

Regeln und Vorschriften

Mr Binnie hält sich nicht lange mit rechtlichem Vorgeplänkel auf. Das Gesetz, erklärt Mr Binnie (und bietet sich an, die Liste spezieller Bestimmungen vorzutragen, falls der Rat es wünscht), lege sehr eindeutig fest, dass entlastete Straftäter in der Tat Lebensjahre verschenken können.

»Wobei Ms Bain«, fügt Mr Binnie hinzu, »in dem Moment, in dem sie die offizielle Vereinbarung *Nadel als Strafe* unterzeichnet, eine entlastete Straftäterin ist.«

»Vorausgesetzt natürlich«, stellt Mr Binnie selbstgefällig klar, »besagte entlastete Straftäterin besitzt das uneingeschränkte Aufenthaltsrecht gemäß Aufenthaltsgesetz Schottlands und der föderierten Inseln.«

»Ein Kriterium, das«, erklärt Mr Binnie, »Ms Bain offenbar erfüllt.«

Außerdem, so stellt sich heraus, darf jeder in dieser Weise bestätigte Einwohner tatsächlich wem auch immer so viele Lebensjahre schenken, wie er möchte, unabhängig davon, ob der Empfänger aus Gebieten des Nördlichen oder des Südlichen oder des Zentraläquators stammt.

»Hierfür existiert schon lange ein Präzedenzfall«, erklärt

Mr Binnie, »der sich auf den Prozess White gegen Assiz gründet, in dem entschieden wurde, dass es keinen nachweisbaren Nachteil für die Anzahl der Weltbevölkerung ...«

»Ja, ja«, unterbricht Dunkler-Anzug 35–44. »Und?«

»Und«, fährt Mr Binnie fort, nachdem er deutlich macht, dass er es im Interesse der Genauigkeit vorgezogen hätte, den ganzen Fall zu zitieren, »und in Fällen, in denen der Schenkende wünscht, die Gesamtheit seiner verbleibenden Lebensjahre abzutreten, ist es jedoch übliche Praxis, eine Bedenkzeit von mindestens zehn Tagen anzuordnen, für den Fall, dass der Schenkende seine Meinung ändern sollte.«

»Ich ändere meine Meinung nicht«, versichere ich.

»In welchem Fall es lediglich noch vonnöten wäre, festzustellen, ob die Schenkende bei klarem Verstand ist«, ergänzt Mr Binnie und sieht mich über den Rand seiner Brille hinweg an, »oder nicht.«

Esther schiebt den Revolver von Dunkler-Anzug 35–44 zu Dunkler-Anzug 25–34.

103

Mein klarer Verstand

Es gibt vieles, was ich vor dem Gericht anführen könnte, um zu beweisen, dass ich bei klarem Verstand bin.

Ich könnte ihnen zum Beispiel erzählen, was Muma zu mir sagte. Muma sagte: *Was auch passiert, Mhairi, du musst am Leben bleiben.* Und ich bin am Leben geblieben. Ich bin am Leben geblieben, während andere starben, doch inzwischen weiß ich, dass am Leben bleiben nicht genug ist. Nicht das Einzige, was zählt. Es kommt darauf an, wie du am Leben bleibst. Was du tust – oder nicht tust –, um am Leben zu bleiben. Was du riskierst und was du opferst. Darauf kommt es an, und ich, Muma, habe manchmal die falschen Entscheidungen getroffen.

Es tut mir so leid, Muma.

Oder ich könnte ihnen von dem Lager erzählen. Ich könnte sagen, Großmutter hat recht. Ich kann mich nicht um all diese Fremden in dem Lager sorgen. Wahrscheinlich könnte ich nicht mal die genaue Zahl der Menschen festmachen, die sich da unter den Planen drängen. Ihre Leben – darauf habe ich keinen Einfluss. Und ja, Großmutter, ich habe sicher und mit einiger Verbitterung gelernt, dass es Dinge im Leben gibt, die man nicht beeinflussen kann. Dinge, die ich loslassen muss. Aber dadurch wird, glaube ich, das, was man beeinflussen kann, umso wichtiger. Und eine Sache, die ich beeinflussen kann, Großmutter, ist die Entscheidung darüber, was ich mit meinem eigenen Leben anfange. Deshalb nein, ich kann nicht all diese unbekannten Menschen in dem Lager retten. Aber ich kann den Jungen retten, Großmutter, und das habe ich vor.

Und damit komme ich zu Papa und dazu, das habe ich endlich begriffen, was er die ganze Zeit versucht hat mir beizubringen. Darüber, du selbst zu sein. Oder genauer gesagt, ich selbst zu sein. Ich. Mhairi Anne Bain. Natürlich gab es Zeiten auf dieser langen, langen Reise, in denen ich mein Selbst aus den Augen verloren habe, im Spiegel ganz verschwommen wurde, die Konturen meiner selbst nicht mehr erkennen konnte. Aber es gab auch Zeiten, in denen einiges an Deutlichkeit gewann. Wie das eine Mal, als ich in dem Auffanglager meine Pistole vor der Imgrim herumwirbelte, obwohl ich wusste, dass keine Patronen drin waren. Eine kleine Geste bloß, um mich an mich selbst zu erinnern, an meinen Widerstand, meine Weigerung, aufzugeben. Genau wie du in der Wüste du selbst warst, Papa, als du mit deinen weit, weit geöffneten Handflächen aus diesem Jeep stiegst. Was Ausdruck deines weit, weit geöffneten, ewig hoffnungsvollen Herzens war. Und jetzt will ich das tun, was du getan hättest, Papa. Du, der mir Güte beigebracht hat, die ich manchmal vergaß. Denn du, Papa, du würdest den Jungen retten. Du würdest ihn an oberste Stelle setzen. Sagen: *Seht euch dieses Kind an, dieses unschuldige Kind, verdient es nicht alles, was ich geben kann?* Und überhaupt, Papa, mein Leben bedeutet nichts, wenn du nicht stolz auf mich sein kannst.

Und dann ist da schließlich noch Zeit. Ich habe so viel über

Zeit nachgedacht. Und was wäre, wenn ich in diesem Moment, diesem Moment auf dem Blutstein alles festhielte, was mir kostbar ist? Nicht nur den Jungen und dich, Papa, sondern all die Güte in der Welt, die ich erfahren habe. Groß wie klein. Miss Sperrys Freundlichkeit, Dr. Naiks Anständigkeit, Peters unerschütterliches Vertrauen. Was, wenn ich all diese Güte mit ein paar Wüstensternen und dem mit goldenen Muscheln gesprenkelten Meer und dem herabstürzenden Wasser des Leuchram Burn verschnüre? Was, wenn ich all das wie einen leuchtenden Umhang Jetzt-Zeit um mich hülle, während ich auf die Kugel warte?

Das wird doch ganz bestimmt reichen.

104

Was ich dem Gericht sage

Ich glaube allerdings nicht, dass das Gericht das verstehen würde. Das mit Muma und Papa und Beeinflussen und Schönheit und Zeit, deshalb sage ich nichts davon. Stattdessen erhebe ich mich von meinem Platz, trete auf den Blutstein und stecke den letzten Schlüssel in das letzte Schloss der letzten Tür im Turm von Festung.

»Vor langer Zeit«, sage ich, »in einem anderen Land, gab es noch einen Jungen, der hieß Muhammad. Er wäre jetzt älter als der Junge hier neben mir, aber nicht viel. Ungefähr zehn. Der Sohn des Fahrers meiner Eltern im Sudan, wo wir sieben Jahre lang wohnten. Ich kannte ihn nicht gut. Anfangs. Doch ich lernte ihn kennen. Er war ein fröhliches, gesprächiges Kind. Er sammelte Zigarettenschachteln und Eselwitze. Er konnte erstaunlich viel über Wüstendatteln erzählen. Und er hielt angeblich den Weltrekord im Wassermelonenkernweitspucken. Was dann in dem Kontrollhäuschen in der Wüste vor einem Jahr und einer Ewigkeit passierte, brauche ich Ihnen wohl nicht noch einmal zu berichten. Das haben Sie sicher schon in der Eingabe gelesen, die meine Großmutter für mich gemacht hat. Alles, was Sie wissen müssen, ist, dass Muhammad dort seinen Vater verlor. Und ich verlor meinem Vater und meine Mutter. Wir sind aber entkommen, Muhammad und ich. Zusammen in die Wüste geflohen. Oftmals, wenn die Geier vor uns im Sand hockten, dachte ich, wir würden es nicht schaffen. Aber wir schafften es. Zumindest bis zur Grenze nach Ägypten. Muhammads Großeltern lebten in einem Dorf auf der sudanesischen Seite dieser Grenze. Das war eigentlich der Grund, warum Muhammad an jenem Tag mit uns gefahren war, um zusammen mit seinem Vater seine Familie zu besuchen. Ich wusste ungefähr, wo das Dorf lag. Es wäre kaum ein Umweg für mich gewesen, ihn dorthin in Sicherheit zu bringen, aber ich habe es nicht getan. Denn ich brauchte Muhammed bei mir. Weil er Arabisch sprach und ich nicht. Weil ich mit Muhammad, durch Muhammad, mit den Schleusern verhandeln konnte, sicher über die Grenze gelangen und weiter nach Kairo, wo ein Flugzeug nach England wartete, für das ich ein Ticket hatte. Also belog ich Muhammad. Sagte ihm, wir wären gar nicht in der Nähe seines Dorfes. Ich erzählte ihm, bei diesem Grenzverlauf sei es besser, zuerst die Grenze mit mir zu überqueren und dann wieder zurückzulaufen. Ich versicherte ihm, er sei sicherer, wenn ich bei ihm wäre. Auf ihn aufpasste. Und natürlich stand er noch unter Schock, war vom Tod seines Vaters traumatisiert, also glaubte er mir. Oder, falls er mir nicht glaubte, kam er trotzdem mit, vielleicht weil er noch ein Kind war und daran gewöhnt, dass man ihm sagte, was er tun sollte.

Nachdem wir die Grenze überquert hatten, stiegen wir wieder auf den Lastwagen der Schleuser. Fuhren hundertsechzig Kilometer nach Norden und wurden dann abgesetzt, um zu Fuß weiterzugehen. Damit hätte ich nicht gerechnet, belog ich Muhammad, und dass es jetzt zu weit für ihn sei, um allein zu seinen Großeltern zurückzulaufen. Er hätte ja Zentraläquator-Papiere, da wäre es kein Problem für mich, in Kairo jemanden zu finden, der ihn zurückbegleite, sagte ich ihm. Ich würde sogar mein letztes bisschen Geld nehmen, um dafür zu bezahlen. Das versprach ich, ohne damit zu rechnen, jemals bezahlen zu müssen, denn Muhammad war krank. Schon seit vielen Kilometern. Seit dem Sudan, genau genommen. Seit er das Wasser getrunken hatte, das ein blindes Mädchen ihm bei den Pyramiden von Meroe gab, hatte er Durchfall. Außerdem hatte er Sandflöhe. Sandflöhe sind winzige, spinnenartige Insekten, die sich dir in die Haut graben und dann jucken. Und wenn du dich kratzt, und Muhammad kratzte sich die ganze Zeit, dann entzünden sich die Wunden. Sie füllen sich mit Eiter. Muhammads Knöchel entzündeten sich und dann seine Füße. Kurz darauf konnte er nicht mehr laufen. Er hielt mich auf. Ich war in Sorge, ich würde es nicht nach Kairo schaffen, bevor mein Flugticket seine Gültigkeit verlor. Ironie des Schicksals, wenn man bedenkt, dass ich diesen Flug nie erreichte. Dass ich aufgegriffen wurde, in ein Lager gesteckt – abgeschoben. Das wusste ich jedoch noch nicht, als ich Muhammad dieses letzte Mal allein zurückließ. Ihn einfach am Straßenrand liegen ließ. Ohne ihn weiterlief und nicht zurückschaute.«

Der letzte Satz ist das einzige Unwahre an meiner Geschichte. Ich schaute nämlich zurück, sah seinen Blick, diesen Blick, der sagte: »Du lässt mich hier, weil ich sterben werde, stimmt's?« Er sagte es mit dem Blick, weil er inzwischen zu schwach war, um es auszusprechen.

Und trotzdem drehte ich mich um und ging fort.

»Sie verstehen also«, sage ich dem Gericht, »dass es nur gerecht ist, wenn ich jetzt diesem Jungen gebe, was ich dem anderen verweigert habe.«

Es herrscht Stille. Zumindest im Gerichtssaal. In meinem Kopf dagegen ertönt ohrenbetäubender Lärm. Ein lautes Donnern und Kreischen, als sämtliche Steinblöcke des Turmes in der Mitte von Festung um mich herum krachend einstürzen. Doch trotz des Lärms stürzen nicht alle Steine gleichzeitig herunter. Nein. Sie lösen sich einzeln und ganz langsam. Sie stürzen in Verlangsamter Zeit ein, sodass ich jeden einzelnen herabfallen sehe. Sehe, wie sie mich treffen. Einer nach dem anderen. Aber ich rühre mich nicht, um ihnen auszuweichen. Natürlich nicht.

Ich bleibe einfach stehen, bis nur noch Blut und Staub übrig sind.

105

Wer wen liebt

Der Rat stimmt ab. Mit vier Stimmen zu einer wird befunden, dass ich bei klarem Verstand bin. Die eine Stimme gehört Finola. Ich habe keine Ahnung, warum Finola denkt, ich sei nicht bei klarem Verstand. Vermutlich ist das Strategie, obwohl ich nicht weiß, welche. Es sei denn, sie besteht einfach nur darin, alles abzulehnen, was ich will. Das kann auch eine Art Rache sein.

Großmutter erhebt sich wieder. »Jegliche Entscheidung über die Zurechnungsfähigkeit muss doch sicher durch einen Psychiater getroffen werden?«, wirft sie ein. »Bestätigt. Von einem Psychiater bestätigt werden. Oder wenigstens von einem Arzt!«

»Darf ich Sie erinnern, Ratsvorsitzende«, erwidert Dunkler-Anzug, der Jüngere, »dass das Verfahren heute außerhalb Ihrer Zuständigkeit liegt? Weitere Unterbrechungen Ihrerseits muss ich als Verstoß werten und Sie des Saals verweisen.«

Großmutter ist eine Verfechterin von Regeln und Vorschriften, deshalb muss sie sich setzen. Mr Binnie jedoch ist befugt, etwas zu sagen.

»Es gibt leider ein Hindernis«, sagt er, als wäre er hocherfreut über diese Tatsache. »Geschenke von Lebensjahren dienen unter diesen Umständen natürlich nicht dazu, das Leben des Empfängers zu verlängern, sondern lediglich, ihn zum vollen Aufenthaltsrecht für den Zeitraum zu berechtigen, zu dem sonst der Schenkende berechtigt gewesen wäre.«

»Und das heißt?«, erkundigt sich Dunkler-Anzug, der Jüngere.

»Lediglich dass, falls der vorgesehene Empfänger ein Kind ist, wie in diesem Fall, die Lebensjahr-Abtretungsvereinbarung nur dann unterzeichnet werden kann, wenn ein qualifizierter Erwachsener einverstanden ist, für das Kind zu sorgen. Also mindestens so lange die Verantwortung für dieses Kind zu übernehmen, bis es volljährig ist.«

Schweigen.

Und ich warte.

Und warte.

Darauf, dass Großmutter dieses Schweigen bricht, Missachtung des Gerichts ungeachtet. Sich zu Wort meldet. Erklärt, dass sie für den Jungen da sein wird, dass sie ihm beisteht, für ihn sorgt, ihn mit nach Hause nach Corrie nimmt und ihm hilft, diesen kleinen Koffer wieder auszupacken.

»Mrs Bain?«, erteilt Dunkler-Anzug, der Jüngere, ihr schließlich das Wort.

Großmutter bleibt sitzen und sagt nichts.

Peter ist derjenige, der sich erhebt.

Peter, der auf den Stein tritt.

»Ich nehme ihn«, sagt Peter.

Peter – der sich scheinbar nie besonders für den Jungen interessierte. Du weißt nie, denke ich da, wie die Menschen wirklich sind – wer sie wirklich sind –, bis sie am Rande der Klippe stehen. Und du siehst, wie sie sich verhalten, wenn es nur noch sie gibt – und den Abgrund.

»Ich werde mich um ihn kümmern. Für ihn sorgen«, spricht Peter weiter, »so lange wie nötig. Das schwöre ich.«

Ach Papa, er würde dir gefallen, dieser Mann, der aus Peter wird.

»Im Gegenzug möchte ich nur um eines bitten«, fährt Peter fort, »wenn ich darf, meine ich, mit Erlaubnis des Gerichts, bitte – bitte verurteilen Sie Mhai... Ms Bain nicht, noch weitere Lebensjahre abzugeben, die eigentlich ich abgeben sollte. Ich opfere sie selbst.«

Nein, sagt Peters Vater lautlos. Nein!

Doch Peter achtet nicht auf seinen Vater. Er ist jetzt ein erwachsener Mann und er achtet auf mich. Er ist ein guter Mensch. Ein Mensch, der Muhammads Geschichte gehört hat und trotzdem noch das Beste von mir denkt. Mir eine zweite Chance geben will. Aber ich kann diese Chance nicht annehmen. Denn ich weiß etwas, was Peter nicht weiß. Über das Verbrennen. Dass es nicht nur Muhammad ist. Es sind auch Muma und Papa. Es ist jeder, der mir jemals nahe kommt und dem ich nahe komme.

»Wenn du mir diese Jahre schenkst, Peter«, sage ich dann, »addiere ich sie einfach noch zu denen, die ich dem Jungen sowieso schenke.«

Es ist ziemlich grausam, das zu Peter zu sagen. Das zeigt mir sein Blick. Aber besser, jetzt den Schmerz darin zu sehen, als später erleben zu müssen, wie er verbrennt und schmilzt. Denn das ist es, was Peter nicht weiß. Dass alle, die ich liebe, leiden müssen. Kugeln in die Brust kriegen oder Sandflöhe an die Füße oder den Rücken aufgeschlitzt und einen Taserchip eingesetzt bekommen. Dass sie brennen und brennen und brennen, und ich nur dabeistehe und zuschaue.

»Genug jetzt«, sagt Dunkler-Anzug, der Jüngere. »Das Gericht schätzt zwar Ihr Angebot, für den Jungen zu sorgen, Mr McKenzie, es steht Ihnen jedoch nicht zu, und Ihnen schon gar nicht, Ms Bain, irgendeinen Teil der Strafe zu verteilen oder umzuverteilen. Es ist Sache des Gerichts, ein Urteil zu fällen, und zu diesem Zweck werden wir uns nun beratschlagen.«

Das Gericht beratschlagt, Peter wartet, ich warte. Der Junge wartet.

»Hast du verstanden?«, flüstere ich dem Jungen zu.

Es war kompliziert. Er ist erst sechs. Er blickt starr geradeaus. Hält inne. Wie ein angehaltener Atemzug.

»Peter hat zugestimmt, dich zu sich zu nehmen. Damit du nicht abgeschoben wirst. Du fährst zurück nach Corrie. Heute Abend noch. Er wird gut für dich sorgen.« Ich flüstere, aber Peter kann mich sicher hören. Und ich will auch, dass er mich hört. »Er wird sogar Steinhügel mit dir bauen. So hoch, wie du willst!«

Und dann beuge ich mich hinunter und sage etwas, von dem ich niemals geglaubt hätte, dass ich es je zu irgendwem sagen würde.

»Ich liebe dich«, sage ich zu dem Jungen.

Ich liebe dich.

Es bleibt wahr. Und verschwimmt kein bisschen.

106

Wer bleibt und wer geht

Das Gericht hat eine Entscheidung gefällt. Es folgt viel Gerede und viel Juristenjargon, deshalb achte ich nur auf das Wichtige. In Anerkennung seiner Bereitschaft, sich um den Jungen zu kümmern, werden Peters Jahre erlassen. Mir werden (unter Strafmilderung) insgesamt fünfundzwanzig Lebensjahre abgezogen. Womit es mir nun freisteht, dem Jungen meine verbleibenden vierunddreißig Jahre zu schenken. Alles, was jetzt noch zwischen dem Blutstein und mir steht, ist meine Unterschrift. Und sie haben mir einen Stift gegeben.

»Ich verstehe dich nicht!«, schreit Peter mich an. »Das ist nicht richtig!«

Doch es ist richtig.

»Es darf nicht der Stein sein«, sagt Großmutter. »Wir sind über die blutige Lösung hinaus und haben das rechtmäßige Abtreten von Lebensjahren eingeführt. Jeder, der Lebensjahre abtritt, hat ein Recht auf die Nadel!«

Sie versucht, Zeit für mich zu gewinnen. Man braucht Zeit, um zu einer Sterbeklinik zu fahren. Zeit, in der man seine Meinung ändern könnte.

»Es muss nicht nur Gerechtigkeit herrschen, man muss auch sehen,

dass Gerechtigkeit herrscht – sind das nicht deine Worte, Aileen?«, fragt Dunkler-Anzug, der Jüngere, und fügt, während die Journalisten eifrig mitschreiben, hinzu: »Inzwischen habe ich dich mehrfach aufgefordert, Unterbrechungen zu unterlassen, und du hast dem nicht Folge geleistet. Esther, würdest du Mrs Bain bitte aus dem Gerichtssaal entfernen?«

Ich kann mir nicht vorstellen, dass Großmutter wirklich geht. Tut sie aber. Das liegt wahrscheinlich nicht daran, dass Esther zwei bullige Gerichtsdiener zur Seite hat, die ihr helfen, sondern eher daran, dass Großmutter nicht sehen will, was als Nächstes passiert. Vielleicht macht sich Großmutter doch mehr aus mir, als es manchmal scheint.

Ich unterschreibe das Schriftstück.

»Du bist wahnsinnig!«, ruft Peter. »Wahnsinnig! Es muss doch so nicht enden.« Es sagt das, als brächte ich ein Opfer. Aber es ist kein Opfer, etwas für jemanden zu tun, den man liebt.

»Und Mr McKensie kannst du bitte ebenfalls entfernen«, bestimmt Dunkler-Anzug, der Jüngere.

»Nein«, sagt Peter.

»Doch«, sagt sein Vater und fängt an, seinen Sohn Richtung Ausgang zu schieben.

»Sind denn hier alle verrückt geworden?«, ruft Peter.

Peters Vater blickt über die Schulter zurück. »Es tut mir sehr leid, Mhairi.« Das klingt ziemlich ehrlich. Und dieser Rolladen-Blick von vorher war vermutlich nur Ausdruck dessen, was jeder Vater fühlen würde, wenn sein Kind bedroht ist. Es gibt so vieles, was ich jetzt begreife.

Ich konzentriere mich auf diese Erkenntnis, um Peter nicht gehen zu sehen. Beziehungsweise, ihn nicht zu hören. Obwohl ich ihn natürlich doch höre. Seine plötzlichen, tiefen, abgehackten Schluchzer. Peter ist wütend und heult laut los, und es ist ihm egal, wer davon erfährt. Aber er wird es überstehen. Er verdient jemand anderen und er wird diesen Menschen ganz bestimmt finden. Einen guten Menschen, einen liebevollen Menschen. Jemanden, der nicht bloß danebensteht, während er verbrennt.

Anschließend bleiben nur noch der Rat sowie ein paar erwartungsvolle Journalisten im Raum zurück.

Und der Junge.

Er hat sich keinen Zentimeter bewegt.

Am liebsten würde ich ihn auch bitten, zu gehen. Doch dann fällt mir ein, dass er schon Schlimmeres gesehen hat und dass Endgültigkeit manchmal hilfreich sein kann. Sie kann dir helfen, zu glauben. Dafür sorgen, dass die Toten nicht weiter herumlaufen, als lebten sie noch.

Also sage ich nichts und auch sonst sagt niemand etwas.

Als all das schließlich passiert ist, liegt der Revolver vor Finola.

107

Was Finola macht

Wenn du überzeugter Fleischesser bist, sagte Papa immer, *solltest du auch bereit sein, selbst ein Tier zu töten.*

Ob es wohl mit den Menschen und der Gerechtigkeit dasselbe ist? Ob du in diesem Fall von dem Urteil, dem Blutstein, wirklich überzeugt sein musst, um den Abzug zu drücken? Finola ist kein gewähltes Mitglied des Rates. Finola wurde zufällig bestimmt, ihm anzugehören. Zufällig bestimmt, den Abzug zu drücken.

Und sie zögert.

Die Verhandlung ist vorbei, die Entscheidung gefallen, die Papiere unterzeichnet. Alles hat seine Ordnung.

Ich stehe auf dem Blutstein. Zehn Zentimeter größer, als ich sonst bin: erhöht und ungeschützt. Sie ist weniger als zwei Meter von mir entfernt und könnte mich nicht verfehlen. Sie zielt auf mein Herz. Wahrscheinlich, weil mein Brustkorb größer ist als mein Kopf und sie sichergehen will. Wenn sie schießt.

Falls sie schießt.

Der 3-D-gedruckte Revolver wirkt klobig in ihrer Hand. Er würde in jedermanns Hand klobig wirken, aber sie hat diese schmalen, schmalen Handgelenke und diese zitternden, flatternden Finger. Wenn sie nicht aufpasst, drückt sie den Abzug noch versehentlich. Nervös genug ist sie. Sie legt die zweite Hand um die Plastikgriffschale, um stiller zu halten. Jetzt hat sie beide Hände an der Waffe. Wie lange braucht jemand, um eine Waffe abzufeuern? Wie lange brauchte wohl der nervöse junge Soldat mit dem Patronengurt in dem Kontrollhäuschen in der Wüste?

Gar nicht lange.

Es ging ganz schnell.

»Schieß!«, rufe ich. »Schieß doch endlich!«

Denn dieser ganze Aufschub, dieses ganze Zögern, zerrt am leuchtenden Umhang von Jetzt-Zeit. Erlaubt mir, einen Blick auf einen Ort zu werfen, an den ich nicht gehen kann. Einen Ort, der für mich verboten ist. Wegen der Sache mit dem Verbrennen. Ja. Dieses Zerren an dem Umhang erlaubt mir einen letzten Blick auf mein zukünftiges Leben. Und nicht nur auf eines, sondern auf alle meine möglichen Leben. Sie liegen direkt vor mir, fast zum Greifen nah, diese hellen, hellen Orte all der Möglichkeiten. Papas Welt! In der du die Hand eines Kindes nehmen und es an einen Ort bringen kannst, den du liebst, und die Menschen dort würden es gutheißen und ihre geöffneten Hände ausstrecken und rufen: *Ach, willkommen! Ihr seid hier willkommen!* In ein Land, in dem Sehnsüchte wahr werden und wo jemand wartet, jemand, den ich lieben könnte und der nicht verbrennen würde. Wo Küsse nicht unter Plastikplanen enden. Wo ich diese Worte aussprechen könnte: *Ich liebe dich.* Und jemand – irgendjemand – würde wirklich dasselbe zu mir sagen.

Und ich würde ihnen glauben.

Ihnen glauben.

Würde glauben, dass ich doch nicht schlecht bin.

Finola gehört auch zu den Menschen, die ich zerstört habe. Finola hat allen Grund, mich zu hassen. Aber das hier ist das Grausamste, was sie tun kann, dieses Zögern.

»Bitte«, flehe ich, und ich habe noch nie um etwas gefleht.

Doch jetzt brenne ich. Stehe schließlich in Flammen. Verzehre mich nach dem Leben. Ach, Muma! Ach, Papa! Diese ganze schöne Welt!

»Kannst du nicht einfach abdrücken!«, schreie ich Finola an.

»Nein«, sagt sie. »Ich kann nicht.«

»Ich bin's!«, brülle ich. »R1787W.« Obwohl sie sicher die Unterlagen gelesen hat. »Die, die dein Messer gestohlen hat. In Skitby. Wegen der du dich ausziehen musstest und durchsucht wurdest und in die Verwaltungseinheit geschickt. Wo sie dich allein im Dunkeln eingesperrt haben. Wo du nichts als Wasser bekommen hast. Erkennst du mich denn nicht?«

»Doch«, antwortet Finola. »Natürlich erkenne ich dich. Deshalb kann ich es auch nicht tun.« Ihre Hände haben jetzt aufgehört zu zittern. Und plötzlich wirkt sie auch gar nicht mehr so klein. Sie erhebt sich größer, größer als Großmutter, größer als der Gerichtssaal selbst, als sie sagt: »Wegen dieses Ortes. Weil ich Dinge erlebt habe, die auch du erlebt hast. Und weil«, schließt sie und legt den Revolver zur Seite, »ich immer dachte, in einem anderen Leben, in dem Leben, das wir vielleicht beide hätten führen sollen, wären du und ich möglicherweise Freundinnen gewesen.«

108

Die letzten zwei Minuten

Dann überschlagen sich die Ereignisse.

Den Anfang macht Mr Binnie.

»Das verstößt gegen die Regeln«, sagt Mr Binnie zu Finola. »Wenn du die Angeklagte kennst, hättest du es sagen müssen. Das zu unterlassen, ist eine schwere Ordnungswidrigkeit. Was denkst du, warum die Ratsvorsitzende sich enthalten hat?«

Und er will nach dem Revolver greifen.

Gleichzeitig sehe ich Peter durch den Seiteneingang. Er schluchzt nicht mehr, kein bisschen. Vielleicht brauchte Peter bloß ein wenig Zeit, um sich zu fangen. Ich weiß noch, wie er an dem Nachmittag, an dem Großmutter den Zwischenbericht über mich erhielt, an die Tür klopfte, als bräuchte er von niemandem mehr irgendeine Erlaubnis. Genau das macht er jetzt auch. Er kommt einfach durch den Seiteneingang zurück in den Saal, als hätte er plötzlich ein Licht gesehen – Papas Licht, Papas Welt, unsere richtige Welt – und wollte sie jetzt wahr werden lassen. Als wollte er eine andere Zukunft schreiben. Obwohl es vielleicht auch nur ist, weil er wissen will, warum kein Schuss fiel.

Esther sagt derweil: »Für Ratsmitglied 15–24 ist die Zeit an der Waffe, glaube ich, sowieso gerade um. Sie müsste jetzt an

Mitglied 55–64 weitergereicht werden.« Mitglied 55–64 ist ein älterer Dunkler-Anzug, der bisher noch kein Wort von sich gegeben hat, nun aber »Her mit dem Revolver« sagt.

Finolas Gesichtsausdruck nach zu urteilen, ist sie wohl ziemlich froh, den Revolver abzugeben, was ihr aber schwerfällt, weil Esther, Mr Binnie und Dunkler-Anzug, der Ältere, alle gleichzeitig danach greifen.

Ich kann mir den Gedanken nicht verkneifen, dass nichts von diesem Durcheinander entstanden wäre, wenn Großmutter die Verantwortung hätte. In dem Moment sehe ich, wie sie neben Peter an der Türschwelle erscheint.

Und da denke ich, ich weiß, wie alles ausgehen wird. Nämlich dass Großmutter durch diese Tür schreiten und den Revolver nehmen und ihn um ihrer Gemeinschaft willen abfeuern wird. Für das Allgemeinwohl schießen. Für all das, was größer ist als wir selbst. Und ich würde es ihr nicht vorwerfen, denn jeder von uns kann schließlich nur das sein, was er ist.

Aber tatsächlich ist Großmutter kaum über die Schwelle, da ruft sie: »Was um Himmels willen ist hier los?«

Und das genügt schon, um alles Mögliche auszulösen. Auf jeden Fall löst es den Schuss aus.

109

Das runde Loch

Ich höre nicht, wie der Schuss sich löst. Ich sehe keine Kugel. Natürlich nicht. Es gibt nur wenig, das sich schneller als eine Kugel bewegt. Außer Liebe vielleicht. Was der Grund ist, dass ich den Jungen sehe.

Ich sehe ihn in Verlangsamter Zeit.

Sehr, sehr Verlangsamter Zeit.

Er setzt sich während des Gerangels auf dem Podium in Bewegung, trifft seine Entscheidung inmitten des endlosen Herumfingerns. Als hätte er irgendwann die Geduld mit den Erwachsenen verloren. Als begriffe er plötzlich, dass er der Grund für das alles ist. Er hat einfach genug. Und hätte er eine Stimme, um zu sprechen, würde er sprechen. Würde diesen Unsinn ein für alle Mal beenden. Aber er hat keine Wahl, nicht nach allem, was sie ihm angetan haben. Oder, wenn nicht sie, dann andere wie sie. Deshalb bleibt ihm nichts, als zu handeln. Also handelt er.

Er tritt mitten hinauf. Auf den Stein.

Ich weiß nicht, wie er vor mich geraten ist. Aber sein Kopf ist plötzlich ungefähr auf der Höhe meines Herzens. Wohin der Revolver zielt. Und er steht einfach da. Direkt vor meinem Herzen. Und da begreife ich, dass es gar nicht um die anderen geht. Es geht um uns. Um ihn und mich. Um das, was zwischen uns und was stärker als sie alle ist.

Denn da steht er.

Und steht.

Dieser kleine Titan.

Steht ungefähr tausend Jahre da.

Und sagt ohne ein Wort: *Ich liebe dich.*

Während ich mich schreien höre: »Nein, nein, NEIN!«

Aber Schreien hat noch nie etwas genutzt. Und es nutzt auch jetzt nichts; in dem Moment, in dem die Kugel kommt.

Direkt auf ihn zukommt. Ihn mitten in die Stirn trifft.

Und natürlich versetze ich ihn sofort in Angehaltene Zeit. Versuche zu verhindern, dass er hinfällt, genau wie ich es mit Papa gemacht habe. Versuche dafür zu sorgen, dass er nur fällt, aber nie zu Fall kommt. Und ich halte ihn einen Augenblick lang so fest, aber er ist klein und sowieso schon so nah am Boden, dass es nur einen Atemzug lang dauert, bis er mir rücklings ausgestreckt zu Füßen liegt.

Das Loch in seinem Kopf ist rund und erstaunlich akkurat. Da ist auch nicht viel Blut. Nur ein Spritzer eigentlich. Ich sehe ihn im grauen Kalkstein versickern.

110

Danach

Ich hebe den Jungen hoch. Nehme ihn in die Arme. Es ist erst das zweite Mal, dass ich ihn so halte. Das erste Mal war, als er im Auffanglager in Skitby aus dem Fenster sprang. Da kam er mir schwer vor. Jetzt kommt er mir nicht schwer vor. Er scheint leicht wie ein Vogel. Seine bechertiefen Augen sind noch offen. Ich habe mich die ganze Zeit gefragt, was wohl auf dem Grund dieser tiefen, tiefen Augen liegt. Aber was auch immer es war, ich werde es nie erfahren, denn jetzt ist es fort. Wie eine Kerze, die erloschen ist.

Ich schließe seine Lider, als gäbe ihm das Frieden. Dabei ist er jetzt schon jenseits von Frieden. Was Frieden betrifft, täuschen die Menschen oft etwas vor.

Jetzt, wo ich ihn so fest an mich drücke, sehe ich eine kleine Brandwunde um das Loch in seiner Stirn. Eine winzige runde Verbrennung. Ich beuge mich zu ihm hinunter, küsse ihn. Küsse diese Wunde. Die verbrannte Haut fühlt sich rau an meinen Lippen an, und das Blut schmeckt, wie es immer schmeckt, nach Eisen.

Ich trage ihn auf die Tür des Gerichtssaals zu, der Welt da draußen entgegen.

Hinter mir ertönen laute Stimmen. Gegenseitige Schuldzuweisungen. Wessen Finger war am Abzug? Wer hat schließlich abgedrückt?

Als spielte das eine Rolle.

Sie haben ihn alle umgebracht, alle und keiner. Was muss man sonst noch wissen?

Aber wenigstens lenkt sie das von dem Jungen und mir ab. Also gehe ich weiter.

Großmutter, die sich weigerte, für den Jungen zu sprechen und ihn zurück in ihr Haus und in ihr Herz zu lassen, streckt die Hand nach mir aus, als ich zur Tür komme. Versucht, meinen Arm zu nehmen.

Doch meine Arme sind voll

Und Peter, Peter sagt: »Ach Mhairi.« Aber er versucht nicht, mich zu berühren und auch nicht den Jungen. Eines Tages, Papa, werde ich Peter für sein Verständnis danken und für seine Güte, dafür, dass er sich als Vater für diesen Jungen angeboten hat. Ich werde ihm auch sagen, was dieser Junge mich gerade gelehrt hat. Dass Heimat wirklich nicht nur ein Ort ist. Es sind Menschen. Die Menschen, die du liebst. Die Menschen, die du nicht verlieren willst.

Ich gehe weiter.

Ich gehe über den Parkplatz und hinunter zur Küste. Stehe unter der Himmelskuppel. Stehe auf grünem Gras und grauen Kieseln, schaue über die Bucht hinüber nach Inis Shroin, zur Holy Isle. Die Sonne steht schon tiefer, aber sie streut noch immer kleine goldene Münzen aufs Wasser.

In unserer Familie geben wir nicht so leicht auf, Mhairi.

Also fange ich von vorn an.

Ich lebe noch, Muma.
Und Papa
Papa, die Welt ist
Die Welt
Ach, Papa

Dank

Ein Großteil meiner Ansichten über die Umwelt nahm im Gespräch mit Tom Burke Gestalt an. Ich lernte Tom mit Anfang zwanzig kennen, als er Vorsitzender von Friends of the Earth war. Inzwischen leitet er den unabhängigen Klimawandel Thinktank E3G. Sämtliche die Umwelt betreffenden Auffassungen, Folgerungen und Prognosen in diesem Buch stammen zwar von mir – jegliche Weisheit oder Aussagekraft, die darin liegt, verdanke ich jedoch ihm. Eines Tages wird die Welt hoffentlich ein besserer Ort sein. Dafür setzt du dich seit jeher ein, Tom.

Bibliothekare sind unverzichtbar. Ein großes Dankeschön an Jeannette Brooker, Bibliothekarin an der International Community School in Khartum, die mich zum ersten Mal in den Sudan einlud. Und an den fantastischen Pädagogen Samia Omar, der KICS (www.kics.sd) aufbaute und meine anschließende Fahrt durch die Wüste so großzügig unterstützte, was mir ermöglichte, dort unter dem Sternenschirm zu sitzen.

Auch im Vereinigten Königreich unternahm ich Reisen – wanderte auf Wegen, auf denen auch Mhairi wandern würde. Herzlicher Dank an meine Freunde aus Glasgow Robert Dawson-Scott und Elaine Cooper. Robert gehört zu den Gentlemen, die nicht zulassen können, dass du ganz allein einen mitternächtlichen Spaziergang in der Nekropole machst. Tut mir leid, dass ich dir zwischen den Gräbern entwischt bin, Robert. Dank auch an Ruth Johnston, nicht zuletzt für ihr wunderbares Buch *Glasgow Necropolis: Afterlives – Tales of Interments*. Ich weiß, du möchtest die Zeltstadt an deiner heiligen Stätte nicht, Ruth – aber das wird hoffentlich (hoffentlich) auch Fiktion bleiben. Was die Spinnennetzhandschuhe betrifft ... nun ja, da hast du allerdings recht.

Großer Dank den B&B-Gastgebern, die mich auf Arran beherbergten und mir so freundlich und geduldig meine endlosen Fragen beantworteten. Besonders Sherie in Lamlash und Frances in Corrie. Sherie war es, die mich auf ein Verwaltungsgebäude aufmerksam machte, das das Standesamt beherbergte und dessen Trausaal zufällig »Old Court« genannt wurde, und Frances, die mir den Ginster brachte, der nach Kokosnuss roch, und die mir Gummistiefel lieh, damit ich durch den kleinen Bach waten konnte, der hinter ihrem Haus am Hafen floss. Dem Leuchram Burn ... Entschuldige, dass Großmutter dein Haus in Beschlag genommen hat, Frances. So ist sie eben manchmal.

Zurück in London war die Begeisterung des Hachette-Teams riesig. Vielen Dank euch allen. So ist es nicht immer und es war mir ein wunderbarer Ansporn. Besonders erwähnt sei hier Anne McNeill wegen ihres scharfen Verstands und ihrer klugen Unterstützung.

Dann ist, wie immer, meine Agentin Clare Conville zu nennen. Sine qua non.

Und schließlich ist da noch der kleine Junge, den ich am Rande der Wüste in Marokko traf. Ein Junge, der kein Wort sagte – dessen Lachen mich jedoch für immer begleiten wird.